Brita Rose-Billert

Die Farben der Sonne

Die Geschichte der Steinpferde auf der Pine Ridge Indianerreservation

Die Farben der Sonne

Die Geschichte der Steinpferde
auf der Pine Ridge Indianerreservation

Roman
von
Brita Rose-Billert

Impressum

Die Farben der Sonne, Brita Rose-Billert
TraumFänger Verlag Hohenthann, 2013

ISBN 978-3-941485-19-8
Lektorat: Ilona Rehfeldt
Satz und Layout: Janis Sonnberger, merkMal Verlag
Druck und Bindung: CPI - Clausen & Bosse, Leck
Titelbild: Brita Rose-Billert
1. Auflage Februar 2013
Copyright by TraumFänger Verlag GmbH & Co. Buchhandels KG,
Hohenthann
Printed in Germany

Inhalt

Kapitel 1
Blue Light Shadow 8

Kapitel 2
Oben und unten 14

Kapitel 3
Die Farben der Sonne 37

Kapitel 4
Halbblut 51

Kapitel 5
Steinpferd 70

Kapitel 6
Einen Schritt weiter 88

Kapitel 7
Mustangs 108

Kapitel 8
Der Weg zurück 133

Kapitel 9
Heimkehrer 153

Kapitel 10
Großvater erzählt 172

Kapitel 11
Eine Familie 192

Kapitel 12
Freunde 212

Kapitel 13
Neuschnee 229

www.traumfaenger-verlag.de

Die Handlung ist frei erfunden und jegliche Ähnlichkeit mit tatsächlichen Ereignissen und Personen wäre rein zufällig.

In Erinnerung, Liebe und Dankbarkeit an meine Großeltern sowie an alle Großeltern, die sich liebevoll um ihre Enkelkinder kümmern und ihnen ihre Geschichten erzählen.

Kapitel 1

Blue Light Shadow

Die Dämmerung beherrschte die engen Straßenschluchten. Es war weder Tag noch Nacht. Schwarze Wolken hatten sich bedrohlich über den Häuserblöcken der großen Stadt ausgebreitet. Der Donner krachte wie ein Kanonenschuss. Dann prasselte der Regen mit aller Macht auf den Asphalt nieder. Zwei Jungen flüchteten zwischen Mülltonnen, Dreck und Zigarettenkippen in das Kellerloch eines verlassenen Hauses. Der Regen verwandelte die Gasse innerhalb kürzester Zeit in einen reißenden Bach.
„Der Missouri kommt zu uns. Siehst du?"
Sie lachten.
Zusammengekauert, mit angezogenen Knien, saßen sie im Kellerloch und beobachteten die Regentropfen, die mit voller Wucht wieder vom Asphalt prallten. Der eine der beiden Jungen war größer als sein Freund. Sein ebenmäßig braunes Gesicht war etwas kantig und ließ ihn älter erscheinen als seine zwölf Jahre. Das halblange, schwarze Haar glich einem Mopp, der allerdings aus dem Wasser gezogen und ausgeschüttelt worden war. Einige Haarsträhnen klebten über dem Gesicht. Sie reichten über die Nasenspitze bis fast zum Kinn. Das Regenwasser tropfte langsam herab auf die verwaschene Jeans. Der Junge wischte es mit dem Arm zur Seite. Schwarze Augen funkelten sein Gegenüber an.
„Du siehst aus wie eine gebadete Maus", lachte der Junge, den Regen übertönend.
Der andere, etwas kleinere Junge amüsierte sich. „Und du siehst aus wie der Wischmopp meiner Großmutter", schrie er zurück. Im Gegensatz zu seinem Freund war er blass und zitterte vor Kälte. Auch von seinem Haar tropfte das Wasser. Es war dunkelblond. Beide waren schlank und in etwa gleich alt. Die beiden Freunde trugen jedenfalls die gleichen wasserfesten Turnschuhe mit Gleitverschnürung, wie sie in dieser Altersgruppe eben modern waren. Der Regen prasselte schier unaufhörlich und ließ das Wasser auf der Straße bereits gegen die Kellerfenster drücken.

Es schwemmte Zigarettenkippen und anderen kleinen Unrat am Kellerloch vorbei.

Wenige Minuten später tauchte eine dunkle Gestalt auf und nahm ihnen die Sicht. Der Fremde beugte sich zu den Jungen herab.

„Hallo", sagte er freundlich.

„Verschwinde!", fauchte ihn einer der beiden Jungen an.

„Ich suche Schutz vor dem Gewitter", sagte der alte Mann, der seine Hände auf den Knien abstützte und lächelte.

„Hast du Schiss, alter Mann?", fragte der erste Junge höhnisch.

„Nein", antwortete der Alte noch immer freundlich. „Aber habt ihr zwei Angst vor einem alten Mann?"

„Komm schon, Blue. Ist doch Platz genug", mischte sich nun der andere Junge ein.

Der, der zuerst gesprochen hatte, verzog das Gesicht zu einer Grimasse, die sagte: Bleib mir bloß vom Leibe. Dann nickte er.

„Okay. Komm rein."

Der alte Mann bückte sich, kam zu ihnen und setzte sich den beiden Jungen gegenüber auf den Boden. Er lehnte sich an die Wand, während Blue ihn auffällig und misstrauisch musterte. Immerhin war es in der Dämmerung des Kellers noch hell genug, um sein Gegenüber zu erkennen. Der Alte trug eine verwaschene Jeans, die sich an den Nähten aufzulösen drohte und einen grauen Parka, der offen stand. Aus seiner Kleidung lief das Regenwasser und bildete eine Pfütze am Boden. Es gelang Blue nicht, dem Mann in die Augen zu sehen. Als der Mann die Kapuze nach hinten abstreifte und sein graues Haar, welches sorgfältig in zwei Zöpfe geflochten war, zum Vorschein kam, drehte Blue seinen Kopf demonstrativ zum Ausgang und starrte auf die Gasse. Das Gewitter tobte. Ohrenbetäubend krachte der Donner, gefolgt von Blitzen, die sogar kurzzeitig das Kellerloch erhellten. Der Regen prasselte mit unverminderter Wucht. Auf der Straße bildeten sich fortwährend unzählige Blasen, sodass sie nun endgültig wie der Missouri aussah.

Der alte Mann hatte zunächst geschwiegen und die Jungen in seiner eher unauffälligen Weise beobachtet. Dann griff er in das

Innere seiner Jackentasche und zauberte zwei Äpfel hervor. In jeder Hand einen, hielt er sie den Jungen hin.

„Vielen Dank, dass ich bleiben darf."

Zögernd griff der eine Junge nach dem Apfel, nahm ihn und bedankte sich mit einem Kopfnicken. Blue rührte sich nicht aus seiner Starre, als sein Freund genussvoll in den Apfel biss, dass es knackte. Der Alte legte den anderen Apfel vor Blue auf den Boden.

„Vielleicht sollten wir uns die Zeit ein wenig mit einer Geschichte vertreiben", sagte der Alte schließlich. Der kleinere Junge sah ihn erwartungsvoll an. Blue stöhnte genervt, lehnte sich mit der ganzen Breite seines Rückens an die feuchte, modrige Wand und verschränkte die Arme.

Der Alte begann zu erzählen: „Ich erinnere mich noch genau. Es ist schon lange her, sehr lange. Dunkelheit und Stille lag über dem Wald und um mich herum. Durch die kahlen Kronen der Bäume schimmerte der klare Sternenhimmel. Unter meinen Füßen knirschte bei jedem Schritt der Schnee. Klirrende Kälte ließ jeden meiner Atemzüge zu Rauch werden. Doch ich fror nicht. Zwischen den Bäumen, vor den Schneestürmen geschützt, tauchten sie auf, die Zelte mit ihrem schwachen Lichtschein. Der Neuschnee des letzten Abends hatte sie eingehüllt und verbarg alle Spuren ringsum, so als hätte nie ein Lebewesen den Boden mit den Füßen berührt. Ich ging durch das Dorf und niemand bemerkte mich. Nicht einmal der Junge, der auf seinem Rappen lag und die Pferde bewachte, bemerkte mich. Er hatte sich in eine Büffelfelldecke gehüllt und sah auf. Aber er sah durch mich hindurch, wie es schien. Vor dem letzten Zelt blieb ich stehen und lauschte. Schließlich entschied ich mich, hineinzugehen. Eine alte Frau, die gegenüber des Einganges saß, sah mich an, nickte und winkte mich heran. Neben ihr lag eine junge Frau, die gerade ihr Kind geboren hatte. Die alte Frau durchtrennte die Nabelschnur und schnitt ein Stück davon ab, um es gut für das Kind aufzubewahren. Ich sah die Angst in den Augen der jungen Frau, als sie mich betrachtete und sie schmiegte ihr Kind sanft an sich.

Wo ist dein Mann, fragte ich sie.

Tot, antwortete sie kaum verständlich.

Ich setzte mich zu ihr und betrachtete das Neugeborene. Dein Kind wird leben, sagte ich zu ihr."

„So ein Blödsinn! Wer glaubt schon solchen Scheiß?", unterbrach Blue ihn wütend und leise fügte er hinzu: „Alter Spinner."

„Ein Märchen, mit dem du Kinder beeindrucken kannst", bemerkte der andere Junge, der inzwischen den Apfel aufgegessen hatte und den Rest des Kerngehäuses mit einer schwungvollen Bewegung hinaus in den Regen feuerte.

„Ihr seid keine Kinder", stellte der Alte fest.

„Nein. Wir sind Männer und das hier ist die Realität. Wer braucht schon Geschichten!", antwortete Blue nicht gerade freundlich.

„Gut. Wer lehrt euch?"

„Pff!", pfiff Blue mehr als genervt durch die Zähne.

„Wo ist euer Zuhause? Wo wohnt ihr?"

Blue drehte den Kopf zu dem alten Mann und kniff die Augen zusammen.

„Die Straße gehört uns. Die Stadt gehört uns."

„Wo sind eure Eltern?"

„Was geht dich das an?!", herrschte Blue ihn an und sah dann wieder hinaus.

Der andere Junge zuckte mit den Schultern und bequemte sich zu einer Antwort: „Zwei Querstraßen weiter wohne ich. Vater ist auf Montage. Er baut Brücken über den Missouri. Riesengroße Brücken. Mutter liegt im Wochenbett. Ich habe fünf kleine Geschwister. Sie warten auf mich. Vielleicht bringe ich ihnen etwas zu essen mit."

„Wie ist dein Name?"

„Gabriel. Wie der Erzengel." Der Junge grinste.

Der Alte lächelte. „Du glaubst an Gott?"

„Nein. Er liebt mich nicht und deshalb ist er mir scheißegal."

Der alte Mann schüttelte den Kopf.

„Und was ist mit dir, Blue?"

Blue lächelte spöttisch, als er antwortete: „Gott liebt mich. Er hat mir die ganze Stadt geschenkt. Chicago gehört mir. Ich habe alles, was ich zum Leben brauche."

„So? Und wie ist dein richtiger Name?"

„Hab's vergessen."

Der Alte legte den Kopf etwas schräg, hob die Augenbrauen und schien ihn mit seinem Blick durchbohren zu wollen. Er wartete.

„George Washington."

„Wer hat dich eigentlich Respekt gelehrt?"

„Das Leben."

„Deinem Vater und deiner Mutter würde das Herz weh tun."

„Keine Sorge, alter Mann. Mutter ist tot und einen Vater gibt es nicht."

„Du redest nicht wie ein zwölfjähriger Junge."

„Stimmt. Ich bin als Mann zur Welt gekommen. Ich war nie zwölf."

„Moment mal. Woher willst du wissen, dass Blue zwölf ist?", mischte sich Gabriel ein.

„Ich habe geraten."

Gabriel grinste, als er sagte: „Der weiß es ja selbst nicht so genau."

„Weshalb seid ihr nicht in der Schule?", fragte der Alte unbeirrt weiter.

„Das ist unsere Schule. Hier lernst du alles, was du zum Leben brauchst", klärte ihn Blue auf.

„Was brauchst du denn zum Leben, Blue George Washington?"

„Was zu essen, einen trockenen Schlafplatz und eine Wasserleitung." Blue wies mit dem Kopf in Richtung Keller, wo einige alte Rohre zu sehen waren. „Da kommt wirklich gutes, kühles Wasser raus, auch wenn's nicht so aussieht."

Der Alte bemerkte wohl, dass der Junge bei diesen Worten verstohlen auf den Apfel schielte.

„Er gehört dir. Hast du Hunger?"

Blue antwortete nicht, drehte den Kopf zur Seite und starrte wieder in den nicht abreißenden, heftigen Regen.

„Du besitzt nicht viel, Junge, aber eine ordentliche Portion Stolz hat dir dein Großvater mitgegeben."

„Woher willst du das wissen?", fragte Blue, ohne den Kopf zu bewegen.

„Vielleicht kenne ich ihn."

„Hm!", bekam der Alte von ihm nur zur Antwort.

„Bist du vielleicht sein Großvater?", fragte Gabriel.

Der Alte lächelte geheimnisvoll, nickte und sagte: „Sein Großvater, dein Großvater und der aller meiner Enkel."

Der Junge schien verwirrt über diese Antwort. Gabriel starrte den alten Mann mit großen Augen an. „Aber ... du bist ein ... ein Indianer."

Wieder nickte der Alte und lächelte nachsichtig. Blue verließ ohne ein Wort zu sagen seinen Platz und floh in den strömenden Regen hinaus. Binnen weniger Sekunden war er bis auf die Haut durchnässt. Er presste die Hände auf seine Ohren, um nichts mehr hören zu müssen. Der alte Mann erhob sich und kroch ebenfalls hinaus. Der Regen ließ nach und hörte schließlich ganz auf. Der alte Indianer trat zu Blue und sagte leise: „Großmutter wartet auf dich. Geh nach Hause."

Blue schrie so laut er konnte: „Ich bin kein Indianer! Verdammt noch mal! Lasst mich in Ruhe!"

Als er sich umdrehte, stand sein Freund vor ihm.

„Ist ja schon gut", sprach Gabriel besänftigend auf ihn ein.

„Haut ab!", rief Blue wütend. „Lasst mir einfach meine Ruhe!"

„Ich sag doch gar nichts!", verteidigte sich Gabriel. „Und der Alte ist längst verschwunden! Wo ist der überhaupt so schnell hin?"

Sie sahen sich beide suchend um, doch der alte Mann war wie vom Erdboden verschluckt.

Kapitel 2
Oben und unten

Die Absätze der jungen Dame, die einen engen Rock und eine weiße Bluse trug, knallten auf dem Laminatboden, als sie mit schnellen Schritten von ihrem Schreibtisch zur Zimmertür eilte. Ihre rotblonden Locken wippten im Takt dazu. Sie hielt ein Schreiben in der Hand und atmete tief durch, bevor sie an die Bürotür ihres Bosses, Frank McKanzie, klopfte.

„Was gibt es Mrs Hanson", fragte der junge Mann im blau gestreiften Hemd und sah vom Computerbildschirm auf. Die Gläser seiner randlosen Brille funkelten. Er hatte sein Jackett über die Lehne des Bürostuhls gehängt und die Krawatte gelockert. McKanzies Zimmer in der Anwaltskanzlei, die in der Michigan Avenue in Downtown Chicago lag, war wesentlich großzügiger ausgestattet, als das Büro seiner Sekretärin. Es beherbergte unzählige Aktenordner, die wie Zinnsoldaten in Regalen standen, die vom Boden bis zur Zimmerdecke reichten. Eine große Fensterfront, hinter dem Schreibtisch des Vierunddreißigjährigen, ließ das Tageslicht herein. Der Lärm des Loops, des Geschäftszentrums der Stadt und das Rattern des alten El Trains wurden von den dicken, isolierten Glasscheiben abgewehrt. Zwei große Grünpflanzen, rechts und links neben dieser Glasfront, lockerten die triste Ausstattung etwas auf. Dank der Klimaanlage des Bürogebäudes war die Luft hier drin erträglich und duftete dezent nach „Meeresbrise".

Mrs Hanson schloss die Tür hinter sich und trat näher.

„Das Schreiben an Ihre Versicherung ist fertig, Sie müssen es nur noch unterschreiben. Und hier ist ein Schreiben vom Gericht angekommen, Mr McKanzie. Ich denke, es ist sehr wichtig."

Sie legte beides auf seinem Schreibtisch ab. Ohne es zu lesen unterschrieb er das Versicherungsschreiben.

„Das Jugendamt hat seit gestern mehrmals versucht, Sie zu erreichen. Was soll ich der Dame ausrichten? Sie möchte mit Ihnen persönlich sprechen."

McKanzie schielte über den Brillenrand, mit einem bittenden Blick, den Mrs Hanson schon zur Genüge kannte.

„Das kann ich Ihnen leider nicht abnehmen und sie lässt sich nicht mehr vertrösten."

„Gut. Dann geben Sie ihr einen Termin – in sechs Monaten." McKanzie grinste seine Sekretärin spitzbübisch an.

Mrs Hanson lächelte, als sie mitfühlend antwortete: „Sie sollten sich umgehend darum kümmern und die Sache schleunigst erledigen. Es ist besser so."

„Sie hören sich schon an wie meine Mutter. Ich bin Anwalt für Verkehrs- und Arbeitsrecht, nicht für Familienrecht. Was wollen die eigentlich von mir?"

„Tja ich denke es gibt, ... also es hat sich so angehört, als ob man Sie dringend sucht. Sie möchten sich bitte umgehend Ihres Kindes annehmen."

McKanzie ließ den Kugelschreiber auf die Schreibtischplatte fallen und nahm seine Brille mit einer Hand ab.

„Ich soll was?" Er fuhr von dem Stuhl auf.

Mrs Hanson wäre lieber schnell aus der Schusslinie verschwunden, aber er gab ihr keine Chance.

„Es gibt da einen Sohn und Sie sind wohl der einzige Vater ... ehm ... Verwandte ... oder so." Sie verdrehte hilfesuchend die Augen.

„Alimente", schnaufte McKanzie, während er die Brille mit Schwung wieder auf den Nasenrücken setzte und zum Telefon griff. „Das ist doch bloß ein Trick!" Er hielt inne und starrte seine Sekretärin an.

„Gibt es Beweise, dass ich wirklich der Vater bin?"

„Keine Ahnung. Sie sollten sich erst einmal mit der Dame vom Jugendamt in Verbindung setzen. Mrs Cooper wird Ihnen alles erklären können."

McKanzie nahm den Hörer an sein Ohr. „Verflixt! Die Nummer?"

„Moment. Ich kann Sie verbinden."

„Dann tun Sie das, bevor ich es mir anders überlege!"

„Ja, Sir."

Mrs Hanson verschwand fluchtartig im Vorzimmer. Hier glaubte sie sich im Moment besser aufgehoben.

Kaum fünf Minuten später kam Frank McKanzie aus seinem

Büro. Er redete fortwährend mit sich selbst, während die Tür hinter ihm ins Schloss knallte. Mehrmals zählte er die Finger an seinen Händen ab.

„Ich fahre dorthin. Bin in den nächsten zwölf Stunden nicht erreichbar. Quatsch! Zwei. Also: zwölf... vierunddreißig, vierundzwanzig, zweiundzwanzig. Oh, verflucht nochmal", murmelte er weiter.

Die Sekretärin schüttelte den Kopf und grinste. „So schlimm?"

„Schlimmer. Viel schlimmer!"

„Na, dann viel Glück, Mr McKanzie."

„Danke", antwortete er abwesend.

Er schoss zur Tür hinaus, ging mit ausgreifenden Schritten zu einem der Aufzüge und verschwand wenig später in einem der Hochgeschwindigkeitsaufzüge, Speeds genannt. Wie ferngesteuert stieg er schließlich in sein Sportcabriolet. Im rasanten Tempo stürzte er sich in den Großstadtverkehr Chicagos. Der Loop selbst war eine lärmende Geduldsprüfung. Die Michigan Ave, obwohl sechsspurig, wie immer verstopft. Ungeduldig hupte Frank ein paarmal. Doch es nutzte, wie immer, nichts. „Ich liebe Chicago", murmelte er zu sich selbst und trommelte mit den Fingern auf dem Lenkrad herum. Als er endlich den Chicago River in Richtung Norden überquert hatte, kam er mit seinem Cabriolet annähernd auf zulässige Stadtgeschwindigkeit. Am Old Water Tower bog er links in die Chicago Avenue. Zwei Querstraßen weiter in die La Salle Street, immer in nördlicher Richtung. Eine geschlagene Stunde brauchte er dennoch bis zum Ziel, was in ihm wieder einmal die Frage aufkommen ließ, weshalb man ein schnelles Auto besaß, um dann im Schneckentempo durch die Straßen von Ampel zu Ampel zu kriechen. Er grinste, denn er wusste, weshalb er sich ein solches Auto gekauft hatte, obwohl es nicht zwingend notwendig gewesen wäre, denn die halbe Damenwelt Chicagos konnte ihm auch so nicht widerstehen.

Eine Stunde und dreizehn Minuten später rückte Frank McKanzie seine Krawatte zurecht, fuhr mit der Hand über seine kurzen Haarstoppeln und schob die Brille mit dem Zeigefinger den

Nasenrücken hinauf. Er schwitzte nicht der Temperaturen wegen. Dann klopfte er an die Zimmertür, neben der ein Schild mit der Aufschrift Sorgerechtswesen - Margret Cooper - hing. Frank wurde bereits erwartet.

„Guten Tag, Mr McKanzie", grüßte eine ältere Dame mit auffällig gefärbtem Haar und mühte sich, über den Brillenrand zu ihm aufzusehen. „Setzen Sie sich doch."

„Guten Tag", erwiderte Frank McKanzie einsilbig und ließ sich auf den Stuhl, jenseits ihres Schreibtisches, gleiten. Er glaubte die Luft um ihn herum knistern zu hören, in Anbetracht der angespannten Situation, der er sich nun ausgeliefert fühlte.

„Also es handelt sich um Ihren zwölfjährigen Sohn, Walter McKanzie. Seine Mutter ist verstorben. Seitdem streift er allein durch die Stadt. Er besucht keine Schule und ist schon mehrmals wegen Diebstahls geschnappt worden."

„Diebstahl?"

Die Frau auf der Seite ihm gegenüber holte tief Luft. „Leider. Er ist einfach nicht in den Griff zu kriegen. Aber hier handelt es sich um Ihren Sohn!"

„Und deshalb kommen Sie ausgerechnet jetzt auf mich zu? Ist seine Mutter gestern erst gestorben?"

„Nein. Letztes Jahr. Sein Großvater hat sich an uns gewandt. Aber er hat kein Sorgerecht."

„Wo liegt das Problem?"

„Das Sorgerecht haben Sie. Sie sind der Vater."

Sie nickte bedächtig und schüttete ein paar Papiere aus einem großen Briefumschlag auf ihren Schreibtisch.

Langsam griff McKanzie nach ihnen und las. Geburtsurkunde, Heiratsurkunde, Sterbeurkunde und ein paar Fotos.

„Er war fast noch ein Baby. Er kennt mich überhaupt nicht."

„Walter war fünf als Sie gingen und ihn, samt seiner Mutter Winona McKanzie, allein ließen. Sie haben weder Unterhalt für sie, noch für Ihr Kind bezahlt. Finden Sie das nicht ein wenig verantwortungslos?"

„Was wissen Sie schon", murmelte Frank.

Mrs Cooper ging auf diese Äußerung nicht ein. „Vielleicht können Sie ihm helfen. Vielleicht ist es noch nicht zu spät."

Frank legte die Fotos und die Papiere zurück, atmete hörbar tief durch und sagte schließlich: „Okay! Wo muss ich unterschreiben?"

„Was unterschreiben?"

„Die Abtretung des Sorgerechts an seinen Großvater. Wenn er ihn haben will, dann soll er sich um ihn kümmern."

„Gut", sagte Mrs Cooper ein wenig fassungslos und bereitete das Schreiben vor.

„Hören Sie! Ich kann in meiner Position kein Kind gebrauchen. Ich habe gar keine Zeit für so was", versuchte er halbherzig zu erklären.

„Sie brauchen sich vor mir nicht zu rechtfertigen. Vielleicht sollten Sie das eines Tages vor ihrem Sohn tun."

„Falls wir uns jemals begegnen", fügte Frank zynisch hinzu.

Mrs Cooper hob den Kopf und lächelte ihn an.

„Das lässt sich wohl kaum vermeiden, Mr McKanzie. Mit der Abtretung des Sorgerechts verpflichten Sie sich gleichzeitig, Walter McKanzie zu seinem Großvater zu bringen und ihn dort persönlich und wohlbehalten abzuliefern."

„Sie sind verrückt!"

„Ich darf ja wohl bitten!"

„Entschuldigen Sie. Aber warum kann ihn der Großvater nicht einfach selber abholen? Er war doch hier, denke ich."

„Er ist ein Reservatsindianer."

„Und?"

„Er kann ihn nicht holen." Mrs Cooper schnappte nach Luft.

„Jetzt fragen Sie mich bloß nicht, warum!", fegte sie ihn an, sodass selbst Frank McKanzie es nicht wagte, ihr zu widersprechen.

„Also gut. Wo finde ich Walter?"

Margret Cooper druckte das Schreiben aus und lächelte nun wieder, als sie antwortete: „In Chicago."

„Warum sagen Sie nicht gleich im Amazonas."

„Lassen Sie ihn sich bringen. Sie haben doch die nötigen Mittel dazu, Mr McKanzie. Die Polizei hat ihn schon ein paar Dutzend Mal eingefangen, aber nie ist er auf einem Polizeirevier angekommen. Er war so clever, ihnen immer wieder zu entwischen. Einigen Polizisten hat er einfach in die Finger gebissen, sodass sie ihn losließen. Ein paar hat er getreten und, weiß Gott, er wusste genau wohin."

„Das sind ja tolle Aussichten." Frank schüttelte den Kopf. „Von mir hat er das nicht!"

„Wissen Sie, wie sie ihn nennen? Blue Light Shadow."

„Blaulichtschatten?"

Seit zwei Stunden saß Walter McKanzie, genannt Blue, im Polizeirevier im 23. District und wartete. Worauf? Man hatte ihn zur Sicherheit mit Handschellen an einem der Heizungsrohre gefesselt. Vergeblich hatte er versucht, seine Hand hindurch zu zwängen. Irgendwann hatte sich der Junge damit abgefunden. Das Handgelenk schmerzte. Seine Jeans war auf der Flucht an mehreren Stellen zerrissen. Sein Shirt stand vor Schmutz und Schweiß. Die nackten Füße steckten in offenen Turnschuhen. Die Wut ließ seine schwarzen Augen funkeln und seine zusammengepressten Lippen waren nach unten gezogen.

Blue war wütend auf die Polizisten, die ihn aufgegriffen hatten und es gewagt hatten, ihm sein Messer wegzunehmen. Und er war wütend auf sich selbst, weil er es dieses Mal nicht geschafft hatte, ihnen zu entkommen. Sie sagten ihm nicht einmal warum sie ihn festhielten. Die Turnschuhe hatte er schon vor vier Wochen gestohlen. Das konnte es also nun wirklich nicht sein. Blue streckte den Hals, um einen Blick nach draußen zu erhaschen. Das türkisfarbene Sonnenschutzsegel vor dem Fenster ließ nur einen Blick an der Ampel vorbei auf die Straßenkreuzung und die gegenüberliegende Tankstelle zu. Er beobachtete die vorbeifahrenden Autos eine Weile.

Die Zeit schien endlos. Der quälende Durst ließ Blues Zunge schließlich am Gaumen kleben. Zweimal hatte er einen der Männer ansprechen wollen, aber sein Stolz ließ seine Zunge da, wo sie klebte. Schließlich hockte er sich wieder neben die Heizung. Der Officer, der ihm gegenüber am Schreibtisch saß, hob hin und wieder den Kopf und nickte ihm lächelnd zu. Blue ignorierte das. Mit geneigtem Kopf beobachtete er stattdessen alles und jeden aufmerksam durch die langen Strähnen seines zerzausten Haares, das ihm über die Augen fiel. Seine Hoffnungen schienen zu schwinden. Was habt ihr mit mir vor verflucht, dachte er wütend Ich habe nichts verbrochen!

Irgendwann kam eine ältere Lady durch die Tür, gefolgt von einem jüngeren Mann im Anzug. Beide steuerten geradewegs auf den Jungen zu. Blues ganze Aufmerksamkeit richtete sich auf die Ankömmlinge. Doch er bemühte sich um Gleichgültigkeit.

„Ist er das?", fragte der Mann.

Walter blickte dem Fremden auf die Schuhe. Es waren keine Turnschuhe. Er mochte weder den Tonfall, in dem er seine Frage gestellt hatte, noch seine schwarzen Slipper.

„Ja. Darf ich vorstellen: Das ist Walter McKanzie. Walter, das ist Frank McKanzie, dein Vater."

Blue zuckte innerlich zusammen. Als er aufspringen wollte, hinderte ihn die Heizung daran und das Handgelenk, um das er die Handschellen trug, schmerzte erneut unter dem Ruck, sodass er hätte aufjaulen können. Aber er biss die Zähne hart aufeinander.

„Hi, Walter", grüßte Frank, nur um überhaupt etwas zu sagen.

Blue schwieg. Er sah ihn nicht einmal an.

„Ich bin Margret Cooper vom Jugendamt. Dein Großvater, Mr Stone Horse, hat sich an mich gewandt. Willst du deinem Vater nicht Guten Tag sagen, Walter?", fragte die ältere Dame freundlich.

„Es gibt keinen Vater."

„Jeder Mensch hat einen Vater, Walter, und das hier ist deiner."

Der Junge begann den Kopf zu heben und blickte an dem fremden Mann hinauf. Er musterte den Anzug, das weiße Hemd, sein skeptisches Gesicht, mit dem kaum sichtbaren Brillengestell. Die kurzen, dunklen Haare glichen einer Frisur aus einem Modemagazin und glänzten übertrieben. Dann spürte Walter plötzlich den scharfen Blick des Fremden unangenehm auf seiner Haut, in der er sich nun nicht mehr wohl fühlte.

„Und?", fragte er schließlich.

„Walter. Dein Vater und auch dein Großvater haben beschlossen, dass es besser für dich ist, wenn du zu Hause wohnst, die Schule besuchen und ein geregeltes Leben führst."

„Mein Leben ist geregelt!"

„Das sehe ich", meinte Frank McKanzie. „Ich bringe dich nach Hause."

„Woher willst du wissen, wo mein Zuhause ist?", schnaufte Blue.

Mrs Cooper hatte die Hände ineinander gefaltet, atmete tief durch und hüllte sich in Schweigen.

„Hör zu, Walter. Dein Großvater will dir helfen. Er hat lange nach dir gesucht. Ich werde dich zu ihm bringen. Ich glaube, bei ihm bist du in den besten Händen."

Blue schluckte seine Wut schweigend hinunter. Bis gestern war sein Leben noch völlig in Ordnung gewesen und heute tauchten plötzlich, wie aus dem Nichts, ein Vater auf, der von einem Großvater faselte, den er nicht einmal kannte. Verflucht nochmal! Wer zum Teufel hatte ihn gefragt, ob er einen Großvater wollte, der es gut mit ihm meint und einen Vater, der sich nie um ihn gekümmert hatte.

„Komm, Walter! Es ist besser so."

Und wahrscheinlich die einzige Möglichkeit, hier rauszukommen und diese verdammten Handschellen loszuwerden, dachte Walter und stimmte schließlich zu. Erstmal raus hier, dann konnte man weitersehen.

„Okay. Gehen wir", sagte Frank.

Mrs Cooper schien ehrlich überrascht von Walters rascher Vernunftsanwandlung und nickte. Der Officer, der die ganze Zeit über am Schreibtisch gesessen hatte, stand auf und gab Walter McKanzie frei.

„Passen Sie gut auf Ihren Sprössling auf!", mahnte er und grinste Frank McKanzie hintergründig an.

Blue ging mit seinem Vater aus dem Polizeirevier. Er blieb skeptisch, als sie das zweistöckige Backsteingebäude verließen und sich von Mrs Cooper verabschiedeten. Dann schob Frank seinen Sohn am Arm voran um die Ecke in die North Halsted Street, in der sein Wagen unter dem Schatten eines Baumes parkte. Vor dem Sportcabriolet blieb er stehen und Walter betrachtete es genau. Sein Erstaunen war Frank nicht verborgen geblieben. Er lächelte, als er Blue die Tür öffnete.

„Steig ein", sagte er, als er das Zögern des Jungen bemerkte. Blue zögerte, doch dann folgte er der Anweisung. Es konnte nicht schaden, einmal mit so einem Nobelschlitten durch die Straßen kutschiert zu werden. Zum Flüchten würde sich noch eine passende Gelegenheit finden. Walter ließ sich auf den Beifahrersitz gleiten und schlug die Tür zu.

„Anschnallen!"

Walter folgte dem Befehl seines Vaters ohne Widerworte. Dann spürte er den Fahrtwind um seine Ohren pfeifen, der mit seinem Haar sein Spielchen trieb. Walter genoss den Augenblick. Er lächelte sogar, ohne dass er es wollte. Schnell verschwanden das Polizeirevier, die Tankstelle, das Haus an der Kreuzung, aus seinem Blick.

Blue sah nach vorn. Entlang der Straße parkten an beiden Seiten Autos. Er sah die alten Häuser und las die Wegweiser. Frank blinkte und bog nach rechts, in den Lake Short Drive ab. Links führte dieser zum Lincoln Park. In südlicher Richtung allerdings baute sich in der Ferne die Skyline der Downtown vor Blues Augen auf. Blue kannte diesen Anblick. Wenn er sich manchmal am Lincoln Park herumtrieb, konnte er von dort sein altes Revier sehen. Der Lake Short Drive führte direkt am Ufer des Michigan Lake nach Süden. Eine beliebte Touristenroute. Das gegenüberliegende Ufer des Sees war nicht zu sehen.

Heute war es fast windstill, sodass er friedlich wirkte. Aber Blue wusste nur zu gut, wozu der Wind fähig war. Dann peitschten die Wellen ziemlich hoch und man konnte fast vergessen, dass hier kein Meer, sondern nur ein See vor einem lag. Blue schielte zur Landseite, als sie am Big John, dem zweithöchsten Wolkenkratzer der Stadt, vorbeifuhren.

„Schlappe vierundneunzig Stockwerke", sagte Frank, wie zu sich selbst. „Von da oben hat man einen phantastischen Ausblick auf die Stadt und den Michigan."

Blue antwortete nicht und hoffte inständig, niemals hinauf zu müssen. Er hob die Hand als Sonnenschutz vor die Augen und sah, eine Handbreit daneben, den Old Water Tower in weiterer Entfernung auftauchen. Er grinste. Das Gebäude hatte wirklich

Ähnlichkeit mit einer überdimensionalen Pfeffermühle. Dabei war es einst das Wasserlager der Feuerwehr gewesen und war heute eine zentrale Pumpstation der städtischen Wasserwerke. Mehrere Geschäfte und Restaurants mit Seeblick reihten sich entlang der Promenade aneinander. Wenig später bog Frank McKanzie zum Lake Point Tower am Navy Pear ein und steuerte direkt auf eines der Hochhäuser zu.

Oh mein Gott! Das ist nicht dein Ernst, dachte Blue noch, als das Sportcabriolet viel zu früh stoppte, um schließlich mit ihm in einer Tiefgarage zu verschwinden. Als er die Tür öffnen wollte, um auszusteigen, packte ihn eine starke Hand am Arm. Blitzschnell wandte er sich um und blickte in Frank McKanzies Augen.

„Denk nicht mal dran", zischte sein Vater drohend.

Blue schwieg und wich Franks Blick aus. Wie ferngesteuert folgte er dem Mann, der sich sein Vater nannte, zum Aufzug. Er hasste diese Dinger, aber noch mehr hasste er es, zuzugeben, dass er Angst hatte dort einzusteigen. Er versteckte sich hinter einer Maske des Schweigens und wandte Frank den Rücken zu, damit dieser seine Angst nicht bemerkte. Himmel, muss er ausgerechnet eine Wohnung unter dem Dach dieses Wolkenkratzers haben, dachte Blue, während er sich im Hochgeschwindigkeitsaufzug fast schwerelos fühlte. Der Lift stoppte abrupt, noch ehe er zu Ende gedacht hatte.

Frank schob den Jungen voran in den Flur und öffnete seine Wohnungstür.

„Bitte", sagte er mit einer Geste.

Blue trat hinein, blieb stehen und sah sich um.

So sieht also die obere Etage Chicagos aus, dachte er.

„Hey! Willst du Wurzeln schlagen? Fühl dich wie zu Hause!"

„Wohnst du allein hier?"

„Ja."

„Und das gefällt dir?"

„So ist es."

„Erwarte nicht von mir, dass ich Dad oder so was zu dir sage."

„Okay." Frank lachte. „Für dich also Frank."

„Wer hat mir eigentlich den beschissenen Namen verpasst?"

„Walter?"

Blue nickte.

„Ich finde ihn gut."

„Ich hasse ihn."

Frank zuckte mit den Schultern. „Du hast eine ordentliche Dusche bitter nötig, Junge. Hier liegen neue Sachen für dich. Ich hoffe sie passen dir. Mrs Cooper hat sie eingekauft. Die Tür rechts neben dir geht zum Badezimmer."

„Sag nicht Junge zu mir, verstanden!" Blue hasste diese Bezeichnungen. Er war erwachsen!

„Okay. Was dann?"

„Blue."

„Du spinnst!"

„Sie nennen mich Blue Light Shadow."

„Also doch."

„Weißt du, dass du da unten umgebracht werden kannst, nur weil du Walter heißt?"

„Verstehe." Frank lachte leise.

„Nichts verstehst du!"

Blue ließ die Badezimmertür hinter sich ins Schloss fallen. Er genoss das Wasser im Überfluss, welches prickelnd über seine nackte Haut perlte. Dann griff er nach dem Duschgel, auf dem ‚for man' stand. Mit dem Duschtuch um die Hüften schüttete er den Plastikbeutel aus, in dem sich die neue Klaidung befand.

„Wow!", entfuhr es ihm. „Die Alte ist cooler, als ich dachte", murmelte er vor sich hin, als er die nagelneue Jeans, das Shirt und die Unterwäsche untersuchte.

Blue zog alles an und er konnte nicht leugnen, dass er sich so wohl fühlte, wie schon lange nicht mehr. Für die nächste Zeit würde das reichen. Jetzt wurde es Zeit, abzuhauen. Frank war weder zu sehen noch zu hören und Blue drehte den Türknauf der Wohnungstür auf.

„Scheiße", zischte er leise, als er bemerkte, dass die Tür abgeschlossen war.

Dann begann er die Fenster näher zu untersuchen. Nirgendwo fand er etwas, um sie zu öffnen. Die Nase an die Scheibe gedrückt, sah er hinaus und schlug schließlich wütend mit der flachen Hand gegen das dicke Fensterglas. Das erste Mal in seinem

Leben sah er die Straßenschluchten der großen Stadt von oben. Die Strahlen der sich neigenden Abendsonne brachen sich auf den kleinen Wellen des Chicago River und schaukelten sanft auf dem türkisblauen Wasser des Michigansees, als wollten sie ihn necken. So verharrte Walter McKanzie, bis er irgendwann zusammenzuckte, als ihn Franks Stimme aus seinen Gedanken riss.

„Na. Keine Erfahrungen im Fassadenklettern?"

„Noch nicht. Aber ich bin lernfähig", meinte Blue zynisch.

„Das freut mich. Ich meine, dass du dich als lernfähig einschätzt."

„Bist du auch einer von denen, die Menschen für dumm halten, nur weil sie nicht in so feinen Anzügen rumlaufen wie du?"

Frank schien zu überlegen. Dann sagte er: „Darüber habe ich noch nie nachgedacht."

„Hm", machte Blue und wandte sich vom Fenster ab.

Frank stand in Jeans und schlabberigem Shirt vor ihm.

„Ich mach uns was zum Essen. Hast du Hunger?"

Blue schob die Daumen in die Gesäßtaschen der neuen Jeans und nickte.

„Du solltest vielleicht die Preisschilder von den Sachen abmachen", lächelte Frank und wies mit einer Geste zu ihm. Blue sah suchend an sich herab und riss einen Zettel ab. Frank trat einen Schritt auf ihn zu und griff zum Halsausschnitt des Shirts. Blue verstand das als Angriff und ging reflexartig in Abwehrposition.

„Schon gut, Blue Light Shadow." Frank hielt inne. „Da hängt noch eins. Hinten."

Blue angelte selbst danach und zog es ab, während Frank seine Hand wieder sinken ließ.

„Du lässt dir nicht gerne helfen", stellte er fest.

„Da unten hilft dir niemand. Ich musste lernen, mir selbst zu helfen und das kann ich ganz gut."

Frank nickte, sagte aber nichts darauf und wandte sich um. In der Küchenecke im großen Wohnraum kramte er scheppernd eine große Pfanne hervor und schob sie auf das Kochfeld.

„Ich habe uns Steaks gekauft und Backkartoffeln. Ich hoffe, du magst das. Ich bin kein großartiger Koch", meinte er, während er die Kartoffeln aus der Tüte auf ein Blech schüttete.

Blue hatte Hunger. Weiß Gott, er hatte großen Hunger. Ihm war völlig egal, was der Mann namens Frank McKanzie da zusammenrührte. Hauptsache es gab etwas zu essen und es duftete so gut, dass ihm das Wasser im Mund zusammenlief. Blue beschloss, zum Essen zu bleiben. Zum Flüchten war später noch Zeit. Sein Hunger war größer als sein Stolz es jemals sein konnte. Doch dann wollte er gehen. Er hatte nicht vor, sich von Frank oder irgendjemandem zu irgendwelchen Großeltern bringen zu lassen. Und schon gar nicht in ein Indianerreservat! Blue setzte sich in den großen Ledersessel und lehnte sich an. Er konnte nicht leugnen, dass es sich gut anfühlte, darin zu sitzen.

„Willst du fernsehen?", rief Frank aus der Küchenecke, während die Steaks in der Pfanne brutzelten.
„Die Fernbedienung liegt auf dem Couchtisch."
Blue probierte alles aus, schaltete von Sender zu Sender und sog alles in sich hinein, wie es schien. Das letzte Mal hatte er ferngesehen, als er acht war, glaubte er. Dann war die alte Kiste kaputtgegangen. Geld für eine neue gab es nicht. Es reichte gerade für Miete, Strom, Wasser und manchmal auch für etwas zu essen. Als seine Mutter dann im letzten Jahr gestorben war, brachte man ihn, zusammen mit seiner kleinen Schwester Bonnie, in ein Heim. Sie war erst sechs. Als Blue von ihr Abschied nahm, hatte sie sich fest an ihn geklammert und geschluchzt. Er hatte die Freiheit der Straßen Chicagos gewählt und war aus dem Heim geflüchtet.

„Komm Blue! Das Essen ist fertig."
Blue hörte Frank mit Tellern und Besteck klappern und stand auf. Er brachte es tatsächlich fertig, ein wenig zu lächeln, als er sich zu ihm an den Tisch setzte. Frank hatte es bemerkt und lächelte ebenfalls. Walter haute rein was das Zeug hielt, als befürchte er, jemand könne es ihm wegnehmen. Frank beobachtete ihn und grinste schließlich. Als der Junge sich den Teller ein zweites Mal voll packte, fragte er ihn: „Schmeckt's?"
„Hm. Dafür, dass du kein großartiger Koch bist, schmeckt es ganz gut."
Frank lachte. „Danke."
Walter sah ihn einen Augenblick verwundert an, zuckte mit den

Schultern und aß weiter. Als er schließlich fertiggekaut hatte, trank er das große Glas Cola in einem Zug aus und rülpste laut, während er es abstellte. Dann wischte er sich mit dem Handrücken über den Mund. Frank kaute noch.

„Warum bist du abgehauen?", fragte Blue unvermitelt.

Frank würgte den Brocken hinunter. Vor solch einer Frage hatte er sich immer gefürchtet.

„Verdammt", sagte er so leise, dass er es selbst kaum verstand. „Ich bin nicht abgehauen. Sie hat mich vor die Tür gesetzt!" Frank bemühte sich um Selbstbeherrschung.

Blue sah seinem Vater fragend in die Augen und schwieg. Der konnte seinen Blick kaum ertragen. Er wich ihm aus und schüttelte energisch den Kopf.

„Das ist eine lange Geschichte", sagte Frank schließlich und trank sein Bier aus. Frank McKanzie wollte offensichtlich nicht darüber sprechen. Er hatte diesen Teil seines Lebens lange hinter sich gelassen und abgehakt. Der Blick seines Sohnes auf ihm behagte ihm nicht und er spürte den Anflug eines schlechten Gewissens. Er wusste nichts von ihm und er hatte nie an ihn gedacht, nicht mal zu Weihnachten.

„Sieben Jahre", sagte Blue. „Ich wette, du hättest jeden mitgenommen, den dir die Bullen eingefangen hätten und du hättest nicht mal gewusst, ob ich es bin oder ein anderer. Vielleicht wäre es dir sogar egal gewesen."

Frank versuchte sich mit der Situation anzufreunden.

„Du siehst genauso aus wie sie. Sie war wunderschön. Du hast ihre schwarzen Augen und ihr widerspenstiges, schwarzes Haar."

„Ha! Jetzt werd' bloß nicht sentimental, Frank. Dafür ist es zu spät."

Frank schlug leicht mit den Handflächen auf die Tischplatte und stand auf.

„Okay. Ich zeige dir das Gästezimmer. Morgen früh bringe ich dich nach Pine Ridge zu deinen Großeltern. Ich habe das Sorgerecht an sie abgetreten. War schön dich kennengelernt zu haben."

Blue kniff die Augen zu kleinen Schlitzen und presste die Lippen aufeinander. Das werden wir ja noch sehen, dachte er.

Gegen Morgen wälzte sich der Junge im Bett hin und her und zerwühlte seine Decken. Zwischen Wachen und Schlafen lag er auf dem Bauch und hielt die Zipfel des Kissens krampfhaft fest, das er sich über seinen Kopf gezogen hatte. Er war schweißgebadet und wehrte sich gegen das Aufwachen. Noch nicht! In seinem Traum rannte er. Er wollte es nicht, aber er lief und lief. Er rannte und wusste nicht wohin. Hauptsache weg! Es wurde dunkel und kalt, als er ein paar Zelte vor sich auftauchen sah. Was soll denn das, dachte er noch.

Zwischen den Bäumen standen sie: große, spitze Zelte mit Büffelhäuten bespannt und verschieden bemalt. Die dicke Schneedecke schien unberührt, als hätte sie nie ein menschliches Wesen berührt und glitzerte im Licht des Vollmondes. Walters Atemluft verwandelte sich zu Rauch und verflüchtigte sich.

Schnee mitten im Juni, fragte er sich in Gedanken und zog eine Büffelfelldecke enger um sich herum. Aber er spürte die Kälte nicht.

„Ist hier jemand?", rief Blue laut.

Niemand antwortete. Gedämpftes Licht drang durch die Zelte nach außen und umgeben von völliger Stille ging er langsam, fast zögernd weiter. Nicht einmal die dösenden Pferde beachteten ihn. Er fand sich vor dem Eingang eines Zeltes und sah sich um. Dann fasste er seinen ganzen Mut zusammen und ging hinein. Was er dort sah, brachte sein Herz zum Trommeln. Eine junge Frau schürte das Feuer und legte zwei Holzscheite hinein.

„Mutter?"

Blue war verwirrt. Er kämpfte jetzt nicht mehr mit Decke und Kopfkissen. Die junge Frau sah auf und lächelte. Blue spürte eine starke, schwere Hand auf seiner Schulter und blickte erschrocken zu dem Mann, der wie aus dem Nichts neben ihm aufgetaucht war. Der Alte lächelte ihn freundlich an. Blue erschrak noch mehr. Er konnte sich an diesen Mann genau erinnern, der vor zwei Wochen zu ihm ins Kellerloch gekrochen war. Doch heute trug er Ledersachen mit Fransen, wie er es einmal in einem Western im Fernsehen gesehen hatte. Nur diese waren viel schöner und sie waren kunstvoll bestickt. Der Alte lachte leise, als er die sprachlose Verwunderung im Gesicht des Jungen sah. Dann sprach er

Worte zu der jungen Frau, die Walter Blue Light Shadow nicht verstand. Sie nickte daraufhin. Blue erinnerte sich an die Geschichte, die der alte Mann im Kellerloch, während des Gewitters, erzählt hatte und ein kribbelnder Schauer kroch an seinem Nacken hoch. „Dein Kind soll leben", hatte er zu der jungen Frau gesagt. Er hörte es noch genau in seinen Ohren.

Es dauerte eine Weile, bevor er realisierte, dass er aufgewacht war. Es roch nach frisch gewaschener Wäsche und es war warm und trocken. Ein schwacher Lichtschein fiel zum Fenster herein. Blue tastete nach seinen Sachen, die er am Leibe trug. Ein kurzer Baumwollpyjama. Keine Büffelfelldecke. Dann griff er in seine Haare und zerzauste sie, mehr als sie ohnehin schon waren. Nein. Er hatte keine Zöpfe. Einen Augenblick lang hatte er an sich gezweifelt. Er schüttelte den Kopf.

„Hm. Verrückt."

Wenn Frank McKanzie gedacht hätte, sein Sohn wäre zur Vernunft gekommen und würde freiwillig zu ihm in das Sportcabriolet steigen, so hatte er sich geirrt. Blues Gedanken waren auf Flucht programmiert. Er wollte hier weg und zwar so schnell wie möglich. Sobald sie in der Tiefgarage angekommen waren, ließ er sich hinter Frank zurückfallen. Der steuerte geradewegs auf seinen Wagen zu, spielte mit dem Schlüssel in der Hand und sagte nebenbei: „Interessierst du dich für Autos? In deinem Alter habe ich bereits von so einem geträumt. Ich konnte es kaum erwarten, endlich alt genug zu sein, um selbst fahren zu dürfen." Frank lachte. Es antwortete ihm niemand, aber so ungewöhnlich schien das bei Walter nicht zu sein. Dennoch sah er sich nach ihm um, als er aufschloss.

„Walter!", rief er.

Der Bengel war nirgendwo zu sehen.

„Walter!", rief er noch einmal.

„Blue Light Shadow!", versuchte er es, in der Hoffnung, der Junge würde auf diesen Namen reagieren.

„Scheiße!", fluchte Frank schließlich wutentbrannt und knallte die Fahrertür wieder zu, als er schließlich erkennen musste, dass der Junge entwischt war.

Blue hörte die Stimme seines Vaters und rannte so schnell er konnte aus der Tiefgarage hinaus, ein Stück die Straße entlang und um die nächste Ecke. Keuchend schnappte er nach Luft, blieb kurz stehen und lehnte sich gegen die Hauswand. Als sich sein Atem etwas gemäßigt hatte, lief er weiter. Er kannte Straßen, Wege und Gassen, durch die Frank noch nie in seinem Leben gekommen war. Schmale Schluchten, durch die nicht einmal ein amerikanischer Kleinwagen passte. Hier, in seinem Revier, fühlte er sich sicher und so schlenderte er, die Hände in den Hosentaschen, über eine der zweiundfünfzig Hebebrücken des Chicago River, bis zu seinem Kellerloch. Eine leere Coladose, die mitten auf dem Weg lag, schoss er im hohen Bogen fort, dann lachte er fröhlich. Niemand brachte ihn irgendwohin!

Frank hatte indessen über sein Handy die Polizei gerufen. Er wurde noch wütender, als der Officer am anderen Ende schallend in den Hörer lachte.
„Sie hätten ihn an sich ketten sollen, McKanzie. Ich hatte schon öfter das Vergnügen mit ihm, glauben Sie mir. Ich kenne den Burschen. Hat mich gewundert, dass er überhaupt mit zu Ihnen in die Wohnung gegangen ist. Wie haben Sie das fertiggebracht?"
Wieder lachte er amüsiert durch den Hörer, während Frank schnaufte.
„Das wird teuer. Falls wir ihn nochmal erwischen sollten, legen Sie sich am besten gleich ein paar Handschellen zu. Anders ist der nicht zu bändigen. Liegt wohl an seinem indianischen Blut."
Frank McKanzie drohte seine Selbstbeherrschung zu verlieren. Der Polizist hatte es hier nicht mit einem minderjährigen Ausreißer zu tun, sondern mit einem renommierten Anwalt! „Überlegen Sie sich genau, was sie sagen! Finden Sie ihn! Sonst wird es für Sie verdammt teuer!", drohte er unmissverständlich. Er hätte den Hörer aufknallen können, so wütend wie er war.
„Ja, Sir!", kam es um einige Tonarten freundlicher zurück.
„Verfluchte Scheiße nochmal! Ich habe nicht viel Zeit", zischte Frank zu sich selbst, steckte das Handy ein, stieg in seinen Wagen und startete. Wohin er wollte, wusste er selbst nicht genau. Er fuhr einfach ziellos durch die Straßen, in der Hoffnung den Jun-

gen irgendwo zu sehen. Er wusste, wo Walter aufgewachsen war und kurvte gezielt durch die engen Straßen. Hier und da glaubte er Walter am Straßenrand gesehen zu haben. Die wenigen Jungen, die, warum auch immer, gerade nicht in der Schule waren, trugen alle die gleichen Jeans, Shirts und Turnschuhe. Als hätten sie alle den gleichen Modedesigner, sinnierte Frank. Aber Walter blieb verschwunden und die Polizei meldetet sich ebenfalls nicht. Am Abend verwandelte sich Franks anfängliche Wut in Sorge. Wo steckte der Junge? Frank McKanzie ärgerte sich über diese Gefühlsregung. Er suchte nach seinem Sohn, den er bis gestern gar nicht haben wollte und begann sich am Abend mehr und mehr zu sorgen. Obwohl er versuchte sich einzureden, dass es vielleicht besser so sei und er ein Problem weniger hatte, wenn der Junge nicht wieder auftauchen sollte, gelang es ihm nicht, auch so zu fühlen. Er kam sich so hilflos vor und er hasste das. Diese Gegend, diese schmalen Gassen von Chicago, waren ihm unheimlich und er verglich sie mit einem Labyrinth. Man musste schon lebensmüde sein, sich abends dort herumzutreiben. Frank hatte Angst. Die Jugendlichen, die er gewagt hatte zu fragen, konnten ihm entweder nicht mehr antworten oder sie beschimpften ihn.

Hier war das Getto. Hier traute man sich als reicher Amerikaner besser nicht her. Der Sirenenklang in der Ferne gehörte hierher. Ein vertrautes Großstadtgeräusch. Der Sound der City. Die heulenden Wölfe. Das hier war Walters Heimat. Frank gehörte hier nicht hin. Plötzlich schienen sie Welten voneinander entfernt zu sein. Frank gehörte in das saubere Chicago, mit den Glasfensterfronten und breiten Straßen. Walter war hier aufgewachsen: in der Gosse, zwischen Säufern und Herumtreibern. Jemand bettelte Frank um ein paar Dollar an. Dem abgemagerten Kerl, mit den Bürstenstoppeln auf dem Kopf und im Gesicht, fehlten einige Zähne. Frank rümpfte die Nase. Der Kerl stank nicht nur nach Bier. Als er ihm eine Fünfdollarnote hinhielt, sagte er: „Hier. Und nun verschwinde."

„Danke. Vielen Dank," kam es unerwartet freundlich zurück.

„Hey!", rief Frank ihn an, als der Kerl im Begriff war weiterzugehen.

„Kennst du Blue Light Shadow?"

„Blue? ... Ja." Der Kerl grinste.

„Weißt du, wo er gerade steckt?"

Der Kerl lachte auf. „Wer will das wissen, he?"

„Ich bin sein Vater!", antwortete Frank entschlossen.

Sein Gegenüber legte den Kopf schräg und musterte ihn kopfschüttelnd. Er wandte sich erneut zum Gehen, ohne die Frage beantworten zu wollen.

„Hey du! Ich gebe dir nochmal fünf Dollar, wenn du mir sagst, wo ich ihn finde."

„Er ist wie ein Schatten."

„Zehn Dollar."

„Mann! Für zehn Dollar lässt man hier 'ne Leiche verschwinden."

„Okay. Was willst du?"

Der borstige Kerl schien sich köstlich zu amüsieren.

„Sie kapieren's nicht, was? Er hat seinen Namen zu Recht. Eben war er noch hier und schon ist er wieder ganz woanders. Chicago gehört ihm." Der Kerl sprach geheimnisvoll und begleitete seine Worte mit ausführlichen Gesten.

Nun war Frank es, der sich mit den Worten „Alter Spinner", von ihm abwandte und mit eiligen Schritten weiterhastete. Er hörte das Lachen hinter sich und sah auf die Uhr. Neun Uhr abends. Es war noch taghell, doch in die Straßenschluchten der engen Gasse kam schon seit Stunden kein Sonnenstrahl mehr durch.

„Was zum Teufel mache ich hier eigentlich?" Das hatte Frank sich heute schon mehrmals gefragt. Er überlegte, wo er sein Auto geparkt hatte und dass es besser wäre, die Gegend schnellstens zu verlassen. Gedankenversunken bog er um die nächste Hausecke und prallte mit einem Hünen zusammen, der offensichtlich zu einer Gang gehörte. Unwillkürlich zuckte Frank zusammen. Mehrere Jugendliche kamen näher und musterten ihn herausfordernd.

„Sorry", brachte er heiser heraus, dann versuchte er stehenden Fußes zu verschwinden.

„Nicht so schnell, Mann. Hast du 'n bisschen Lösegeld bei dir?"

„Okay! Ganz langsam." Frank griff in die Hosentasche und zog zehn Dollar heraus.

Die Jugendlichen lachten ehrlich amüsiert. Der Hüne packte Frank McKanzie am Hemdkragen und drückte ihn fest gegen die Hauswand, sodass er kaum noch Luft bekam.

„Willst du uns verarschen. So einer wie du läuft nicht mit lumpigen zehn Dollars herum. Hast dich wohl verlaufen, wie?"

„Ich suche Blue ...", presste Frank mühsam heraus.

„Ich verstehe dich so schlecht, Mann. Rück deine Brieftasche raus und diskutier nicht!"

Frank war weder fähig, sich zu bewegen, noch nach Luft zu schnappen. Das war kein Spaß, sondern bitterer Ernst. Er war das Opfer eines Raubüberfalls! Der Druck auf seine Kehle nahm zu und er schwitzte plötzlich. Seine Brille war so beschlagen, dass er nichts mehr erkennen konnte. Er fühlte nur noch, wie seine Knie nachgaben, dann rutschte er zu Boden. Jemand zog ihm den Geldbeutel aus der Tasche und wie in Trance hörte er Stimmen, die sich schnell entfernten.

Oh Gott, ich wurde ausgeraubt, schoss es ihm durch den Kopf. Alles um ihn herum schien sich zu drehen und er sah nichts als unendliche Spiralen vor seinen Augen flimmern. Ein unnachgiebiges Rütteln holte ihn schließlich zurück. Er stöhnte laut. Der Schädel brummte und er verspürte eine quälende Übelkeit. Langsam, ganz langsam, sah er die schemenhafte Gestalt vor sich, die ihn noch immer rüttelte.

„Frank!", rief ihn eine Stimme an. „Wach schon auf!"

Er kannte die Stimme. „Bist du es, Blue?"

„Was hast du hier zu suchen, Frank?"

Frank griff nach seinem Kopf und stöhnte wieder.

Die Stimme, die zu Blue gehörte, lachte wenig freundlich. „Steh schon auf und jammere nicht!"

Frank versuchte es. Zwei starke Hände packten ihn und lehnten ihn gegen die Hauswand.

„Nicht schon wieder. Ich habe nichts mehr," flehte er.

Blue schien das amüsant zu finden und kicherte. „Hey! Komm zu dir."

Frank riss sich zusammen und wischte seine Brille ab. Aus der schemenhaften Gestalt wurden klare Bilder. Sein Sohn stand direkt vor ihm. Seine Haare standen widerbostig in alle Richtungen ab. „Hast du keinen Kamm?", schimpfte er.

„Hast du keine anderen Sorgen?"

Frank holte tief Luft und versuchte sich zu beruhigen. Sein Herz klopfte unregelmäßig und er konzentrierte sich auf das Atmen. Geduldig hockte Blue vor ihm und wartete.

Dann bequemte sich Frank zu einer Antwort: „Doch. Ein gewisser Wal..." Weiter kam er nicht. Blue presste ihm die Hand auf den Mund. „Sprich's nicht aus!" Blue nahm seine Hand wieder herunter.

Frank seufzte. „Na super! Mein Sohn ist mir davongelaufen. Die Polizei jagt ihn nun und das Jugendamt macht mir die Hölle heiß. Ich bin überfallen und ausgeraubt worden. Nicht nur mein Geld ist weg, sondern auch meine sämtlichen Papiere, einschließlich Kreditkarte. Ganz zu schweigen davon, ob mein Wagen noch da steht, wo ich ihn geparkt habe. Und ich habe nur drei Tage Zeit, um dich nach Pine Ridge zu bringen."

Frank sprach ohne Punkt und Komma und holte tief Luft. „Und mein Brillengestell ist verbogen", fügte er abschließend hinzu, während er die Brille absetzte und versuchte, sie gerade zu biegen.

Blue schwieg. Nach einer Weile sagte er leise: „Du hättest in der oberen Etage bleiben sollen. Hier unten hast du nichts verloren."

„Du auch, denke ich." Frank hatte sich beruhigt, seine Brille notdürftig gerichtet und wieder aufgesetzt. Sein Sohn, der genauso groß war wie er, hielt ihm mit einem Grinsen eine schwarze Brieftasche entgegen.

„Meine Brieftasche! Wo hast du sie her?"

„Ich habe sie ihnen wieder abgejagt. Sie sind groß und stark, aber dumm." Auf dem Gesicht des Jungen machte sich ein Grinsen breit. Spöttisch und verachtend zugleich. „Bist du wegen mir gekommen, Frank? Dann vergiss es. Ich bleibe", fügte er hinzu.

„Bis vor zwei Tagen war mein Leben noch völlig in Ordnung und ...", Frank schnippte mit den Fingern in die Luft, „ ... von einer Stunde auf die andere habe ich nicht nur ein Problem, sondern hunderte und das Ende ist noch nicht abzusehen. Es wäre für mich wesentlich einfacher, du würdest deine Flucht auf später verschieben, wenn du bei deinen Großeltern bist. Dann geht mich das nichts mehr an. Warum gehst du eigentlich nicht zur Schule?"

„Ich bin kein Analphabet, falls du das meinst. Ich kann lesen, schreiben und rechnen und habe Dinge gelernt, von denen du nicht die geringste Ahnung hast."

Frank musterte Walter, der sich Blue nannte und sein Sohn war, eindringlich, als würde er ihn gerade jetzt zum ersten Mal sehen. Er erschien ihm viel zu erwachsen zu sein für sein Alter und kindliche Züge an ihm suchte er vergebens.

„Du willst mir nicht helfen?", fragte Frank.

„Das habe ich gerade getan. Wir sind quitt."

„Dann hilf dir wenigstens selbst."

Blue grinste wieder, noch spöttischer, wenn das überhaupt noch möglich war. „Das mit Sicherheit. Leb wohl." Mit diesen Worten wandte er sich um.

„Warte! Mrs Cooper sagte, sie haben Bonnie zu ihren Großeltern gebracht. Sie wartet auf dich."

Blue fuhr herum. Den messerscharfen Blick durch die schwarzen Strähnen, die ihm über die Augen fielen, kannte Frank schon. „Mit Speck fängt man Mäuse", meinte Blue bitter.

„Es ist wahr!", beteuerte Frank.

Blue blieb misstrauisch. „Gestern Abend hast du das noch nicht gewusst? Oder heute früh?"

„Nein. Als du weg warst, habe ich die Polizei angerufen. Der Officer hat sich mit Mrs Cooper in Verbindung gesetzt. Sie hat mir die Hölle heiß gemacht wegen deiner Flucht und so. Kurz darauf rief sie mich zurück und erzählte mir, dass Bonnie vorgestern bereits mit einer Betreuerin aus dem Heim nach Pinde Ridge zu ihren Großeltern gefahren sei. Ich habe nicht einmal gewagt zu fragen, wer Bonnie ist."

„Hm!" Blues Gedanken arbeiteten.

Frank wartete schweigend auf eine Entscheidung.

„Ich traue euch nicht. Ihr wollt mich reinlegen", entgegnete Blue schließlich kühl.

„Wenn du nicht mit mir kommst, wirst du es nie erfahren. Was hast du zu verlieren?"

„Meine Freiheit."

„Die wird dir niemand nehmen. Bonnie nicht und deine Großeltern am wenigsten. Du kannst nur etwas gewinnen."

Frank holte tief Luft, bevor er weitersprach: „Sollte Bonnie nicht dort sein, überlasse ich dir die Entscheidung."

Frank reichte Blue seine Hand, als galt es einen Vertrag zu besiegeln. Blue überlegte einige Augenblicke, dann schlug er ein. Trotzdem verschwand das Misstrauen nicht aus seinem Gesicht.

„Wir werden sehen!", murmelte er zögernd.

Kapitel 3
Die Farben der Sonne

Walter McKanzie, genannt Blue Light Shadow, stand hinter den Glasfenstern des Gary Chicago International Airport. Er starrte abwesend hinaus. Die Lichter verblassten in der Morgendämmerung. Walter hatte die Hände tief in den Hosentaschen vergraben und schien angespannt. Schweigend beobachtete er die startenden und landenden Maschinen. Es gab kein Zurück mehr. Frank hatte noch vor Mitternacht zwei Plätze in einem Hawker 4000 Business-Jet reservieren können. Als geschäftstüchtiger Anwalt war er sehr oft mit verschiedenen Firmenflugzeugen unterwegs und pflegte seine Beziehungen. Die Beleuchtung wich dem Tageslicht. Der neue Tag war unweigerlich angebrochen. Die Nacht war viel zu kurz gewesen. Blue war noch müde und ihm fröstelte. Frank kam mit zwei Kaffeebechern zurück und gab seinem Sohn einen davon. Der heiße Kaffee tat gut. Er wärmte nicht nur die Hände. Als sie ihn ausgetrunken hatten, sah Frank schließlich auf die Uhr.
„Komm, Blue. Es wird langsam Zeit. Wir müssen zum Business Terminal. Unsere Maschine steht bereit."
Blue folgte Frank. Etwa eine halbe Stunde später betraten sie den Asphalt. Eine weiße Hawker mit rot-schwarzem Seitenstreifen parkte vor der Glastür wie ein Taxi. Die Tür öffnete sich automatisch und die frische Morgenluft begrüßte Blue. Er atmete tief durch. Misstrauisch nahm er die kleine Maschine, die sie von der großen Stadt Chicago nach Rapid City bringen sollte, in Augenschein. Er zählte ganze sechs Fenster und sie war, seiner Meinung nach, alles andere als ein Jet. Die Angst, dort hineinzusteigen, war nicht geringer als die vor den Aufzügen. Schweigend presste er die Lippen zusammen, als wollte er sich selbst damit zum Schweigen zwingen. Sein Stolz, der ihn hinderte, diese Angst zuzulassen oder gar zuzugeben, überwog. Zögernd folgte er Frank. Der sah sich lächelnd nach ihm um und stellte fest: „Du bist noch nie geflogen, was?"

„Mehrmals", antwortete Blue trotzig und ging einen Schritt schneller voran.

Franks Lächeln ging in ein breites Grinsen über. Schweigend stiegen sie ein. Blue bekam einen Fensterplatz zugewiesen. Er weigerte sich, hinaus zu sehen. Lautlos ließ er sich in den Sitz gleiten, lehnte sich nach hinten und schloss die Augen. Seine Gedanken begannen zu wandern. Egal was passiert, ich will Bonnie wiedersehen, sprach er in Gedanken zu sich selbst, ohne dabei die Lippen zu bewegen. Er öffnete die Augen auch nicht, als die Maschine startete und abhob. Noch immer kämpfte er gegen seine Angst, die ihm ein ungutes Gefühl in der Magengegend bescherte. Die Ohren verspürten einen unangenehmen Druck und begannen zu rauschen. Ihm war schwindlig.

Vor seinen Augen sah er den alten Mann mit den grauweißen Zöpfen auftauchen. Walter, der sich Blue nannte, dachte noch: Was willst du schon wieder hier? Dann öffnete er rasch die Augen. Ein vager Blick in Richtung Fenster zeigte ihm ein weißes Wolkenmeer, von der Sonne bestrahlt.

Nachdem das Flugzeug unbeschadet am Rapid City Regional Airport gelandet war und Walter festgestellt hatte, dass er noch lebte, folgte er Frank durch die Eingangshalle. Auf Gepäck mussten sie nicht warten. Sie hatten keins. Walter blieb vor den Glasvitrinen stehen und starrte förmlich auf die Auslagen, in denen indianische Kleidung und Artefakte lagen. So etwas hatte er noch nie gesehen.

„Ist das hier ein Museum?", fragte er Frank.

„Ja, so ähnlich. Die Ausstellungsstücke sind wie ein Mahnmal, um uns daran zu erinnern, was hier gewesen ist."

„So? Was ist denn hier mal gewesen?"

„Indianerland."

„Und?"

„Harte Kämpfe um die Black Hills und um's Überleben. Die Schwarzen Berge sind den Sioux heilig, schon immer. Das Geistertanzhemd da stammt zum Beispiel aus der Zeit, als die Dakota besiegt waren und in Reservate verfrachtet wurden. Es war die letzte Hoffnung dieses untergehenden Volkes der freien Prärieindianer. Mit diesen Geistertanzhemden haben sie getanzt und um Hilfe gefleht."

Blue lachte amüsiert. „Tanzende Geister? So was Bescheuertes."

Frank schwieg.

„Da habe ich mich ja auf was eingelassen. Ich hoffe, sie verlangen nicht von mir, dass ich solche Klamotten anziehe und mit ihnen herumhopse."

„Ich denke, du hast da ganz falsche Vorstellungen. Im Übrigen sind sie damals alle zusammengeschossen worden. Jetzt komm! Wir müssen den Mietwagen in Empfang nehmen."

Franks Wahl fiel auf einen schwarzen Chevrolet. Er zahlte mit seiner Kreditkarte, ließ sich den Schlüssel aushändigen und fuhr, ohne Zeit zu verlieren, mit Walter ostwärts. Die Sonne spiegelte sich auf dem Hochglanzlack. Frank McKanzie hatte seinem Sohn eine gute Sonnenbrille und ein weißes Baseballcap spendiert. Der hatte das Radio unter seine Kontrolle gebracht und gab sich schließlich zufrieden, als er den passenden Sound fand, der ihm gefiel. Er klopfte den Takt mit den Fingern auf den Knien mit. Dann begann er mitzusingen und er sang erstaunlich gut. Frank beobachtete ihn aus den Augenwinkeln und lächelte, denn die misstrauischen Züge schienen endgültig zu schwinden.

„Wollen wir was essen?", fragte Frank schließlich.

Blue nickte. „Klar! Warum nicht?"

Frank bog zu der kleinen Tankstelle, am Ortsausgang Farmingdale, direkt am Highway vierundvierzig, ein. Dort stoppte er den Mietwagen und zog den Schlüssel.

„Du traust mir immer noch nicht?", fragte Blue, als er seinem skeptischen Blick begegnete. Frank holte tief Luft, bevor er antwortete. „Du hast den ersten Schritt getan. Ich glaube, jetzt ist es an mir, dir ein Stück entgegenzukommen."

Blue grinste und stieg schweigend aus. Frank folgte ihm.

Ein riesiger Hot Dog am Eingang warb um die Gunst der Reisenden. Countrymusik drang an ihre Ohren. Frank bestellte für sich einen Kaffee, für Blue eine Cola und Hot Dogs für beide. Drinnen war es voll, da sich jeder nach der Kühle der Klimaanlage sehnte. So steuerten sie mit ihrem Proviant auf einen der Stehtische, direkt neben dem Mietwagen, zu. Ein Sonnenschirm spendete Schatten. Frank schlürfte am heißen Kaffee während seine Brillengläser vom Dampf beschlugen. Er wartete, bis sie von allein wieder frei wurden.

„Warum hat sie dich vor die Tür gesetzt?"

Frank starrte seinen Sohn an. Er schien nach den passenden Worten zu suchen. „Sie war wütend auf mich. Ich glaube, ich habe was vermasselt und ich weiß nicht was. Sie hat sich mit einem Indianer eingelassen. Das weiß ich noch. Dann riss unsere Verbindung irgendwann ab."

Frank richtete seinen Blick an dem Jungen vorbei.

Der fragte nicht weiter. Nach einer Weile des Schweigens sagte Blue leise: „Bonnie ist meine Halbschwester, eine Oneida Lakota. Mein Stiefvater arbeitete im Stahlbau. Er war schwindelfrei und balancierte auf den Stahlträgern in einer Höhe von einhundertfünfzig Meter über der Erde. Er war nicht mein Vater, aber er war gut zu mir. Vor zwei Jahren ist er abgestürzt. Die Sicherungshaken haben nachgegeben. Materialfehler."

Frank nickte nur. Sie kauten an den Hot Dogs.

„Kennst du ihn?", fragte Blue.

„Wen?"

„Großvater."

Frank nickte. „Ja. Ich kenne ihn."

„Und? Wie ist er? Wie sieht er aus?"

„Er ist etwas Besonderes. Er liebte seine Tochter. Er wird auch dich lieben."

„Sicher?"

„Sicher."

„Warum erwähnst du nie ihren Namen?"

„Weil es nicht gut ist, über die Toten zu sprechen."

Blue vergaß zu kauen. „Du spinnst."

„Nein. Die Lakota denken so."

„Du? Du bist kein Lakota", stellte Blue entschieden fest.

„Ich respektiere es, auch wenn meine Haut weiß ist."

Blue sah aufmerksam auf seine Hände. Schön braun waren sie. Aber auch Frank war braun gebrannt, von der Sonne. Blues Haut kannte kaum Sonne, deren Strahlen es nur selten gelang, den

Weg bis zu den schmalen, schmutzigen Gassen zu finden, die selten trockneten. In die Keller schien die Sonne schon gar nicht. Die waren immer feucht und modrig. Welche Farbe hatte die Sonne überhaupt? Blue richtete seinen Blick zu ihr. Doch die grellen Lichtstrahlen ließen ihn seine Augen reflexartig zusammenkneifen, trotz der neuen Sonnenbrille.

„Hey träumst du?", riss ihn Frank aus seinen Gedanken.

„Was?", fragte Blue erschrocken und sah ihn an.

Frank grinste. „Willst du dein Hot Dog nicht mehr essen?"

„Doch", entgegnete Blue und biss ab. Während er kaute, beobachtete er die Leute. Als er den letzten Bissen schluckte, glaubte er, daran ersticken zu müssen. Er sah wieder diesen alten Mann an einem mindestens ebenso alten Pickup Truck, neben einer der Tanksäulen stehen. Auch der Alte schien ihn zu beobachten. Als der Alte die Überraschung im Gesicht des Jungen bemerkte, lächelte er freundlich, nickte ihm zu und stieg ein. Frank schlug Blue auf den Rücken.

„Vergiss nicht Luft zu holen! Trink einen Schluck, dann geht's wieder."

Blue trank einige Schlucke. Immer noch glaubte er eine Halluzination gehabt zu haben. Seine Stimme wollte ihm nicht ganz gehorchen, als er Frank fragte: „Hast du den Alten mit dem Pickup Truck gesehen?"

„Hast du dich vor einem alten Mann so erschreckt, dass du dich gleich verschlucken musst?" Frank lachte. „Kennst du ihn?"

„Nein", log Blue. Aber er war froh, dass auch Frank den Mann gesehen hatte.

Vielleicht kannte er den alten Mann. Er war sich nicht mehr ganz sicher, ob es der gleiche war, der in seinem Kellerloch Schutz vor dem Gewitter gesucht hatte und der ihm in seinem Traum begegnet war. Vielleicht war ja alles nur ein Traum. Der alte, klapprige Pickup Truck jedenfalls war verschwunden. Blue trank die Cola aus.

„Okay. Gehen wir", meinte Frank schließlich.

Sie stiegen in den Chevy. Wenig später führte die Straße nach Südosten. Blue staunte über die Weite des grasbewachsenen Landes. In Chicago endete sein Blick immer vor der nächsten Hauswand. Es hatte ihn nie gestört. Noch beeindruckender mussten die skurrilen Felsgebilde der Bad Lands auf ihn wirken, denn er sah sich ständig um und sprach lange kein Wort mehr mit Frank. Nachdem sie einen Fluss überquert hatten, den Frank als White River bezeichnete, und eine Ortschaft mit mehreren Häusern gleichen Baustils, folgten wieder meilenweit grüne Hügel entlang der asphaltierten Straße, die wie ein Lineal bis zum Horizont geradeaus führte. Als Frank schließlich von dieser Straße abbog, verwandelte sie sich in eine unbefestigte Schotterpiste. Die Steinchen knirschten unter den Reifen und eine Staubwolke folgte ihnen. Schilder gab es kaum und von den wenigen waren einige noch überschmiert.

„Weißt du, wo es langgeht?", fragte Blue, der die Orientierung völlig verloren hatte. Frank nickte. Meilenweit führte auch dieser Weg fast geradeaus, soweit das Auge reichte. Blue grinste. Hier konnte man sich eigentlich gar nicht verfahren, dachte er. In der Ferne tauchte eine Staubwolke auf. Allmählich nahm ein schwarzer Punkt darin die Gestalt eines anderen Wagens an. Als er vor dem Chevy auf die unbefestigte Straße rumpelte, hupte er kurz und grüßte im Vorbeifahren. Frank und Blue starrten verdutzt in ein rundes, grinsendes Gesicht. Geistesgegenwärtig grüßten sie den Fremden, noch im letzten Augenblick, zurück. Ein Blick in den Rückspiegel und der Fremde war hinter der nächsten Bodenwelle verschwunden. Die beiden sahen sich fragend an und zogen gleichzeitig die Schultern nach oben.

„Was war das denn für ein Irrer? Total abgefahren", wunderte sich Blue.

„Das ist hier wohl nichts Ungewöhnliches", meinte Frank und blickte wieder nach vorn.

Blue lachte.

Kurze Zeit später landete Frank, nach einer rasanten Fahrt durch eine Kurve, wieder auf einer asphaltierten Straße.

„Wir fahren besser doch zuerst zur Schule, dich anmelden."

„He, Mann! Was soll das? Das ist gegen die Abmachung!", schnaufte Blue wütend.

„Bonnie ist in der Schule in Pine Ridge, in die auch du gehen wirst."

Blue biss die Zähne zusammen und verzog dementsprechend das Gesicht. Trotzig verschränkte er die Arme und starrte geradeaus. Sein Misstrauen hatte ihn plötzlich wieder überwältigt. Er stieß die aufgestaute Luft aus sich heraus und redete bis zum Ziel kein Wort mehr mit Frank.

Irgendwann bog der schließlich auf das Schulgelände der Red Cloud Indian School ein. Eine Kirche fiel ihm sofort auf und Blue zog verwundert die Augenbrauen zusammen. Missmutig sah er die vielen Gebäude, alte und neue.

„Was soll das? Was soll ich hier?"

„Lernen", antwortete Frank knapp.

„In der Kirche da vielleicht?!", schnaufte Blue.

„Vielleicht." Frank zog die Schultern hoch und lächelte.

Blue dachte an Flucht, aber wohin? Er wusste noch nicht einmal, wo seine Großeltern wohnten. Dann dachte Blue an Bonnie.

„Ist sie hier?"

Frank nickte.

„Die Schule hat einen guten Ruf. Die Kirche und die alten Gemäuer sind Überbleibsel von früher, als die Missionare das alles, im guten Glauben, für die Reservationskinder aufbauten."

Ist mir doch egal, dachte Blue. Er schwieg bis Frank seinen Mietwagen vor einem der neueren Gebäude stoppte. Im Moment war der riesige Pausenhof wie leer gefegt. Alle schienen im Unterricht zu sein. Blue war das recht. Widerwillig stieg er aus und folgte Frank McKanzie. Sein umherschweifender Blick streifte ein paar Bäume und spärlich angelegte Grünanlagen.

Eher abwesend saß Blue auf dem Stuhl neben Frank und starrte auf seine Fußspitzen. Er hatte die Direktorin nur flüchtig mit seinem Blick gestreift. Sie war groß und stark gebaut, doch sie hatte ihn freundlich angelächelt. Ihre Stimme dröhnte Respekt einflößend, obwohl sie nur einen „Guten Tag" wünschte. Blue war nie schüchtern gewesen, nie zurückhaltend, bis zum heutigen Tag. Er wusste nicht warum, aber plötzlich kam er sich so unheimlich klein vor. Doch die Direktorin dieser Schule, die sich Mrs White Bull nannte, sprach mit ihm nicht wie mit einem kleinen Jungen.

„Was führt dich zu mir, Walter?"

Blue zuckte innerlich zusammen und räusperte sich, bevor er fragte: „Ist sie hier? Bonnie Foret le Vent?"

Wieder lächelte Mrs White Bull und suchte seinen Blick zu erwischen. „Wer möchte das wissen?"

Nun schaute Blue doch auf, in die schwarzen Augen in ihrem runden Gesicht. Sie trug ihr Haar straff nach hinten, zu einem Knoten gebunden. Die große Brille passte in ihr Gesicht fand Blue, auch wenn sie ein wenig aus der Mode war.

„Ich bin ihr Bruder."

Mrs White Bull nickte. „Bonnie ist im Unterricht. In etwa einer viertel Stunde kannst du sie sehen. Dann ist sowieso Schulschluss für die Junior Klassen. Darf ich fragen wie alt du bist, Walter?"

„Ja."

White Bull wartete geduldig. Frank verpasste seinem Sohn schließlich einen Seitenhieb und zischte ihn leise an: „Antworte!"

„Ich bin zwölf. Steht jedenfalls in der Geburtsurkunde."

Die Direktorin grinste und nickte.

„Ich würde mich freuen, wenn du auch zu uns in die Schule kommst. Wir lehren alle konventionellen Fächer und außerdem Lakota."

„Ich bin kein Lakota!"

„Gut. Dann verhalte dich nicht wie einer."

Blue schluckte. Das hatte ihm noch niemand gesagt!

„Deine Mutter war eine außergewöhnliche Frau mit starker Willenskraft. Du ähnelst ihr sehr, nicht nur äußerlich."

Einen Augenblick lang lag Stille im Raum, abwartende Stille.

Schließlich fragte Blue fast ein wenig vorwurfsvoll: „Ich denke, es ist nicht höflich über die Toten zu reden?"

Mrs White Bull nickte.

„Ja, Walter." Mehr sagte sie nicht.

„Falls Bonnie wirklich hier ist, werde ich mit ihr in diese Schule gehen. Schreiben Sie nicht Walter in die Papiere und nennen Sie mich nicht so!" Er wies nachdrücklich mit dem Kopf zum Schreibtisch vor sich.

„Gut. Aber irgendwie müssen wir dich nennen. Hast du noch einen anderen Namen?"

„Blue Light Shadow", antwortete er entschlossen.

Mrs White Bull lächelte, aber sie lachte ihn nicht aus.

„Blue Light Shadow McKanzie. Du wirst deine Unterschriften verfluchen."

Blue schwieg.

White Bull sah zu Frank, der sich bisher nicht geäußert hatte.

„Was meinen Sie?"

Frank nickte. „Es ist sein Name. So haben sie ihn in Chicago genannt. Ich glaube, niemand kannte ihn dort anders. Nicht mal die Polizei."

Frank konnte sich ein Grinsen nicht verkneifen.

„Die Leute bei unserer Stammespolizei werden sich geehrt fühlen", meinte Mrs White Bull.

„Spielst du gern Basketball?"

Blue zuckte mit den Schultern. „Weiß nicht. Hab's noch nicht probiert."

„Ich bin sicher, du wirst deinen Spaß daran haben. Sportlich scheinst du mir ja zu sein."

„Schon möglich", grinste Blue, der nun langsam auftaute.

Jemand klopfte an die Tür.

„Ja, bitte!", rief Mrs White Bull.

Ein Mädchen, etwa sechs Jahre alt, trat leise ein und blieb schüchtern neben der Tür stehen ohne ein Wort zu sagen. Blue fuhr herum.

„Bonnie", flüsterte er beklommen.

Bonnie schien wie erstarrt und nicht fähig sich zu rühren. Blue war es, der aufstand und zu ihr ging.

„Geht es dir gut?"

Bonnie nickte nur. Dann schlang sie ihre Arme um ihn und klammerte sich an ihm fest. Er schloss sie in seine Arme und spürte das lautlose Schluchzen. Doch Blue biss die Zähne zusammen und vergrub sein Gesicht in ihren Haaren. Sie waren schwarz und zu Zöpfen geflochten und sie hatten den vertrauten Geruch. Während Blue eher nach seiner Mutter kam, ähnelte Bonnie ihrem Vater sehr. Sie hatte seine weichen Gesichtszüge, seine Gutmütigkeit in den Augen und seine beruhigende, sanfte Stimme.

„Bleibst du bei mir?", flüsterte sie.

„Ja", antwortete Blue entschlossen und ohne zu zögern.

„Grüßen Sie Carol und Wayton Stone Horse, wenn sie die Kinder nach Hause bringen" sagte Mrs White Bull zu Frank

Frank nickte. „Mach ich."

Dann stand er auf und verabschiedete sich. Gemeinsam gingen sie hinaus. Bonnie hatte nach der Hand ihres Bruders gegriffen und ließ ihn nicht mehr los. Blue hielt den Kopf gesenkt und beobachtete durch seine Haarsträhnen, die ihm wie ein schützender Vorhang fast bis zur Nasenspitze reichten, die anderen auf dem Schulgelände. Er spürte auch ihre Blicke, die auf ihn und Bonnie gerichtet waren.

Auf der Fahrt zu den Großeltern hüllten sich die drei in tiefes Schweigen. Blue sah sich die Gegend an, als müsse er sich den Weg genau einprägen. Irgendwo war schließlich auch dieser Weg zu Ende und der Mietwagen holperte langsam auf einen Trailer zu, von dem die Farbe blätterte. Alte Holzkisten dienten als Veranda. Auf dem Wellblechdach lagen einige Autoreifen. Zwei Pickup Trucks standen davor. Daneben lag ein Haufen Holzbretter, Berge von Müll und weiter hinten gab es einen frischen Erdhügel. Kein Mensch war zu sehen. Frank stoppte vor dem Trailer, neben den Pickups und zog den Schlüssel.

„Okay. Da wären wir." Dann stieg er aus.

Blue drehte sich zu Bonnie um, die auf der Rückbank saß.

„Das ist ja am Arsch der Welt."

Bonnie grinste.

„Steigen wir aus?", fragte Blue.

Bonnie nickte und öffnete die Tür. Vor dem Wagen blieb Blue stehen. Frank war spurlos verschwunden. Bonnie hatte ihre Schultasche über der Schulter und griff mit ihrer Hand nach Blues.

„Komm, Walter."

Der hielt seine Schwester zurück.

„Warte, Bonnie. Vergiss diesen Namen, hörst du. Walter gibt es nicht mehr!"

Bonnie sah ihren Bruder fragend an.

„Ich heiße jetzt Blue", erklärte er freundlich.

„Blue?", fragte sie verunsichert.

„Blue Light Shadow nannten sie mich in Chicago. Der bin ich."

Bonnie kicherte. „Das klingt wie bei den anderen Kindern hier. Wie ein Indianername!"

Blue schüttelte den Kopf. Gerade das wollte er nicht.

„Ich werde nie ein Indianer sein, Bonnie. Hast du ihre Blicke gesehen, vorhin auf dem Schulhof?"

Das Mädchen nickte. „Ja. Aber ich habe auch deinen Blick gesehen. Ich fand keinen Unterschied."

Sie lächelte und zog ihn mit sich. Noch einmal forderte sie ihn auf: „Komm schon, Blue Light Shadow. Bei Grandma Carol gibt es den zweitbesten Kakao auf der ganzen Welt."

„Du bist schon ganz zu Hause hier", stellte Blue fest.

„Ja. Sie ist wie Mom. Ich will nie wieder nach Chicago in dieses Heim."

Blue folgte ihr. Es hatte sowieso keinen Sinn, neben dem Mietwagen Wurzeln zu schlagen und Frank war noch immer nicht wieder aufgetaucht. Bonnie hielt Blue fest an der Hand und zog ihn mit sich zur Tür, als befürchte sie, er könnte ihr davonlaufen. Sie klopfte, auch wenn sie hier zu Hause war. Man hatte es ihr so beigebracht, da wo sie herkam und es hatte sich eingeprägt.

„Kommt rein! Die Tür ist offen", rief eine freundliche, gedämpfte Stimme.

Sie gingen hinein. Der Duft von Kaffee und frischen Pfannkuchen stieg ihnen in die Nasen. Am Herd stand eine rundliche Frau, die den Kindern entgegenlächelte.

„Hallo Grandma. Er ist zu mir gekommen. Das ist er. Mein großer Bruder!"

„Hallo, Bonnie. Willkommen zu Hause, Blue", antwortete die Frau mit einer Stimme, die ihn innerlich zusammenfahren ließ. Die Stimme seiner Mutter! Und woher wusste sie seinen anderen Namen?

„Setzt euch. Ihr seid bestimmt hungrig."

Blue suchte vergebens nach seinem Misstrauen und seiner Wut. Nichts mahnte ihn zur Vorsicht. Er hätte alles und jedem seine Gedanken entgegenschleudern können, aber nicht dieser Frau. Schweigend stand er noch immer an der Tür und starrte sie an, während Bonnie ihre Schultasche abgestellt hatte und bereits am Tisch saß.

Grandma goss ihr kalten Kakao in die Tasse und strich ihr sanft über das Haar.

„Hallo", sprach Blue schließlich. Er wusste nicht einmal, wie er sie ansprechen sollte. Das Wort Grandma wollte einfach nicht über seine Lippen. Noch nicht. Wieder lächelte sie ihn freundlich, aus ihrem runden Gesicht, an. Sie trug eine bunte Schürze über ihrer Bluse und eine Jeans. Das eher dünne, lange Haar hatte sie im Nacken geflochten und mit einem Haargummi befestigt.

„Die Männer sind draußen, auf der Baustelle. Du kannst ihnen sagen, dass der Kaffee fertig ist. Sie sind auch hungrig. Aber wir wollten auf euch warten."

Blue verbarg seine Gedanken und fragte nichts. Er nickte nur und ging wieder hinaus. Obwohl er nicht wusste, was sie mit Baustelle gemeint hatte, führten ihn dr Weg direkt dorthin.

Hinter dem Erdhügel war ein großes, rundes Loch ausgehoben, nur etwa drei Fuß tief. Drei Männer saßen beieinander und redeten. Einer von ihnen war Frank McKanzie. Der drehte den Kopf zu Blue.

„Na, hast du uns gefunden?"

Blue antwortete nicht.

Nun wandte sich auch der Mann, der neben Frank saß, zu ihm. Es war der Alte mit den grauweißen Zöpfen! Sein Großvater! Der schenkte ihm ein breites Lächeln und scherzte: „Hallo Blue George Washington. Wie geht's?"

Blue starrte den Alten an, als säße ein Geist vor ihm. War das alles ein abgekartetes Spiel? Und wer war der dritte Mann? Hatte der auch etwas mit diesem Komplott zu tun? Der Alte hatte seinen Blick gesehen und lachte leise. „Das ist Joe Stone Horse, mein Sohn. Also dein Onkel!" Der Onkel schien schätzungsweise in Franks Alter zu sein und musterte Blue aufmerksam, ohne Regung in seinen Gesichtszügen. Er trug eine staubige, zerschlissene Jeans und ein knallrotes Shirt ohne Ärmel. Sein Haar war so lang wie Großvaters Zöpfe. Nur hatte Joe es zu einem Pferdeschwanz gebunden. Blue spürte, dass es an ihm war etwas zu sagen.

„Hi."

Mehr kam nicht über seine Lippen. Er stand aufrecht mit gespreizten Beinen, schob die Daumen in die Gesäßtaschen seiner Jeans und wich dem Blick seines Onkels aus.

„Es gibt Kaffee und Pancakes", sprach er mit fester Stimme.

Die drei Männer erhoben sich. Joe ging mit dem Alten zum Trailer. Frank blieb neben Blue stehen.

„Was soll das denn werden, wenn's fertig ist?" Blue deutete skeptisch auf die Baugrube, deutlich war der Spott in seiner Frage zu hören.

Frank grinste. „Ein Parkhaus für Indianerautos."

Blue wandte ihm mit grimmigen Gesichtszügen den Rücken zu.

„He! Verstehst du denn überhaupt keinen Spaß?", fragte Frank.

„Du hast gut reden, Mann."

Frank bemerkte, wie wütend Blue war. Er holte tief Luft.

„Joe und Wayton bauen ein Haus. Es wird ungefähr so aussehen, wie ein Erdhaus der Mandan oder ein Hogan der Navajo. Es ist im eisigen Winter wesentlich wärmer und im Sommer angenehm kühler als der alte Trailer. Bei einem Sturm im Frühjahr ist er umgefallen und das Dach war aufgerissen. Seitdem regnet es rein."

„Wann fliegst du zurück?", wechselte Blue das Thema.

„Morgen früh."

„Okay. Der Kaffee wird kalt."

Mit diesen Worten ging Blue voran. Frank folgte ihm.

Abends wälzte sich Blue McKanzie im frisch bezogenen Bett hin und her. Der Geruch des Waschmittels stieg in seine Nase. Joe Stone Horse war gegangen. Sie hatten kein Wort miteinander gesprochen. Grandma und Bonnie schienen fest zu schlafen. Er lauschte auf ihren gleichmäßigen Atem. Frank war nicht hier. Und Großvater? Wer weiß? Leise und vorsichtig schob Blue die Decke zur Seite. Barfuß schlich er zur Tür. Sie war nicht verschlossen. Er schlüpfte wie ein Schatten durch den Spalt nach draußen auf die kleine Veranda aus alten Holzkisten. Die Sonne schickte ihre letzten Strahlen durch die Dämmerung. Blue lief ihr entgegen.

Barfuß, über den Staub und die Steine der Erde trugen ihn seine Füße, immer schneller. Er spürte die Schmerzen nicht. Die

Schmerzen in seinem Herzen waren stärker, viel stärker. Es trommelte gegen seine Brust, als wollte es herausspringen. Blue rannte keuchend einen Hügel hinauf und blieb schließlich wie angewurzelt stehen. Der Horizont schien zu brennen. Die Wolken standen in orangeroten Flammen. Der glühende Feuerball berührte schon die Erde. Blue stand schweigend und reglos. Sein schneller Atem beruhigte sich.

Er wusste nicht, wie lange er da gestanden hatte, als ihn eine Hand fest an der Schulter berührte und eine Stimme leise zu ihm sagte: „Willkommen zu Hause, Blue. Schön, dass du gekommen bist."

Blue wandte langsam den Kopf zu dem Alten. Er war nicht einmal erschrocken über sein plötzliches Auftauchen.

„Wer bist du?"

Der alte Mann lächelte nachsichtig.

„Nitunkashila, dein Großvater."

Blues Augen glänzten, als er fragte: „Warum das alles?"

„Ich habe es ihr versprochen."

Großvater lachte leise.

Nach einer Weile des gemeinsamen Schweigens, in dem der rote Feuerball langsam mit seinem unvergleichlichen Farbspiel am Horizont versank, sagte der Alte: „Das sind die Farben der Sonne. Sie wärmen unser Herz. Die Menschen, die sie nicht mehr erreichen kann, verlieren ihre Seele, und ihr Herz wird zu Stein."

Blue hörte die Worte. Die Farben der Sonne und die Worte des alten Mannes waren tief in ihn eingedrungen und nahmen ihm die Schmerzen aus seinem Herzen und alle Zweifel mit sich fort. Er fühlte sich das erste Mal seit langer Zeit geborgen und vor allem nicht allein.

Kapitel 4
Halbblut

Frank hingegen fühlte sich am anderen Morgen hin und her gerissen. Er musste zurück und er wollte es auch. Aber er wollte seinem Sohn noch so viel sagen. Zu viele unausgesprochene Worte lagen zwischen ihnen, so viel verlorene Zeit. Frank hatte keine Zeit. Vor drei Tagen hatten ihn die Ereignisse wie ein Blitz aus heiterem Himmel getroffen und förmlich überrollt. Er stoppte den gemieteten Chevrolet, nach einer schweigsamen Fahrt, vor der Red Cloud School in Pine Ridge. Die Kinder stiegen aus. Blue hängte sich Bonnies Schultasche über die Schulter. Er selbst hatte noch keine. Bonnie griff nach seiner Hand und hielt sie fest.

„Tja", stammelte Frank, der nun vor seinem Sohn stand. „Ich wünsche euch beiden viel Glück."

Frank McKanzie suchte offensichtlich nach den passenden Worten und fand sie nicht. Verlegen schob er die Hände tief in die Hosentaschen.

„Pass auf dich auf, Frank und bleib in der oberen Etage", sagte Blue zu ihm.

Frank presste die Lippen aufeinander, als er lächelte und nickte. Dann sagte er: „Ich komme euch besuchen. Euch beide. Das verspreche ich."

„Versprich nie, was du nicht halten kannst", zweifelte Blue.

„Das waren immer ihre Worte. Ich weiß. Das war wohl mein größter Fehler."

„Hey. Nun werd' bloß nicht sentimental, Frank."

Blue lachte und es klang beinahe ein wenig spöttisch.

„Glaubst du, dafür ist es zu spät?", fragte Frank mit einem vagen Lächeln auf den Lippen.

Bonnie beobachtete die beiden abwechselnd und sehr aufmerksam.

„Kennst du die Farben der Sonne? Hast du sie jemals gesehen, Frank?"

„Ja, mein Sohn. Vor langer Zeit." Frank schluckte.

„Mach dir keine Sorgen. Wenn du sie mal sehen willst, dann weist du ja, wo du sie findest."

Frank kniff die Augen verdutzt zusammen, mit denen er wieder eine neue Seite an diesem Jungen entdeckt hatte. Fremde und vertraute Züge. Er schüttelte den Kopf.

„Okay. Ich komme wieder. Also. Ich muss. Bye!"

„Bye, Frank."

Frank stieg in den Mietwagen, startete und sprintete davon, als wäre er auf der Flucht.

Blue wandte sich um und betrat mit Bonnie, die noch immer seine Hand hielt, das Schulgelände. Bonnie sah sich im Gehen noch einmal nach dem Chevrolet um.

„Blue Light Shadow McKanzie", stellte ihn die Direktorin, Mrs White Bull, der Klasse vor. „Er kommt aus Chicago und wird ab sofort unsere Schule besuchen."

Ein paar Mädchen kicherten, einige Gesichter grinsten, einige blieben gleichgültig. Blue fühlte sich nicht mehr wohl in seiner Haut. Er hatte den Kopf gesenkt wie ein angriffslustiger Stier und schielte durch seine Haarsträhnen, als würde er dahinter Schutz finden.

„Hallo, Blue Light Shadow. Ich bin Matt Brever, dein Lehrer. Hier vorn ist noch ein Platz frei. Setz dich."

„Guten Morgen", murmelte Blue und nahm Platz.

Mrs White Bull ging.

„Welches Fach magst du am liebsten, Blue Light Shadow?"

„Sport. Sie können Blue zu mir sagen."

Wieder hörte er das Kichern. Dieses Mal hinter sich.

„Schön. Dann sehen wir uns in den letzten zwei Stunden noch einmal. Jetzt ist Mathematik, danach Lakota Sprachunterricht. Ich denke, der Lehrplan in Chicago wird etwas anders gewesen sein."

„Und ob! Rechnen kann ich gut, aber Lakota ist eher nichts für mich."

„Wie kommst du darauf?"

„Erstens bin ich keiner und zweitens wird man davon nicht satt."

Während einige lachten, hatten andere das Gesicht grimmig verzogen. Die Klasse schien darüber geteilter Meinung zu sein. Matt lächelte nachsichtig.

„Und drittens kommst du ganz gut allein zurecht", stellte er fest.

Matt klatschte in die Hände.

„Hecetu! Hoka he."

Blue bewies in der ersten Stunde, dass er durchaus mithalten konnte. Matt Brever hatte mehrmals zufrieden genickt. Die zweite Stunde hielt Mrs White Bull höchstpersönlich. Blue verfiel in eine ungewohnte Starre. Obwohl er sich wahrhaftig Mühe gab, lachten alle, als er das erste Mal ein „Heya" laut aussprach.

„Hiya", verbesserte Mrs White Bull freundlich mit ihrer dröhnenden Stimme, die Blue in Gedanken verfolgte. Scheiße! Hiya. Was mache ich eigentlich hier, dachte er, als die Stunde endlich vorüber war. Der Schulhof füllte sich mit Schülern und Lärm. Blue schwamm mit dem Strom hinaus ins Freie und holte tief Luft. Inmitten der vielen wissensdurstigen Halbwüchsigen war er allein und suchte mit seinem Blick nach Bonnie. Irgendeiner rempelte ihn an. Blue fing sich.

„Hey! Pass auf!", fuhr er den fremden Jungen an.

„Pass du auf! Du stehst mir im Weg, Mann!"

Der langhaarige Bursche hatte sich zu Blue herumgedreht und seine Augen blitzten ihn wütend an, während er seine Mundwinkel verzog.

„Arschloch", entgegnete Blue seinerseits geringschätzig und wandte sich um.

„Hüte deine Zunge, du halbe Nummer", fauchte der Bursche ihm hinterher.

Blue ging, ohne sich noch einmal umzudrehen und streckte den mittleren Finger seiner rechten Faust nach oben. Der andere Bursche, der im Unterricht nur zwei Bänke von ihm entfernt saß, wurde dadurch noch wütender und sprang ihn mit zwei Sätzen von hinten an. Blue, der sich in den Straßen der Großstadt behauptet hatte, war darauf gefasst. Er packte sofort nach den Armen, die seine Gurgel umschlingen wollten und schüttelte seinen Angreifer mit Schwung über die Schulter ab. Der fiel zu Boden und sprang sofort wieder auf die Beine.

„Fass mich nicht noch mal an!", warnte Blue.

„Auf solche wie dich können wir hier verzichten. Geh lieber dahin, wo du hergekommen bist, bevor es zu spät ist!"

Der Bursche spuckte Blue vor die Füße.

Ein Kreis aus Mitschülern umringte sie. Blue war wütend genug, um zuzuschlagen. Als der Langhaarige zu Boden ging, traf ihn selbst wie aus dem Nichts eine Faust mitten ins Gesicht. Blue stöhnte leise und geriet ins Wanken. Dann stieß ihn jemand zu Boden. Wie ein Knäuel ineinander geratener Hyänen wälzten sie sich zu dritt im Staub und schlugen mit den Fäusten aufeinander ein.

Bonnie stand zu weit hinten, um etwas sehen zu können. Sie wusste aber, dass Blue darin verwickelt war und hatte Angst. Schließlich bahnte sich jemand den Weg durch die Menge, packte den ersten am Genick und zog ihn auf die Beine.

„Schluss!", rief Matt hart.

„Mitch Running Elk, steh auf!"

Der Angesprochene tat das, widerwillig, aber er gehorchte. Auch Blue erhob sich und blieb wie angewurzelt stehen.

„Alles okay mit euch?"

Die drei nickten.

„Tobt euch später im Sportunterricht aus", fügte der Lehrer hinzu.

Die Jungen hüllten sich in Schweigen. Mitch schniefte durch die Nase und wischte mit dem Handrücken darüber.

Matt hielt Blue ein Papiertaschentuch hin. „Hier, nimm."

Blue nahm es und putzte seine blutige Nase.

Matt Brever war so unauffällig wieder verschwunden, wie er aufgetaucht war. Auch Mitch verschwand mit seinen Freunden in der Menge, die sich nun im Nichts auflöste. Blue setzte sich unter den Schatten eines dicken Baumes und lehnte sich an den Stamm. Mit dem Taschentuch zwischen den Fingern drückte er die Nase zu. Vor ihm tauchten ein paar kleine Füße in weißen Turnschuhen und rosa Söckchen auf.

„Geht es dir gut?", fragte Bonnie leise.

„Mir ging's noch nie besser", antwortete Blue eine Spur zu sarkastisch. „Hast du ein Sandwich für mich?"

Bonnie nickte und gab ihm die Frühstückstüte.

„Danke."

Blue packte es aus und biss hinein. Dann war die Pause zu Ende. Hastig schlang er es in sich hinein und stand auf. Bonnie war schon auf dem Weg zu ihren Freundinnen. Er schickte ihr einen kurzen Blick nach. Dann ging er auch und betrat als letzter den Klassenraum.

„Hallo Rotnase", begrüßte ihn Mitch.

Die anderen lachten. Blue ignorierte das und setzte sich.

„Mach dir nichts draus. Mitch ist und bleibt bescheuert", sagte der Junge, der neben ihm saß.

„Bist'n Halbblut. Damit kommt er nicht zurecht, der Spinner."

„Halt bloß die Klappe, du Mehlarsch, sonst ..." Mitch brach ab, als die Lehrerin den Raum betrat.

„Und was bist du", fragte Blue leise zurück.

„Blaublut", grinste der.

Blue versetzte ihm einen Seitenhieb, der den anderen fast vom Stuhl schleuderte. Der scharfe Blick der Lehrerin traf Blue, ohne dass sie etwas sagte.

In den nächsten Pausen schleuderte Mitch Blue seine schärfsten Schimpfwörter an den Kopf. Der drehte ihm demonstrativ den Rücken zu und ließ sie zunächst von sich abprallen. Doch tief in ihm brodelte die Wut. Lange würde er sich das nicht mehr anhören. Ein Schatten tauchte neben ihm auf. Blue ignorierte auch ihn, doch aus den Augenwinkeln heraus hatte er seinen Banknachbarn ausgemacht.

„Mein Name ist Paul Shaver. Das mit dem Blaublut war doch nur ein Witz. Du verstehst wohl keinen Spaß?"

Blue zuckte nicht einmal mit der Wimper.

„Meine Eltern sind zurzeit hier stationiert. Dad begleitet ein Windradprojekt, noch bis Jahresende. Mich hat keiner gefragt. Ich musste mit."

Langsam drehte Blue den Kopf zu ihm und sah ihn fragend an.

„Weißt du, wie es ist, als einziger Weißer in der Klasse?"

„Nein", entgegnete Blue.

„Wie ein weißes Schaf in einer braunen Herde. Du fällst überall auf. Alle starren dich an. Noch schlimmer ist, wenn sie dich wie Luft behandeln. Dagegen ist es fast eine Ehre, wenn sie sich lustig über dich machen."

„Hm", machte Blue nur und dachte: „Tolle Aussichten."

„Ich hörte, du kommst aus der großen Stadt?"

„Chicago."

„Wow. Da ist bestimmt mehr los als hier in der Öde. Dein Name klingt vielversprechend."

„Na! Hast du dir diesen Mehlarsch an Land gezogen. Willst wohl nichts mit deiner roten Hälfte zu tun haben, was?" Das war Mitchs unverkennbare Stimme, der mit seinen Freunden hinter den beiden aufgetaucht war. Blue schnaufte und schob vorsorglich seine geballten Fäuste tief in die Hosentaschen. Dann ging er quer über den Hof und ließ die anderen einfach alle stehen.

Am späten Nachmittag hielt der Schulbus an der Straße irgendwo im Nirgendwo. Bonnie und Blue stiegen aus. Mit noch zwei anderen Mädchen waren sie die Einzigen. Blue trug Bonnies Schultasche über der Schulter. Der Weg war staubig, die Kehle trocken und der Trailer noch lange nicht in Sicht. Blue dachte an seinen Freund Gabriel, den er nun nicht mehr hatte, an seine Eltern, die er nicht mehr hatte und seine Stadt, die er nicht mehr hatte. Nichts hatte er mehr. Nichts war ihm geblieben. Der Durst quälte ihn und er hatte solchen Hunger, dass sein Magen knurrte.

„Großmutter Carols Pfannkuchen duften schon!", rief Bonnie und rannte los, als der Trailer auftauchte.

Blue schlenderte hinterher. Er hatte schon von Weitem den Pick-up Truck gesehen, der zu Joe gehörte. Der hatte ihn gestern auch wie Luft behandelt und ihm fielen Pauls Worte wieder ein. Er weigerte sich darüber nachzudenken, was nun schlimmer war: wie Luft behandelt zu werden oder ausgelacht zu werden.

Joe Stone Horse war ein Vollblut, genau wie Großvater Wayton und wie seine Mutter eine Vollblutindianerin gewesen war. Joe war sein Onkel und er hatte ihn sich nicht aussuchen können. Plötzlich blieb Blue wie angewurzelt stehen und starrte auf die beiden Männer, die den herumliegenden Müll Stück für Stück unter einem Erdhügel verbuddelten und mit einem Spaten festklopften. Gestern hatten sie hier noch gesessen und jetzt entstand hier ein überdimensionaler Müllberg. Großvater hielt in seiner Arbeit inne und blickte ihm entgegen.

„Hallo, Blue George Washington. Na, was sagst du?"

Blue legte den Kopf schräg. „Sieht aus wie 'n überdimensionaler Präriehundhügel."

Der Alte lachte.

Blue schüttelte verständnislos den Kopf und steuerte auf den Trailer zu. Er stolperte zur Tür hinein und geradewegs zum Wasserhahn über der Spülschüssel. Großmutter Carol stellte ihm schweigend eine Flasche Wasser auf den Tisch und lächelte. Nicht ein Tropfen kam aus dem Wasserhanh heraus.

„Scheißkram", fluchte Blue leise.

Dann sah er ihr Lächeln. „Hallo ...", zögerte er, bevor das Wort „Grandma" über seine Lippen kam.

„Hallo, Blue. Der Tank ist leer."

„Welcher Tank?", fragte er irritiert.

„Der Wassertank."

Blue glaubte sich verhört zu haben, aber er fragte nicht weiter, sondern griff nach der großen Plastikflasche und öffnete sie mit einem lauten Zisch. Gierig trank er, dann setzte er sie wieder ab und rülpste. Bonnie kicherte. Blue setzte sich zu Bonnie an den Tisch und ließ Ahornsirup über den obersten Pfannkuchen laufen. In Windeseile rollte er ihn auf und schlang ihn hinunter, sodass selbst Bonnie staunte. Dann schnappte er nach Luft. Die Nase war unweigerlich angeschwollen und unter dem rechten Auge lief ein Schatten bis über die Wange, der sich nicht entscheiden konnte, ob er blau werden sollte. Den zweiten Pfannkuchen aß Blue schon langsamer und den dritten und vierten genoss er, bevor er den fünften und sechsten noch in sich hineinstopfte und endlich satt zu sein schien. Bonnie war sprachlos, was ihr großer Bruder so alles verdrücken konnte. Carol lächelte nur. Sie lächelte viel und sagte wenig. Das war Blue bereits aufgefallen. Er lächelte zurück.

Großvater Wayton kam mit Joe herein. Er schien erschöpft zu sein und setzte sich zu seinen Enkeln an den Tisch, während Joe nach der Wasserflasche griff und sie in einem Zug fast leer trank. Dann wandte er sich an Blue: „Du fährst mit mir."

Blue schielte durch seine Haarsträhnen zu Großvater auf und zog fragend die Augenbrauen zusammen.

„Tanken, einkaufen, tränken und die Wasserkanister auffüllen", beantwortete er ruhig die unausgesprochene Frage seines Enkelsohnes. Dann nickte er grinsend. „Ich muss mich etwas ausruhen. Meine alten, morschen Knochen fangen an zu rebellieren."

„Wie alt bist du eigentlich?", fragte Blue.

„Lass mich überlegen. Ich glaube ... so ungefähr ... fünfhundert." Wayton lachte.

„Du spinnst!"

„Ya hey. Hab's vergessen."

Joe hielt sich an der Wasserflasche fest und verzog keine Miene. Er wartete. Blue nahm all seinen Mut zusammen und stand auf.

„Von mir aus kann's losgehen."

Joe nickte. „Okay."

Er trank die Flasche aus, stellte sie mitten auf den Tisch und ging voran. Er spielte mit dem Autoschlüssel, bis er einstieg und den Truck startete. Blue hockte auf dem Beifahrersitz und sah zum Seitenfenster hinaus. Joe hüllte sich während der Fahrt in Schweigen und Blue hätte selbst nicht gewusst, was zwischen ihnen zu sagen wäre. An der Tankstelle sprach Joe das erste Wort, als er ausstieg: „Sitzen bleiben!"

Blue war es recht. Der Mann mit dem hellen Cowboyhut, der sein Onkel war, betankte seinen Truck und verschwand in der Bruchbude daneben. Etwa eine halbe Stunde später tauchte Joe mit mehreren Tüten wieder auf und packte sie hinter den Fahrersitz.

„Habe dir einen linierten und einen karierten Schreibblock mitgebracht und eine Packung Stifte. Das müsste reichen bis zu den Ferien. Brauchst du sonst noch was?"

„Einen Rucksack."

Joe grinste, als er einen dunkelblauen Rucksack hochhielt. Blue sah den Rucksack und zum ersten Mal nahm er wirklich Blickkontakt mit seinem Onkel auf. Das Grinsen in Joes Gesicht entschärfte seine grimmigen Züge.

Dem karierten Hemd waren die Ärmel abgetrennt und ausgefranst. Seine braunen Arme waren sehnig und die Muskeln spielten bei jeder Bewegung. Der ist mit Vorsicht zu genießen, dachte Blue und spürte das Spannen in seiner rechten Wange.

„Danke", sagte er.

Joe stieg, ohne ein weiteres Wort zu verlieren, ein und startete. Außer dem Mann im Radio redete niemand. Kurze Zeit später bog Joe von der asphaltierten Straße ab, folgte einem breiten, staubigen Weg, der sich mehrmals verzweigte. Hier und da tauchten einige Häuser in der Ferne auf und verschwanden wieder aus Blues Blickfeld. Schließlich stoppte Joe vor einem Holzhaus, das nicht mehr in dieser Welt zu stehen schien, dachte Blue. Nur ein paar schattenspendende Bäume bewiesen, das sie sich noch auf der Erde befanden. Er sah sich um. Es war das einzige Haus weit und breit hier.

„Komm mit!", lautete dieses Mal Joes Befehl. Er wies mit einer Geste auf den großen Plastikkanister auf der Ladefläche des Trucks.

„Schraub` da oben auf und halte den Schlauch da hinein. Aber halte ihn gut fest!"

Dann verschwand Joe im Haus und Blue tat, was er ihm gesagt hatte. Er wartete, bis Joe wieder herauskam und beobachtete, wie er einen kleinen Motor abstellte und an das andere Ende des Schlauches anschloss. Dann knatterte das kleine Ding los und beförderte mit haarsträubenden Geräuschen Wasser durch den Schlauch, welches mit Druck in den Kanister schoss. Joe konnte also Wasser aus dem staubigen Prärieboden zaubern. Und das ganz ohne Zeremonie und Tanz. Blue lachte leise, denn er hatte gerade an einen Werbespot gedacht, der ihn vor langer Zeit einmal mächtig beeindruckt hatte. Dort hatten tanzende und um Regen bittende Indianer eine komplette Sprenkleranlage in Gang gesetzt. Es dauerte einige Zeit, bevor der Tank voll war. Blue rief ihm laut zu und Joe stellte die Pumpe aus, entfernte den Schlauch und trug sie wieder in das Haus.

Währenddessen schloss Blue den Deckel und kletterte herunter. Er setzte sich an das Hinterrad des Trucks, der seinen Schatten über ihn warf und lehnte den Kopf zurück. Mit geschlossenen

Augen träumte er vor sich hin, bis Frank vor ihm auftauchte.

„Warum musstest du dir ausgerechnet eine Lakota aussuchen, Frank? Du weißt nicht, was du angerichtet hast. In Chicago hat es wenigstens nie jemanden interessiert, was ich bin."

Frank antwortete nicht. Blue presste die Lippen aufeinander und verzog die Mundwinkel. Dann verschwand Frank aus seinen Gedanken.

„Willst du was trinken?"

Blue blinzelte zu Joe hinauf. „Wie lange stehst du schon da?", fragte er skeptisch.

Joe hielt ihm die Flasche Wasser hin. Er schien nicht die Absicht zu haben, ihm zu antworten. Blue stand auf, nahm ebenso wortlos die Flasche an sich und trank. Blue verkniff sich die Frage, ob Joe hier wohnte. Dann fuhren sie weiter. Vorsichtig holperte der Truck in ein Prärietal. Einige Bäume spendeten auch hier Schatten. Dazwischen angeknabbertes Gestrüpp. Joe hielt an und stieg aus. Er befahl Blue weder sitzen zu bleiben, noch mit ihm zu kommen. Blue entschied sich, auszusteigen. Sein Blick fiel sofort auf zwei alte, eingegrabene Badewannen, direkt neben dem Truck. Das Gras ringsum war niedergetrampelt und einige, mit Fliegen besetzte Haufen, lagen herum. Wortlos ließ Joe Wasser aus dem Tank in die Wannen laufen. Blue sah sich um. Es war still hier. Diese Stille, die er nicht kannte, war ihm unheimlich, schien fast bedrohlich. Er schlenderte gedankenlos auf das Gestrüpp zu.

„Halt!", erscholl Joes befehlende Stimme hinter ihm.

Blue ging unbeirrt weiter, als hätte er es nicht gehört. Nur zwei Schritte. Dann packte ihn Joes kräftige Hand am Oberarm und riss ihn herum. Es tat verdammt weh. Blue war wütend. Was bildete sich dieser Kerl ein, nur weil er sein Onkel war.

„Typisch Stadtindianer", fuhr ihn Joe an.

„Was weißt du schon?"

„Zum Beispiel dass du lieber einen Bogen um das Dickicht da machen solltest." Joe wies mit dem Kopf darauf. „Hier gibt es Klapperschlangen."

Blue schwieg betreten und starrte auf seine Schuhe. Joe ließ ihn endlich gehen und wandte sich um. Die Badewanne war übergelaufen und das Wasser lief im Rinnsal davon. Blue hörte Joe fluchen. Als er bei Joe angekommen war, hatte dieser schon alles eingeräumt.

„Und hier gibt es Pferde?", fragte Blue ungläubig um sich blickend.

„Ist das nicht auch gefährlich für sie hier?"

Nun sah Blue wie Joe das zweite Mal grinste. Dann ertönte ein langer, lauter Pfiff neben ihm, dass ihm das Ohr schmerzte. Wieder war es still wie zuvor. Nichts regte sich. Auch Joe nicht. Er schien zu lauschen. Die Zeit verstrich und Blue blieb skeptisch. Doch dann, plötzlich, durchdrang das Donnern der Hufe auf dem harten Boden die Stille und über den Hang tauchten sie auf. Eine ganze Herde galoppierte über die Anhöhe hinab in das Tal. Mit wehenden Mähnen steuerten sie gradewegs auf Joe zu. Er hob die Arme langsam nach oben und ging zwei Schritte vor Blue. Die Tiere fielen in Trab und stoppten schließlich. Vereinzelt schnaubte ein Pferd. Ein paar kamen zu Joe und begrüßten ihn. Andere beobachteten die beiden Menschen von Weitem. Blue stand wie angewurzelt. Er glaubte zu träumen. So etwas hatte er noch nie erlebt. Pferde hatte er schon öfter im Fernsehen gesehen, aber die hier flößten ihm Respekt ein. Trotz allem war er nicht einmal fähig gewesen, zu flüchten, selbst wenn er gekonnt hätte, obwohl er den Bruchteil einer Sekunde daran gedacht hatte. Er beobachtete die Pferde und Joe. Sie schienen gute Freunde zu sein. Joe redete sanftmütig mit ihnen, Worte, die Blue nicht verstand. Aber die Tiere schienen sie zu verstehen. Blue fuhr zusammen, als sich ein neugieriger, brauner Kopf zu ihm neigte und ihn beschnüffelte. Er hob langsam die Hand und spürte den Atem des Tieres auf seiner Haut.

„Hi", sagte er verlegen und strich dem Pferd über die Nüstern. Sie waren weich wie Samt. Die ersten Tiere begannen zu saufen.

„Hattest Schiss", bemerkte Joe, der plötzlich neben ihm stand.

„Wie kommst du darauf?" Blue hätte das nie zugegeben. „Sind das alles deine Pferde?", lenkte er ab.

„Unsere. Sie gehören unserer Tiospaye. Wir züchten sie."

Blue sah Joe mit Unverständnis an, als er fragte: „Unserer was?"

Wieder grinste Joe und dieses Grinsen machte ihn so geheimnisvoll und überlegen. Blue wusste nicht, ob er es mochte oder lieber seine grimmigen Gesichtszüge.

„Unserer gesamten Familie. Brüder und Schwestern, Schwager, Onkel, Neffen und Großväter und deren Kinder. Alle die den Namen Stone Horse tragen."

Blue hatte begriffen. „Aha. Und wie viele sind das? Ich meine die Pferde."

„Fünfundfünfzig mit den Fohlen", antwortete Joe stolz.

Blue glaubte ein Leuchten in seinen Augen gesehen zu haben. Er verkniff sich alle weiteren Fragen, verzog anerkennend die Mundwinkel und nickte. „Alle Achtung."

Joe schenkte den Tieren einen letzten Blick und zog den Wagenschlüssel aus der Hosentasche.

„Fahren wir."

Kaum zu glauben, aber es war Abend geworden, als der Truck wieder an der gewohnten Stelle vor dem Trailer parkte. Blue trug einen weißen Plastikeimer voll Wasser für Carol in die Küche. Als er sich unbeobachtet glaubte, roch er daran. Dann probierte er eine Handvoll. Es war erstaunlich frisch und relativ kühl. Er hörte ein leises Lachen hinter sich und fuhr herum.

„Einen trockenen Schlafplatz und gutes, kühles Wasser. Was braucht man mehr?"

„Pancakes!" Blue gelang es tatsächlich zu grinsen.

Der alte Mann nickte zufrieden. „Das ist viel, aber nicht alles."

„So? Was brauchst du denn?"

„Das Lied des Windes, alle meine Verwandten, die Sonne, das Gras und einen guten Tabacco."

Irgendetwas hielt Blue zurück, das auszusprechen, was er gerade dachte. Wayton musste seine Gedanken gelesen haben und lachte wieder leise.

„Holst du die restlichen Einkaufstüten und den Rucksack aus dem Truck?", fragte Joe, als er zur Tür hereinkam.

„Geht klar."

Blue ging. Ein paar Schritte vor dem Truck blieb er stehen und schüttelte den Kopf.

„So ein Blödsinn. Die haben wahrscheinlich noch nie gehungert."

Auf einem Stein, am Boden, stand Grandmas Pappteller mit den restlichen drei Pfannkuchen. Blue sah sich das genauer an. Sogar Ahornsirup war drauf. Lecker. Wer weiß, wann es Abendessen gibt und überhaupt, dachte Blue. Jedenfalls war es zu schade, sie einfach hier stehen zu lassen. Außerdem konnte das ungebetene Gäste anlocken. Ratten womöglich. Blue kannte das Problem nur zu gut. Er nahm den Teller, setzte sich damit auf den Stein und aß einen Pfannkuchen. Joe und Wayton standen auf der Veranda in ihr Gespräch vertieft.

„Du weißt, was ihn hier erwartet, Vater. Es wird Schwierigkeiten geben. Hast du ihn dir mal genau angesehen?"

„Ja, ich weiß, dass sie ihn verprügelt haben. Er hat geschwiegen."

„Wird er das auch morgen tun und übermorgen?"

„Der Junge wird sich durchsetzen. Das weiß ich. Er hat in den Straßen der großen Stadt überlebt, alleine."

„Frank hat sich schön aus der Affäre gezogen."

„Deshalb dürfen wir ihn nicht fallen lassen. Er gehört zu uns. Er ist mein Enkelsohn."

„Ein Halbblut."

Wayton Stone Horse sah seinen Sohn strafend an. „Er ist ein Lakota!", entgegnete er scharf.

Joe nickte und sah zu Blue hinüber. Er konnte sich sein breites Grinsen nicht verkneifen, selbst wenn er das wollte.

„Sieh dir das an. Er ist ein Lakota? Wakan Tanka in Gestalt eines zwölfjährigen Vielfraßes."

Dann lachten sie beide schallend.

Blue hörte sie und sah Wayton und Joe Stone Horse auf sich zukommen.

„Schmeckt's?", fragte Großvater.

„Ja. Willst du auch noch ein Stück?", antwortete Blue, während er kaute.

Joe und Wayton lachten erneut auf.

„Das war für jemand anderen gedacht."

„Oh!"

Blue erhob sich langsam und stellte den Teller mit dem letzten Pfannkuchen wieder ab. „Das konnte ich ja nicht wissen." Dann leckte er seine klebrigen Finger ab.

„Halb so schlimm. Du kannst dafür etwas von deinem Abendessen dazulegen", meinte Großvater daraufhin.

„Dann ist es besser, wenn ich den Teller mit hinein nehme. Erste Regel: Lass nie Essensreste herumstehen, sonst hast du im Nullkommanix eine Rattenplage am Hals."

Joe und Wayton sahen sich an. Schließlich hob Joe seine Schultern.

„Wo er recht hat, hat er recht", sagte er.

Blue verschwand mit dem Teller in Richtung Trailer. Joe verabschiedete sich nach dem Abendessen und fuhr mit seinem Truck davon. Bonnie trocknete das Geschirr ab, das Grandma Carol neben die Schüssel stellte. Im Fernsehen lief ein Cartoon. Großvater, der Joe zum Wagen begleitet hatte, kam wieder herein und setzte sich neben Blue. Der lachte ausgelassen. Wayton beobachtete ihn unauffällig. Als der Film zu Ende war, sagte er: „Gehen wir ein bisschen hinaus."

Blue stand mit ihm auf.

„Bring den Teller mit, Blue."

Blue gehorchte und fragte auch nicht. Er folgte seinem Großvater, bis dieser stehen blieb und ihm andeutete, den Teller abzustellen. Blue sah ihn verwundert an, tat aber, was er wünschte. Mehrmals hatte er gedacht, dass sein Großvater ein alter Spinner war. Aber nun dachte er, dass sich der alte Mann offensichtlich etwas dabei dachte. Vielleicht würde er es ihm erklären. Großvater lächelte und nickte zufrieden. Dann sagte er: „Weißt du, wir Lakota danken unserem Schöpfer für all das, was er uns gegeben hat. Dafür geben wir ihm etwas zurück."

Blue nickte zum Zeichen, dass er verstanden hatte.

„Ich hoffe, er verzeiht mir, dass ich ihm einen Pfannkuchen weggegessen habe."

Wayton lachte leise und legte den Arm um Blues Schulter.

„Ich denke schon."

Nun lachte auch Blue.

„Wenn wir ein Stück den Hügel hinauf gehen, finden wir einen guten Platz, der uns Schutz bietet."

„Schutz wovor?"

„Vor einem Sommergewitter, vor einem Blizzard, vor Feinden. Dort findest du die Antworten auf all deine Fragen und siehst das Mondlicht durch die Bäume schimmern."

Der alte Mann sprach in Rätseln. Blue folgte ihm. Er hatte viele Fragen, verdammt viele. Bevor sie den Hügelkamm erreichten, ließen sie sich nieder. Obwohl sie nicht weit gegangen waren, bot sich ihnen eine einmalige Aussicht, weit über das Grasland bis hin zu den Pinienwäldern. Ein leichter Wind spielte mit Blues langen Ponysträhnen. Beide hüllten sich in Schweigen, lange bevor Blue anhob, seinen Großvater zu fragen.

„Wie geht deine Geschichte weiter?"

Der Alte lachte leise und nickte zufrieden. Dann erzählte er genau an der Stelle weiter, an der er zuletzt geendet hatte:

„Dein Kind wird leben, hatte ich zu ihr gesagt. Sie brauchte einen Mann, der sie versorgen konnte. Sie war eine Brulee und sie gefiel mir. Wenige Tage später hüllte ich die beiden in eine Büffelfelldecke und führte ihr Pony in unser Lager, weiter nördlich in den Black Hills. In meinem Tipi sollte sie mit dem Säugling leben, als meine Frau. Sie war dankbar, still und noch in Trauer um ihren Mann, den Vater ihres Kindes. Es dauerte lange, bis auch sie mich liebte. Ein Jahr später bekamen wir eine Tochter, und Kleiner Biber hatte nun eine Schwester. Wir nannten sie zunächst Cunksi Wi, Sonnentochter. Beide wuchsen heran, lernten sehen, hören, sprechen und denken."

Großvater zündete sich eine kleine Pfeife an. Dann zog er lange daran und blies den Rauch langsam zur Erde, zum Himmel und in alle vier Himmelsrichtungen. Blue beobachtete ihn. Nicht eine seiner Fragen war beantwortet. Doch Großvater warf neue auf und seine Zunge schien wie gelähmt, als er versuchte zu sprechen. Kein Wort kam über seine Lippen. Großvater Wayton schien die Augen geschlossen zu haben und murmelte unverständliche Worte. Zu Hause, in den Straßenschluchten der großen Stadt, wären ihm die Worte wie ‚Alter Spinner' leicht über die Lippen gekommen. Wahrscheinlich wäre er aufgestanden und fortgegangen. Aber hier war alles anders. Irgendetwas hielt Blue davon ab, das zu tun. Eine unsichtbare Kraft, sein Stolz oder

der keimende Respekt vor dem alten Mann? Er wartete, bis sein Großvater neben ihm weitersprechen würde.

„Ich habe dem Schöpfer dafür gedankt, dass ich dich gefunden habe, Blue George Washington, mein Enkelsohn. Du wirst lernen zu sehen, zu hören, zu sprechen und zu denken. Ich habe ihr mein Wort gegeben."

Blue versuchte zu verstehen. Es gelang ihm nicht ganz.

„George Washington kannst du weglassen. Es gibt ihn nicht mehr. Er ist tot", sagte er schließlich und lächelte ein wenig.

Der alte Lakota mit den grauweißen Zöpfen nickte bedächtig.

„Gut so."

Er zog an seiner Pfeife, während sich die Sonne im Westen neigte und in ihrem blutroten Farbspiel versank.

Blue schlief an diesem Abend schnell ein. Der Tag war lang. Er hatte mit dem Sonnenaufgang begonnen und endete mit ihrem Untergang.

Im Traum sah er sie, die Pferde mit ihren wehenden Mähnen. Er saß selbst auf einem Schecken. Schrille Schreie drangen durch das donnernde Geräusch, welches die Hufe verursachten, an seine Ohren. Durch den aufgewirbelten Staub erschienen Reiter mit schwingenden Lederschlingen, wie Geister, die die Staubwolke wieder verschluckte.

„Hey, Kleiner Biber! Träumst du? Wollen wir uns nicht auch ein prachtvolles Tier einfangen?"

Blue sah zu dem Reiter neben sich und starrte ihn an. Der langhaarige Mitch Running Elk! Er trug Leggins mit Fransen, hatte sein Haar zu zwei langen Zöpfen geflochten und trug eine Kette mit drei großen Zähnen um den Hals.

„Was ist? Hast du Schiss?"

„Nein!", antwortete Blue und sah an sich selbst herab. Er sah genauso aus. Na gut, dachte er, so falle ich wenigstens nicht gleich auf. Sein Pferd ließ sich mitreißen und er schwang ein Seil, als hätte er nie etwas anderes getan. Tatsächlich gelang es ihm, ein Pferd einzufangen. Als die Herde verschwunden war, der Staub sich gelegt hatte, stand er neben seinem Schecken, auf dem er eben noch gesessen hatte, und blickte auf das kleine Scheckenfohlen, das er gefangen hatte. Aus der Stille heraus erscholl lautes Lachen. Er sah sich um. Running Elk hatte sich einen prachtvollen Rappen eingefangen und Joe kam mit einem Scheckenhengst, den er am Strick mit sich führte, dazu. Sie waren es, die ihn auslachten.

„Ist der nicht ein bisschen klein für dich?", fragte Joe.

„Er wächst ja noch!"

„Kleiner Biber, kleines Pferd", lachte Mitch Running Elk.

„Ihr könnt mich alle mal!", zischte Blue wütend.

Wieder hörte er das Lachen. Auch Großvater stand mit seinem Pferd dabei und lachte. Dann kam Bonnie in einem wunderschönen Kleid durch die Mitte.

„Ach ist der niedlich."

Blue stand unbeweglich und wäre am liebsten im Grasboden versunken. Fünf Männer, Krieger wie aus dem Bilderbuch, kamen mit ihren Pferden heran. Jeder von ihnen führte ein prachtvolles Tier am Strick mit sich. Sie sprühten vor Stolz und betrachteten das Fohlen ohne Regung.

„Gehen wir zurück", sprach Großvater. „Unsere Verwandten sind müde."

Alle setzten sich in Bewegung. Auch Blue sprang wieder auf sein Scheckenpferd und wollte das Fohlen mit sich nach Hause führen. Doch es stieg, schlug aus, schrie und wieherte. Wie ein Ziegenbock ging es nicht einen Schritt voran. Die anderen drehten sich um. Blue schimpfte wütend mit dem kleinen Pferd und zog so kräftig er konnte am anderen Ende des geflochtenen Lederseiles. Er sah das Fohlen und er sah in die grinsenden Gesichter aller ringsum. Großvater fing seinen hilfesuchenden, flehenden Blick ein und verstand ihn.

„Führe mein Pferd zurück und überlasse mir das kleine, tapfere Geschöpf."

Nichts, was er lieber tat. Großvater beruhigte es, strich ihm sanft über den Hals und berührte mit der Hand seine Nüstern. Er sprach sanft zu ihm und es klang wie ein Gesang. Dann zog er etwas aus seinem hirschledernen Hemd, riss ein Stück davon ab und hielt es dem Fohlen hin.

„Der Pfannkuchen!", schoss es Blue heiß durch seine Gedanken.

So einfach war das also! Großvater lockte das Fohlen mit dem Pfannkuchen nach Hause. Blue lachte im Schlaf.

Er lachte auch am nächsten Nachmittag, als Großmutter ihn und Bonnie mit ihren frisch gebackenen Pfannkuchen empfing. Carol Stone Horse freute sich mit ihm. Selbst Onkel Joe und Großvater Wayton hatten gute Laune. Sie lachten und der Bau des eigenartigen Müllhauses ging zügig voran. Blue half ihnen und erzählte ihnen den Witz mit dem Parkhaus für Indianerautos. Das schallende Gelächter drang bis in den Trailer. Joe hatte die fehlenden Knöpfe am Hemd genauso bemerkt wie Wayton. Die Spuren der Keilerei ließen sich nicht verbergen, auch nicht die Platzwunde unter der Lippe. Sie schwiegen, genau wie Blue. Joe blieb an diesem Abend. Er spielte mit Wayton und Bonnie Karten.

„Willst du nicht mitspielen?", fragte Großvater, als Blue mit einem Teller Pfannkuchen und einer Karotte hinaus wollte.

„Später. Ich habe noch etwas zu erledigen."

Joe und Wayton grinsten sich an.

„Gut, bis später", meinte Joe und verteilte die Karten.

Blue stellte den Teller auf den Stein.

„Guten Appetit, wer immer du auch bist. Ich habe heute drei Pfannkuchen gebracht, weil ich dir gestern einen weggegessen habe. Und falls du ein Pferd sein solltest, freust du dich bestimmt auch über die Karotte."

Blue verschwieg lieber, dass er sie Mitch aus dem Schulrucksack gestohlen hatte. Aber er grinste voller Genugtuung bei dem Gedanken. Dann wandte er sich um und schlenderte den Hügel ein Stück hinauf zu dem Platz, an dem er mit Großvater am Abend zuvor gesessen hatte. Der Platz, der Schutz vor Feinden bot und an dem er die Antworten finden wollte, die er suchte auf all seine offenen Fragen. Wieder spielte ein leichter Wind mit seinem Haar. Blue Light Shadow McKanzie aber hatte seine Fragen vergessen. Er dachte nach.

Er hatte den Glauben verloren, als sein Vater verschwand, als sein Pflegevater verunglückte, als seine Mutter starb und als er Abschied von Bonnie nehmen musste. Als er glaubte, alles verloren zu haben, bekam er ganz Chicago geschenkt. Die große Stadt gehörte ihm! Dann tauchte ein fremder, alter Mann auf, der behauptete, sein Großvater zu sein und nahm ihm Chicago auch noch weg.

Blue unterbrach seine Gedanken und betrachtete das Land rings um sich. Es war mehr als nur das Grün am Boden und das Blau des Himmels.

„Für alles, was dir genommen wird, bekommst du etwas neues, etwas anderes", hörte er deutlich die Stimme des alten Mannes.

„Wo bist du?", fragte Blue, denn er sah niemanden. Es antwortete ihm auch niemand.

„Für alles, was dir genommen wird, bekommst du etwas anderes", wiederholte er leise.

Ja. Genauso war es. Blue hatte etwas bekommen.

„Danke, Großvater, für alles, was du mir gegeben hast", sprach er leise vor sich hin, während sein Blick den Horizont streifte.

„Danke, dass du mir Augen gegeben hast, um zu sehen, dass ich Ohren habe, um zu hören, dass ich einen Mund habe, um zu sprechen und dass du mir Gedanken gegeben hast."

Blue lachte leise und schüttelte den Kopf.

„Ich gehe jetzt lieber Karten spielen, bevor ich noch mehr spinne."

Er stand auf und lief zum Trailer.

Kapitel 5

Steinpferd

Einunddreißig Tage waren vergangen. Vier Wochen und drei Tage. Ein ganzer Monat. Jeden Tag war Blue mit Mitch aneinandergeraten. Mitch hatte eine Handvoll Freunde, denen es genauso viel Spaß machte, Blue zu ärgern, zu beschimpfen und zu erniedrigen. Blue wehrte sich gegen sechs, wenn es sein musste, und er war stolz auf jeden blauen Fleck, jede Schramme, jedes aufgeschlagene Knie, das er ihnen beibrachte. Aber er hatte auch die Nase gestrichen voll davon. Er wollte nur in Ruhe gelassen werden. Soweit es möglich war, ließ er alles an sich abprallen. Paul hatte es nicht aufgegeben, sein Freund werden zu wollen. Doch Paul hatte Angst.

Heute, am letzten Schultag vor den Sommerferien, war die Stimmung gelassener. Mitch ignorierte Blue an diesem Tag einfach, genau wie die anderen fünf Möchtegernkrieger, wie Blue sie nannte. Bis zur großen Mittagspause verlief alles ruhig. Zu ruhig. Das weckte Blues Misstrauen. Er setzte sich mit seinem Suppenteller zu Paul an den Tisch.

„Lass dir's schmecken", sagte der.

„Hm", antwortete Blue, der schon den ersten Löffel voll in den Mund geschoben hatte.

„Was machst du in den Ferien?", fragte Paul.

Blue konnte nicht antworten. Er aß die Suppe.

„Ich fliege mit Mom und Dad für eine Woche nach Hause, zu den Großeltern."

„Wo bist du zu Hause?", fragte Blue mit vollem Mund und biss noch vom Brotkanten ab.

„Homeville, Georgia. Warst du schon mal da unten?"

Blue schüttelte den Kopf.

„Mitch muss krank sein, was?", lachte Paul und legte den Löffel auf seinem leeren Teller ab.

„Ach was. Dem sind bloß die Ideen ausgegangen. Jetzt brütet er irgendwas aus, damit er genug Munition hat für später. Wenn ich ihn bloß mal alleine erwischen könnte! Dann würde ich mir den mal so richtig vornehmen."

„Ich weiß, wo ich Abführmittel herkriege."

„Gar keine so schlechte Idee", meinte Blue und lachte, bevor er weiteraß. Plötzlich verschluckte er sich, als er Mitch, gefolgt von seiner Bande, auf seinen Tisch zukommen sah. Jeder hatte sein Essen in den Händen. Paul klopfte Blue auf dem Rücken herum, bis dieser schließlich sagte: „Hör auf damit!"

„Ist hier noch frei?", fragte Mitch.

„Wie ihr seht, ja."

Die sechs Jungen setzten sich. Paul rutschte auf dem Stuhl herum. Er fühlte sich unbehaglich und wäre am liebsten aufgestanden. Mit dem Essen war er sowieso fertig. Blue löffelte unbeirrt weiter. Mitch schwieg und begann zu essen. Als Blue seinen Teller restlos mit dem Brot blank geputzt hatte, hielt Mitch inne und lächelte.

„Na, war die Suppe gut, Walter?"

Blue schickte ihm einen messerscharfen Blick entgegen und spürte schlagartig, wie ihm das Blut in den Kopf schoss. Wer hatte diesem Idioten seinen wahren Namen verraten?

„In Chicago gab es bestimmt was Besseres für …"

Weiter kam er nicht. Blue hatte Mitch noch nie angegriffen. Bis jetzt hatte er sich immer nur verteidigt. Aber jetzt reichte es ihm. Er sprang vom Stuhl auf, zog Mitch einfach den Teller weg und warf ihn ihm ins Gesicht. Mitch war ebenfalls aufgesprungen, aber er schaffte es nicht mehr aus der Schusslinie. Die Suppe lief von seinem Gesicht hinunter und über seinen Körper. Ehe er fähig war, etwas zu unternehmen, sprang Blue über den Tisch, packte ihn an der Kehle und schob ihn rückwärts bis er ihn gegen den Türrahmen des Speiseraumes drückte. Blues Wut ließ sich nicht mehr zähmen.

„Wer hat dir das gesteckt?!", fuhr er den langhaarigen Mitch an.

Die anderen ringsum hielten inne und verharrten in Schweigen. Mitch rang nach Luft. Nicht einmal seine Freunde wagten es, einzugreifen.

„Wer!", schrie Blue ihn an.

„Wer weiß es denn noch … außer dir?", brachte Mitch spöttisch hervor.

Bonnie, schoss es Blue wie ein Blitz durch den Kopf. Nur sie kannte seinen richtigen Namen!

„Wenn du ihr was angetan hast, bringe ich dich um, du Vollblutratte. Wo ist sie?"

„Draußen."

Blue stieß Mitch mit sich zur Tür hinaus.

Bonnie saß zusammengekauert unter dem dicken Baum und heulte schluchzend. Blue warf Mitch zu Boden und stürzte sich auf ihn.

„Das war's", schrie er außer sich vor Wut und schlang seinen Arm um Mitchs Hals. Ein noch stärkerer Arm versuchte ihn daran zu hindern. Blue hatte Kraft und in seinem Zorn wuchs er über sich hinaus. Matt Brever hatte alle Mühe, ihn von Mitch loszureißen. Schwer keuchend ließ er sich von seinem Lehrer auf die Beine ziehen. Mitch griff nach seinem Hals und schwieg. Jeder hatte seine Niederlage gesehen. Blue hatte ihn erledigt. Mittlerweile war auch Mrs White Bull aufgetaucht.

„Alles okay mit dir, Mitch?", fragte sie mit ihrer respekteinflößenden Stimme.

Mitch rappelte sich auf. „Ja."

„Dann geh' in den Waschraum."

Ohne ein weiteres Wort wandte Mitch sich um und ging.

Matt hielt Blue noch immer am Arm fest. Er schien sich beruhigt zu haben, aber in seinen Augen blitzte noch immer der Zorn.

„Wir sollten zu Bonnie gehen", meinte Matt.

Blue nickte und wischte sich mit dem Handrücken über die Nase, während er schniefte. Matt ließ ihn los. Bonnie hatte sich mit den Händen die Tränen über ihr Gesicht geschmiert. Ab und zu schluchzte sie noch auf. Als Blue und Matt vor ihr stehen blieben, sprach sie leise: „Ich habe das nicht gewollt."

„Haben sie dir was getan?", fragte Matt.

„Nein. Aber sie haben mir Moms Kette weggenommen und sie wollten sie ins Feuer werfen."

Wieder liefen Bonnie die Tränen über die Wange.

„Sie haben mich erpresst. Sie wollten wissen, wie Blue wirklich heißt. Ich wollte es ihnen nicht sagen."

„Schon gut, Bonnie", sagte Blue.

„Hast du deine Kette wiederbekommen?", fragte Matt.

Bonnie nickte.

„Setzen wir uns", forderte Matt Blue auf und ließ sich auf dem Boden vor Bonnie und Blue nieder. Blue tat es ihm gleich.

„Ich denke, ich weiß, was in dir vorgegangen ist. Was du da eben getan hast oder tun wolltest, macht mir Sorgen. Das war gefährlich. Hass und Zorn schaden nur dem, der ihn hegt."

Matt sprach ohne Vorwurf und seine Sorge klang ehrlich. Er wartete ab, ob Blue etwas sagen wollte. Blue schwieg. Seine Zunge war wie gelähmt.

„Willst du mir sagen, was dich so in Rage gebracht hat?"

Blue wollte es, aber es fiel ihm schwer. Lange überlegte er. Matt wartete geduldig.

Schließlich nickte Blue, bevor er leise sagte: „Da wo ich herkomme, hat niemand gefragt, was ich bin. Wir haben uns um Schlafplätze, Wasser und Essen geprügelt."

Blue machte eine Pause und sah von seinen Fußspitzen auf.

„Dort murksen sie dich ab, bloß weil du so'n beschissenen Namen hast wie ich."

Matt musterte den Jungen. Dann schüttelte er nachdenklich den Kopf. „Verstehe. Wir haben alle Namen. Über manche lässt es sich prima spotten. Wenn wir uns deswegen an die Gurgel springen würden, wären wir wahrscheinlich schon fast so ausgestorben wie die Büffel."

Über Blues Gesicht huschte ein Lächeln.

Matt lachte leise. Der Unterricht hatte längst wieder begonnen und die drei saßen allein unter dem dicken Baum und redeten unbeirrt weiter. Bonnie hatte aufgehört zu schluchzen.

„Es war nicht nur wegen dem Namen. Mein Bruder hat einen weißen Vater. Mein Vater war ein Oneida", sagte Bonnie leise.

„Dann beweise ihnen, dass du ein Stone Horse bist."

„Ich bin ein Stone Horse?"

Matt nickte. „Du bist es mehr, als du denkst. Weshalb wehrst du dich dagegen?"

„Ich werde nie ein Lakota sein, solange ich hier bin und ich bin auch kein Blue Light Shadow mehr. Ich bin nichts Halbes und nichts Ganzes. Und das wird niemals anders sein."

„Folge deinem Herzen und akzeptiere die Dinge wie sie sind. Dann wirst du wissen, wer du bist."

„Müsst ihr eigentlich immer so in Rätseln quatschen? Egal ob Großvater, Joe oder jetzt Sie?"

Wieder lachte Matt leise.

„Du hast die Gabe zu denken und zu lernen. Also nutze sie."

Blue hüllte sich in Schweigen. Er schien nachzudenken.

An diesem Nachmittag ging er gleich nach der Schule hinauf auf den Hügel. Er wollte allein mit sich sein. Allein mit Walter McKanzie, allein mit Blue Light Shadow und allein mit Stone Horse. Er verspürte keinen Hunger, keinen Durst und keine Wut mehr. Wer bin ich? Was bin ich? Das waren die Fragen, auf die er die Antworten suchte. Lange starrte er vor sich hin, ohne eine Antwort zu finden.

„Ist doch scheißegal, was ich für 'nen Namen habe", murmelte er zu sich selbst. „Vielleicht habe ich ja gar keinen. Vielleicht gibt es mich ja gar nicht mehr."

Er hob einen kleinen Stein auf und wollte ihn wegwerfen. Doch er hielt inne und betrachtete ihn. Es war ein weißer, flacher Stein mit glatter Oberfläche. Er gefiel ihm und er begann damit zu spielen. Wie lange, wusste er nicht. Die Zeit hatte keine Bedeutung. Die Sonne schien heiß auf ihn herab und blendete die Augen. Er schloss sie und sah unzählige Kreise tanzen.

„Vielleicht sollte ich Großvater bitten, mir zu helfen. Er wollte, dass ich zum Steinpferd werde. Er hat es ihr versprochen", ging er flüsternd seinen Gedanken nach, ohne zu bemerken, dass er mit sich selbst sprach.

„Wenn du unbedingt willst, dass ich ein Steinpferd bin, Großvater, dann hilf mir."

„Kleiner Biber und Sonnentochter hatten gelernt zu sehen, zu hören, zu sprechen und mit dem Herzen zu denken", hörte er die leise Stimme des alten Mannes neben sich.

Blue wandte sich ihm zu und öffnete die Augen. Doch er sah nichts als die flimmernden Kreise.

„Sie waren groß, stark und stolz. Sie respektierten ihre Mutter, achteten ihren Vater und teilten mit ihren Brüdern und Schwestern. Als eines Tages ein schwaches, halb verhungertes Geschöpf mit kranker, bleicher Haut um Hilfe bat, halfen sie. Der weiße Mann wurde gesund und stark. Er bat um ein Stück Land für sich und seine Verwandten. Kleiner Biber und Sonnentochter gaben ihm ein Stück von ihrem Land. Aber er hatte sehr viele Verwandte und viele Kinder. Die hatten nicht gelernt zu sehen, zu hören, zu sprechen und mit dem Herzen zu denken. Sie sahen nur das, was ihre Augen ihnen zeigten, sie hörten nur das, was sie hören wollten, sie sprachen unverständliche Worte und ihre Gedanken konnten wir nicht verstehen. Kleiner Biber und Sonnentochter waren enttäuscht und zogen sich traurig von diesen Menschen zurück. Sie waren groß, stark und stolz. Sie respektierten ihre Mutter, achteten ihren Vater und teilten mit ihren Brüdern und Schwestern."

Großvater machte eine Pause. Durch die flimmernden Kreise erschien sein lächelndes Gesicht vor Blue. Blue wusste selbst nicht, ob er nur träumte. Ihm war heiß. Sein Herz pochte bis in die Schläfen hinauf und die Zunge klebte am Gaumen.

„Wir sollten besser in den Schatten gehen. Im Erdhaus ist es kühl", meinte der Alte. Diesmal war es Großvater, der sich als erster erhob und zum Aufbruch drängte.

„Großvater ich bitte dich, dass ich mit meinen Augen immer aus tiefstem Herzen sehen kann, dass meine Ohren nicht nur das hören, was sie wollen, dass mein Mund weise Worte spricht und dass meine Gedanken zu den Menschen finden, die sie verstehen können."

Großvater schwieg. Langsam erhob sich Blue. Seine Glieder schienen steif und er taumelte leicht. Großvater musste schon ohne ihn zum Erdhaus gegangen sein.

Blue folgte ihm. Das Hämmern in seinem Kopf begleitete ihn. Der Boden begann sich unter seinen Füßen zu drehen und ihm war übel. Das kühle Wasser, welches er in seinem Gesicht spürte, tat gut. Vor seinen Augen erschien Bonnie. Sorge lag in ihrem Blick, als sie ihm zu trinken gab.

„Schon gut, Bonnie", flüsterte er. „Ist ja nichts passiert."

Dann schloss er die Augen und atmete tief durch. Er spürte den

Stein in seiner Hand, den er nicht geworfen hatte. Seine Hand umschloss ihn noch immer fest. Auch er fühlte sich heiß an.

Der Stein gehört mir, dachte Blue. Er ist alles, was ich besitze. Mühsam schluckte er. Das Pochen in seinem Kopf ließ nach.

„Ich bin ein Stein. Ich bin Stein. Ich bin nur ein Stein."

Blue bewegte die Lippen und kaum hörbar kamen seine Gedanken darüber, ob er es wollte oder nicht. Er schlug die Augen auf und sah in Großmutter Carols lächelndes Gesicht.

„Wie geht es dir?"

Blue sah sich um. Er lag am Boden in der angenehmen Kühle des Erdhauses.

„Gut", antwortete er schließlich und lächelte schwach zurück.

Erst am Abend, als die Temperaturen erträglicher wurden, kam Joe Stone Horse. Eine Staubwolke folgte seinem Pickup Truck, bis er vor dem Trailer stoppte. Blue hatte ihn schon erwartet. Er erhob sich vom Eingang des Trailers und ging zu ihm. Joe stieg aus und warf die Wagentür mit Schwung zu.

„Hallo, Joe!", begrüßte ihn Blue.

Wenn er mit seinem Onkel zu den Pferden fuhr und die Wasservorräte seiner Großeltern auffüllte, war das für ihn eine willkommene Abwechslung.

„Hallo, Blue. Wie geht's?", entgegnete Joe lächelnd und schlug Blue dabei kameradschaftlich gegen den Arm. Blue verzog schmerzhaft das Gesicht.

„Gut. Und dir?"

„Besser als dir im Moment, glaube ich", lachte er, als er den Jungen mit der krebsroten Haut musterte. „Komm!"

Blue ging mit ihm zum Erdhaus. Joe betrachtete es und nickte schließlich zufrieden, bevor er eintrat. Er begrüßte seinen Vater, seine Mutter und Bonnie und ließ sich auf einem der Lager am Boden nieder.

„Ihr seid schon umgezogen wie ich sehe."

„Ja. Es war unerträglich im Trailer. Hier ist es schön kühl", antwortete Wayton, während Carol selbstgemachte Limonade aus Chokecherrysaft und Sprudelwasser verteilte. Joe nickte und sah sich nochmals um.

„Die Küche kannst du uns im Herbst umräumen, bevor es kalt wird", sagte Carol und Wayton fügte hinzu: „Bevor die Herbststürme den Trailer davontragen. Aber den Fernseher und die Antenne brauche ich dringend."

Großvater Wayton lachte.

„Und den Kühlschrank. Er verbraucht zu viel Strom in der Hitze des Trailers", bemerkte Joe.

Carol schüttelte den Kopf. „Er ist kaputt. Er heizt anstatt zu kühlen."

Bonnie bestätigte das. „Ich habe mir gestern fast den Bauch daran verbrannt."

„Vielleicht könnten wir ihn ja als Heizung für den Winter verwenden", lachte Wayton.

„Ich fahre morgen in die Stadt. Dann kann ich mich gleich umsehen", entgegnete Joe.

Großvater Wayton hob die Augenbrauen und antwortete nicht. Er trank die Limonade aus.

„Okay", sagte Joe schließlich nach einer Weile und schlug sich dabei auf die Oberschenkel. Dann stand er auf. Bonnie und Blue standen ebenfalls auf und folgten ihrem Onkel zum Truck, um die leeren Wasserbehälter auf die Ladefläche zu packen. Als Joe bemerkte, dass das Mädchen zögerte, sagte er: „Steig schon ein." Bonnie strahlte. Wie oft hatte sie dem Truck schon nachgesehen. Nie hatte sie gewagt zu fragen. Für die schweren Wasserkanister war sie zu klein, aber Blue hatte ihr von den Pferden erzählt. Gemeinsam mit den Kindern fuhr Joe hinüber zu dem einsamen Holzhaus, um wieder Wasser aus dem Brunnen zu schöpfen.

„Wir füllen zuerst den großen für die Pferde. Die kleinen Kanister holen wir auf dem Rückweg", entschied Joe, als er den Truck stoppte.

„Okay!", antwortete Blue und sprang zur Beifahrertür hinaus. Er wusste bereits, was er zu tun hatte und zog den Wasserschlauch zum Fass, während Joe im Haus verschwand, um die Pumpe zu holen. Bonnie stieg ebenfalls aus und sah sich um.

„Wohnt er hier ganz allein?", fragte sie Blue.

Der zuckte die Schultern. „Hab' ihn nie gefragt. Aber ich habe auch nie jemanden hier gesehen."

„Und die Pferde?"

Blue wies in die Richtung hinter sich. „Dort ungefähr."

Ein Helikopter näherte sich in einiger Entfernung und brummte vorbei. Blue und Bonnie sahen kurz auf.

„Wie in Chicago", meinte Blue grinsend. Dann kam Joe mit der elektrischen Pumpe und stellte sie an. Das Wasser schoss durch den Schlauch, den Blue mit aller Kraft in das Loch des großen Plastikbehälters drückte, der auf der Ladefläche stand. Er war gerade halbvoll, als die Pumpe eigenartige Geräusche von sich gab. Dann gab sie den Geist ganz auf. In die Stille hinein hörte Blue Joes lautes Fluchen.

Fragend sah Bonnie zu ihrem Bruder. „Und was jetzt?"

„Fluchen kann er gut. Die Pumpe ist hin", meinte Blue.

Sie beobachteten wie Joe die Pumpe heraufzog und daran hantierte. Blue wartete geduldig ab, denn Joe hatte ihn nicht zu sich gerufen. Bonnie zog es vor, bei Blue zu bleiben. Wenige Minuten später erhob sich Joe und kam auf die beiden zu.

„Wirf mir den Schlauch herunter und schließ den Wassertank. Die Pumpe ist hin", rief ihm Joe mürrisch zu. „Ich will versuchen, sie in den nächsten Tagen zu reparieren."

Blue tat, was Joe gesagt hatte und sprang anschließend von der Ladefläche. „Und nun?", fragte er.

„Fahren wir das Wasser zu euch."

„Und die Pferde?", fragte Bonnie enttäuscht.

„Für die hole ich später Wasser."

Das war alles, was Joe dazu sagte. Weder Bonnie noch Blue wagten ihn mit weiteren Fragen zu belästigen, denn Joe war ohnehin schon verärgert. Mit grimmiger Miene lud er die leeren Wasserkanister wieder auf die Ladefläche. Dann wischte er sich mit dem Arm über die Stirn.

„Gehen wir was trinken", meinte Joe.

Schweigend folgten ihm Blue und Bonnie zum Haus. Joe griff nach der defekten Pumpe und nahm sie mit sich. Eigenartig war, dass er anklopfte, bevor er das Haus betrat. Blue beantwortete Bonnies fragenden Blick mit einem Schulterzucken. Im Haus war es dämmrig. Die Vorhänge vor dem Fenstern waren zugezogen. Joe stellte die Pumpe auf den Tisch und schaltete das Licht an.

Die Lampe war lediglich eine Glühbirne, die über dem Esstisch baumelte.

„Schon zurück, Joe?", fragte eine rauhe Stimme. Aus dem Halbdunkel trat eine dicke, alte Frau. Blue und Bonnie zuckten erschrocken zusammen und starrten sie an. Sie trug ein gestreiftes Baumwollkleid und reichte Blue nur bis zur Schulter.

„Ja", antwortete Joe, während er am Tisch saß und die Pumpe betrachtete.

„Du hast Gäste mitgebracht", bemerkte sie.

„Hi", meinte Blue und Bonnie sagte: „Guten Abend, Grandma."

Die alte Frau lächelte vor sich hin und ging langsam zum Küchenschrank. Wie in Zeitlupe bewegte sie sich vorwärts und kam mit vier Gläsern zurück, die sie auf dem Tisch abstellte.

„Ich habe Limonade gemacht", sagte sie unbeirrt und schien an Bonnie und Blue vorbeizusehen. Joe hatte inzwischen den Motor der Pumpe ausgebaut.

„Total festgefahren." Er schüttelte den Kopf. „Dabei habe ich sie schon oft genug auseinandergenommen und den Filter gespült."

Niemand antwortete ihm und die alte Frau schien sich auch nicht daran zu stören, dass er den Esstisch zur Werkstatt umfunktioniert hatte. Sie stellte Weißbrot, Kekse und Zwiebeln auf den Tisch.

„Greift zu", forderte sie freundlich auf.

Blue grinste. Ihm fiel auf, dass alles im Kreis aufgebaut war.

„Danke", sagte er schließlich und griff sich einen der Kekse.

Bonnie zögerte noch und beobachtete die Frau, die irgendwo ins Nichts blickte. Joe hob den Kopf und grinste ebenfalls. Dann stand er auf und wusch sich die Hände. Als er sich wieder an den Tisch setzte, stellte er Schmalz, Tomaten und Salz dazu.

„Brot auf zwölf Uhr, Kekse auf drei Uhr, Tomaten auf sechs Uhr und der Schmalztopf auf neun", sagte er. Joe goss der Frau Limonade ein. Dann stellte er das Glas vor sie hin und nahm ihre Hand, die er an das Glas führte. Auf ihrem runden Gesicht erschien ein Lächeln.

„Das ist Vorschrift. Sie ist früher für die Airforce geflogen", grinste Joe. „War'n Witz", fügte er hinzu, als er Blues ungläubigen Blick sah.

„Ich bin Bonnie", stellte sich das Mädchen leise vor und legte dann ihre Hand auf die Hand der alten Frau.

„Sie kann dich nicht sehen und kaum hören. Shania ist blind und schwerhörig."

„Sie hat dein Klopfen gehört und sie wusste, dass du es bist und dass wir zwei gekommen sind!", zweifelte Blue.

„Sie spürt es", gab Joe zur Antwort.

„Greift zu!", forderte er die beiden auf.

Gehorsam griffen die beiden nach den Keksen und dem Brot und tranken die kühle Limonade.

„Shania kocht abends für mich und sorgt für Ordnung im Haus", erklärte Joe und trank sein Glas aus.

„Wie kann sie das alles tun?", wunderte sich Bonnie.

„Shania ist eine besondere Frau. Sie sieht und hört Dinge, die manche Menschen nicht wahrnehmen, obwohl sie ihr Augenlicht und ihr Gehör noch haben. Ohne sie wäre ich ganz schön aufgeschmissen", lachte Joe schließlich.

Die alte Frau lächelte. „Schön, dass ihr mich besucht "

„Shania ist ein schöner Name", sagte Bonnie laut.

„Cherokee. Die auf ihrem Weg ist", antwortete Joe und schlug mit der flachen Hand auf den Tisch.

„Hecetu. Hokahey!", sprach er und stand auf. „Es wird bald dunkel. Ich bringe euch mit dem Wasser nach Hause, bevor ich mich um die Pferde kümmere."

„Ich helfe dir, Joe!", sagte Blue entschieden. „Und wenn es die halbe Nacht dauert. Es ist immer gut, einen Verbündeten zu haben, wenn's mal brennt."

Joe wandte sich zu ihm um. „Da hast du wohl recht."

Blue folgte ihm und Bonnie hüpfte ihnen hinterher.

„Toksa!", rief sie im Hinausgehen.

„Auf Wiedersehen", antwortete Shania.

Nachdem sie Großmutter Carols und Großvater Waytons Wasservorräte aufgefüllt hatten, fuhren sie gemeinsam weiter. Bonnie hing wie eine Klette an Blue und so durfte sie wieder mitkommen. Joe war wesentlich besser gelaunt. Er schien seinen Ärger über die kaputte Pumpe überwunden zu haben und pfiff einen Song, der gerade im Radio lief, mit.

„Wohin fahren wir jetzt eigentlich?", fragte Blue.

„Etwa sechs Meilen in westliche Richtung, Nähe Slim Butte. Percy, der Mann meiner Cousine, hat eine Pumpe. Wenn wir Glück haben, funktioniert sie auch. Fünf der Pferde gehören ihnen."

„Ich habe ihn noch nie gesehen", wunderte sich Blue.

„Er war lange im Sioux San Hospital in Rapid City, Blue. Ist noch nicht wieder ganz okay."

Blue nickte, während er zum Fenster hinaussah. Wenig später tauchten einige Häuser auf. Vor einem hielt Joe an und hupte zweimal kurz hintereinander. Sie stiegen aus, als sich die Tür öffnete und eine junge Frau in der Tür erschien. Sie trug ein Kind auf dem Arm.

„Hallo Joe!", rief sie erfreut.

Ihre schwarzen Augen und ihre weißen Zähne leuchteten aus ihrem runden Gesicht, während sie ihnen entgegenkam.

„Hi, Winona."

Joe begrüßte seine Cousine und das etwa vierjährige Mädchen. Die schlang die Arme um seinen Hals und klammerte sich wie ein kleines Äffchen an ihm fest. Schließlich trug er sie auf dem Arm mit sich.

„Das sind Bonnie und Blue Stone Horse, die Kinder meiner Schwester", stellte Joe die beiden vor.

Winona freute sich sichtlich. „Hallo, ihr zwei. Willkommen zu Hause."

Blue und Bonnie grüßten zurück.

„Ist Percy hier?", fragte Joe.

„Ja. Kommt ins Haus."

Joe ging mit dem Kind auf dem Arm voran. Bonnie und Blue folgten ihm und Winona schloss die Insektenschutztür hinter sich. Die Haustür blieb offen. Ein Mann, etwa in Joes Alter, stützte sich an den Möbeln ab und setzte mühselig einen Fuß vor den anderen.

„Hi, Percy. Schon wieder auf der Flucht?"

Der Angesprochene sah grimmig an Joe vorbei und ließ sich ächzend in einem Rollstuhl nieder.

„Hi", sagte er kurz.

Vor dem Fernseher hockten zwei Jugendliche. Einer grüßte von

Weitem und ließ sich nicht stören. Der andere sprang auf und kam heran. Blue beobachtete ihn genau, während sein Blut im Kopf zu hämmern begann. Es war Mitch Running Elk.

Was zum Teufel hat der hier zu suchen, schoss es ihm durch den Kopf.

Winona klapperte mit einigen Gläsern, die sie auf den Tisch stellte und goss Wasser ein.

„Hi, Joe", grüßte Mitch und blieb hinter dem Rollstuhl stehen.

Joe setzte die Kleine ab.

„Setzt euch!", forderte Winona die Eingetretenen auf.

„Hallo, Mitch", antworte Joe dem Jungen.

Percy rollte sich mit dem Stuhl an den Tisch heran.

„Das sind Bonnie und Blue Stone Horse", meinte Joe.

„Das ist Mitch Running Elk, euer Cousin. Vielleicht kennt ihr euch ja auch schon. Ich glaube, ihr geht in die gleiche Schule."

Mitch nickte. „Hi", sagte er mit versteinerter Miene.

Bonnie hatte nach der Hand ihres Bruders gegriffen und hielt sich daran fest. Sie nickte ebenfalls, ohne etwas zu sagen.

„Hi", entgegnete Blue mit fester Stimme.

Joe verzog die Mundwinkel und setzte sich zu Percy an den Tisch.

„Wie geht es dir?", fragte er ihn.

„Hm. Siehst du ja."

„Dein Kopf ist noch dran und du stehst wieder auf deinen eigenen Beinen." Joe lächelte.

„Hm", brummte Percy.

„Sie fliegen wieder, die Helikopter", sagte Joe leise zu Percy.

„Hm. Ich höre sie jeden Tag. Sie gehen mir auf die Nerven."

„Und das hat nichts Gutes zu bedeuten. Bureau of Land Management?"

„Es steht nicht drauf, aber alle hier glauben es. Die Behörden geben unseren Stammesbehörden, aber auch denen der umliegenden Reservationen keine Auskunft."

„Möchte nur wissen, was die wieder im Schilde führen ...", sschimpfte Jo leise und verzog missmutig das Gesicht.

„Und wenn du es wüsstest, könntest du auch nichts dagegen tun, Schwager."

„Stimmt, verdammt noch mal! Ich brauche eure Pumpe. Meine ist hin."

Percy nickte. „Nimm Mitch mit. Er kann dir helfen."

Joe war einverstanden. Blue beobachtete Percy und Joe unauffällig, die weiter miteinander redeten. Bonnie half Winona bei der Zubereitung des Abendessens. Sie redeten und lachten, als würden sie sich schon lange kennen. Der Bengel vor dem Fernseher rührte sich nicht. Blue schwieg. Mitch war hinausgegangen, nachdem er sein Glas ausgetrunken hatte.

Es gab Rührei mit gebratenem Speck und Weißbrot. Blue hatte weder Hunger noch Appetit, doch er wollte niemanden beleidigen, am wenigsten Winona. Sie lächelte ihn an. Blue hatte es bemerkt. Winona ist ein Pfundskerl, dachte Blue und grinste in sich hinein. Sie war kräftig gebaut. Das musste sie wohl auch, mit drei grimmigen Kriegern im Haus, dachte Blue weiter und lächelte zurück. Sie hätte seine Mutter sein können. Aber sie war Mitchs Mutter. Blue wollte es noch immer nicht glauben und schüttelte gedankenverloren den Kopf.

„Was ist, Blue Stone Horse? Schmeckt es dir nicht? Ich kann dir etwas anderes machen", fragte Winona.

„Nein", antwortete Blue, erschrocken aus seinen Gedanken gerissen. „Ich liebe Rührei mit Speck."

Das blieben die einzigen Worte, die er sagte.

Auch die Fahrt im Pickup Truck verlief schweigend. Mitch saß neben Joe. Bonnie war bei Winona und ihrer kleinen Tochter geblieben, obwohl sie es zunächst bedauert hatte. Doch dort fühlte sie sich sicherer, als in Mitchs Nähe. Blue presste die Lippen aufeinander und sah zum Fenster hinaus. Joe hatte das Radio angestellt, aber er pfiff nicht. Als der Pickup stoppte, sprang Blue hinaus und bezog, ohne ein Wort, seinen Posten mit dem Wasserschlauch auf der Ladefläche und wartete. Mitch ging mit der Pumpe neben Joe her. Sie redeten miteinander. Was genau konnte Blue nicht verstehen, aber es interessierte ihn auch nicht.

Blue kniff die Augen zu kleinen Schlitzen und dachte: Mitch Running Elk soll ein Stone Horse sein? Niemals! Und ein Cousin schon gar nicht! Winona war eine Stone Horse.

Blue erschrak über seine Gedanken, genauso wie bei der Frage, ob er denn ein Stone Horse war, als ihn Joes lauter Pfiff erreichte. Blue drückte den Schlauch fest in die Öffnung. Dann kam das Wasser angeschossen.

„Meine Mutter jedenfalls war eine", sprach Blue laut aus, ohne dass es jemand hörte.

Der Wassertank war schneller voll als gewöhnlich, fand Blue. Er gab Joe sein Zeichen. Die Pumpe verstummte. Joe zog den Schlauch zurück. Mitch trug die Pumpe ins Haus.

Joe hatte seinen Truck erreicht und zündete sich eine Zigarette an. Blue stand mit verschränkten Armen neben ihm. Die Sonne stand bereits tief und blendete die Augen.

„Mitch ist ein guter Reiter. Ihr könntet die Pferde in den Ferien trainieren", begann Joe schließlich, nachdem er einen langen, tiefen Zug genommen und den Rauch wieder hinausgeblasen hatte.

„Ich habe kein Pferd", antwortete Blue mürrisch.

„Du hast vier und einen Jährling", meinte Joe, ohne ihn anzusehen.

„Vergiss es! Ich kann nicht reiten."

Joe zog ein letztes Mal an seiner Zigarette und trat sie halb aufgeraucht aus, als Mitch kam. Der ging an Blue vorbei, als wäre er gar nicht vorhanden und sagte zu Joe: „Alles okay, Joe. Wir können los."

Schweigend stiegen sie ein.

Die Sonne tauchte den Horizont in ein unvergleichliches Farbspiel, als die drei bei den im Boden eingelassenen Badewannen ausstiegen. Dort standen bereits die Pferde, als schienen sie zu warten. Mit ihren Schweifen verscheuchten sie die Fliegen. Einige hatten die Köpfe gehoben und drängten zum Truck. Ein Schnauben drang an Blues Ohr. Da Mitch wortlos seine Arbeit übernommen hatte und auch Joe nichts sagte, wagte sich Blue mutig an die Tiere heran. Er begrüßte einige, die zu ihm kamen. Neugierig streckten sie die Köpfe zu ihm und ließen sich von dem jungen Burschen über Stirn und Nüstern streicheln. Immer mehr Pferde drängten sich dicht beieinander zu den Badewannen, ihrer Wasserstelle. Sie waren durstig. Einige Pferde blieben abseits stehen und warteten geduldig. Einige schlugen aus oder bissen ihren Nachbarn, wenn er sich zu weit vorgedrängt hatte. Blue befand sich in ihrer Mitte und er wusste, dass das nun kein guter Platz mehr war. Die Tiere achteten im Gedränge nicht auf den Zweibeiner unter ihnen. Sie schoben Blue, ihrem Urinstinkt zu überleben folgend, weg. In Blue wuchs die Angst. Etwas, was er immer aus seinem Leben verdrängt hatte. Mitchs wütende Stimme drang an sein Ohr, aber er verstand die Worte nicht. Dann wandten sich alle Pferdekörper von ihm ab und gingen ruhig davon. Joe stand plötzlich mit einem Seil in der Hand vor Blue. Vergebens suchte Blue nach seinen grimmigen Zügen. Joes Gesicht gab keinen Aufschluss darüber, was er gerade dachte. Es lag zumindest kein Vorwurf, kein Spott darin. Joe wantde sich um und ging zurück zu den Tränken, an denen es noch immer Gedränge gab. Mit dem Seil, das er in der Hand hielt, blieb er bei Mitch stehen. Blue beobachtete, wie Joe einige der Tiere mit dem Seil wegschickte. Er bemerkte nun auch, dass Mitchs wütende Stimme nicht ihm gegolten hatte. Einige Pferde drängten von hinten so sehr, dass hin und wieder eines mit dem Vorderhuf in der Badewanne landete oder mit einem Satz darüber sprang, genau auf den Jungen, mit dem Schlauch in den Händen, zu. Mitch rief sie mit zwei, drei Lakotaworten hart zur Ordnung. Er versuchte es zumindest. Blue ging langsam zum Truck und wartete, bis der Wassertank leer war. In die Herde kehrte langsam Ruhe ein. Joe warf sein Seil in den Wagen, während Mitch zwei Trensen hervorholte und damit zurück in die Herde ging. Joe beobachtete ihn, bis er mit zwei der Schecken zurückkam. Blue verharrte steif und schweigend und wünschte sich das erste Mal seit Langem zurück in seinen Keller.

„Steig auf. Ich führe das Pferd", hörte er Joes aufmunternde Stimme.
Blue sah Mitch zu, wie er sich mit einem kurzen Schwung mühelos auf den Rücken des Pferdes brachte. Zweifelnd blickte er zu seinem Onkel. Der lächelte und nickte. Blue hatte keine Angst sich auf dieses Pferd zu setzen. Nein. Er hatte Angst sich vor Mitch zu blamieren. Doch bevor dieser das bemerkte, schwang er sein Bein. Joe griff nach seinem anderen und gab ihm den fehlen-

den Schwung nach oben. Bevor Blue noch irgendetwas denken konnte, saß er auf dem Pferd.

„Lass dich einfach tragen", sagte Joe und ging dem Schecken voran.

Blue griff vorsichtshalber mit einer Hand in die lange Mähne. Mitch überholte im zügigen Schritt. Blue glaubte, sein spöttisches Grinsen gesehen zu haben. Doch Mitch hatte nicht einmal zu ihm hin gesehen. Mit der untergehenden Sonne verschwanden auch die Farben und die Dämmerung hielt Einzug. Bald würde die Nacht hereinbrechen und Blue fragte sich, was Joe vorhatte.

„Alles okay?", fragte Joe.

„Ja", antwortete Blue knapp.

„Ohitika ist etwa so alt wie du."

„Dein Pferd?"

„Ja. Er ist bissiger als jeder Dorfköter. Wenn er könnte, würde er bellen." Joe lachte amüsiert.

„Ich dachte bis eben noch, ich reite auf einem Pferd", bemerkte Blue trocken. Dann musste er grinsen. Kühle Luft strich über die Haut. Blue fröstelte. Joe war stehen geblieben und mit ihm Ohitika. Mitch war nirgendwo zu sehen. Blue fragte nicht. Er lauschte. Auch Joe schwieg. Kurze Zeit später tauchte auch Mitch wieder mit seinem Schecken auf.

„Alles ruhig", bestätigte er.

„Gut", antwortete Joe zufrieden.

Er wendete den Schecken, auf dem Blue saß. Im Schritt führte er ihn zurück, dorthin, wo der Truck parkte. Wieder ritt Mitch voran. Die Dämmerung war allmählich einer sternenklaren Nacht gewichen. Die fast runde Scheibe des Mondes stand über ihnen und leuchtete wie eine Laterne. Eine geheimnisvolle Aura umwob das Land und ließ die Bäume und Sträucher wie lebendige Gestalten erscheinen.

Die kurze Rückfahrt verlief schweigend. Mitch spielte gelangweilt mit Joes Zigarettenschachtel, während Blue zum Fenster hinausstarrte. Joe stoppte den Truck auf seiner Ranch, wie er sein Haus, mit dem alten Schuppen, stolz bezeichnete, und stieg aus. Blue sprang hinaus und machte wortlos den Weg für Mitch frei.

Der bewegte sich geschickt an ihm vorbei, ohne ihn ansehen zu müssen, und verschwand grußlos in Richtung Hauseingang.

Blue zögerte, als Joe ihn fragte: „Hast du Lust auf einen Ausflug in die Stadt, Blue?"

Erst als Joe hinzufügte: „Mitch wird sich morgen um die Pferde kümmern. Wir haben Zeit", antwortete ihm Blue.

„Okay. In welche?"

„Rapid City."

„Das nennst du eine Stadt?"

„Klar. Gegen meine Ranch ist jede Ansammlung von mehr als fünf Häusern eine Stadt", lachte Joe.

„Warst du schon mal in einer Stadt? Ich meine, in einer richtigen?", fragte Blue.

„Washington. Ich habe sogar das Weiße Haus gesehen", antwortete Joe.

„Da wollte ich auch mal hin. Den Präsidenten mal ernsthaft was fragen. Aber dann bin ich in Chicago hängen geblieben."

„Was wolltest du den Präsidenten fragen?", fragte Joe.

„Wie man das anstellt, einer zu werden. Ich wollte auch mal Präsident werden. Aber das hat sich nun erledigt."

„Du kommst auf Ideen", meinte Joe.

„Na ja. Wenn du was bewegen willst, musst du in der oberen Etage wohnen."

Joe blieb stehen und musterte Blue eindringlich. Das erste Mal begegnete er dem Blick seines Onkels, dessen schwarze Augen in der Dunkelheit glitzerten, und er wich ihm nicht aus.

„Denkst du das wirklich?", fragte Joe schließlich leise.

„Hm. Ich werde Rechtsanwalt, so wie Frank. Aber ich werde diejenigen verklagen, die anderen das Wasser und das Essen stehlen."

Joe antwortete ihm nicht, aber er nickte.

„Gehen wir schlafen", entschied er schließlich.

„Hier?", fragte Blue erstaunt.

„Hier", bestätigte Joe.

„Okay", willigte Blue ein und ging mit ihm.

Solange Joe im Haus war, würde Mitch seine Klappe halten, dachte Blue.

Kapitel 6
Einen Schritt weiter

Wayton grinste, als Blue die Tür vom neuen Kühlschrank aufriss und hastig nach einer gekühlten Wasserflasche griff. Gierig setzte er sie an und trank, bis ihm das Wasser am Kinn heruntertropfte. Mit hochrotem Kopf setzte er sie halb leer wieder ab und rülpste. Er grinste zurück, als er sich mit dem Arm über Mund und Stirn fuhr und schraubte die Flasche wieder zu. Bonnie war bei Winona geblieben. In der drei Jahre jüngeren Cousine hatte sie eine Spielkameradin gefunden. Mitch wohnte in diesen Tagen bei Joe.

„Bist du schon fertig?", fragte Großvater.

Blue stellte die Flasche zurück in den Kühlschrank.

„Noch nicht ganz. Der Boden ist ziemlich hart. Erinnert mich irgendwie an Asphalt. Vielleicht sollte ich mir eine Sprengladung besorgen."

Wayton Stone Horse legte den Kopf schräg, während er zu seinem Enkel sah.

„Du bist imstande und tust das auch."

Blue lachte. „Keine Angst, Großväterchen. So dumm bin ich nun auch wieder nicht."

Als Blue sich umwandte, sagte Wayton: „Wäre es nicht klüger eine Pause zu machen ... bei der Hitze?"

„Hast du Angst, dass ich wieder einen Sonnenstich bekomme, so wie vorgestern?"

Der alte Mann nickte. „Oder einen Hitzschlag", meinte er ernst.

„Okay", stimmte Blue zu und ließ sich auf seine Decken am Boden des Erdhauses fallen. Er drehte sich zur Seite und war schon eingeschlafen.

Blue fröstelte, als er Stunden später mit den Augen blinzelte. Wie lange er geschlafen hatte, wusste er nicht. Langsam rappelte er sich auf und spritzte sich etwas abgestandenes Wasser in sein müdes Gesicht. Wirklich erfrischend war es nicht. Blue kramte aus seinen Sachen das weiße Shirt, das ihm Mrs Cooper spendiert hatte, hervor und schlüpfte hinein. Er fand auch sein Basecap und die Sonnenbrille wieder. So ausgestattet warf er einen Blick in die Waschschüssel und grinste zufrieden.

„Du siehst aus wie Blue Light Shadow. Grüß mir Chicago. Blue Stone Horse hat zu tun."

Dann ging er hinaus und schlug mit der Kreuzhacke eine Schicht Erde locker, bevor er sie mit der Schaufel aus einem fast hüfthohem Loch beförderte. Die Sonne hatte den Zenit lange überschritten, doch stand sie immer noch hoch genug, um auf Blues Haut zu brennen. Besessen schlug und schaufelte er Stück für Stück. Der Schweiß rann ihm in Bächen die Schläfen hinab und tropfte auf das Baumwollshirt. Er hatte nicht bemerkt, wie ein großer Schatten über ihm aufgetaucht war. Erst als er Großvaters Stimme vernahm, sah er auf.

„Glaubst du nicht, dass dieses Loch tief genug ist?", fragte Großvater den Jungen.

Blue war bereits in Brusthöhe versunken.

„Deine Antennenanlage wird erdbebensicher sein", bekam er zur Antwort. Dann grinste Blue. „Es muss noch viel tiefer werden. Joe hat ein Loch in die Erde gegraben, aus dem er mit einer elektrischen Pumpe Wasser heraufholen kann. Weshalb sollten wir das nicht auch können?"

Wayton lachte nachsichtig. „Joe hatte eine Wasserader gefunden, durch die ständig Wasser sickert und wegläuft. So ist es immer frisch. Aber wenn es im Sommer lange nicht geregnet hat, verschlammt der kleine Brunnen."

„Deswegen ist wahrscheinlich seine Pumpe hinüber", stellte Blue fest.

„Seine Pumpe ist kaputt?"

„Ja. Er hat sich eine von Percy geholt."

„Das hat er mir nicht erzählt", sagte Wayton.

„Warum stellt ihr euch nicht ein richtig großes Plastikfass hin? So eins, wie Joe auf seinem Pickup hat?"

„Weil das Wasser bei den Temperaturen schnell verkeimen würde, Blue."

Blue dachte einen Augenblick nach. „Stimmt. Und warm schmeckt es außerdem zum Kotzen." Er schüttelte sich.

„Wenn ich das gewusst hätte ... Die Leitungsrohre in meinem Keller waren tipptopp. Ich hätte sie vor dem Umzug ausbauen sollen."

Wayton lächelte.

Blue buddelte weiter, immer tiefer. Carol sorgte sich um ihn und ließ ihn nicht aus den Augen. Als sie ihm die Wasserflasche in Reichweite stellte, fragte sie: „Hast du noch keinen Hunger, Junge?"

„Jetzt, wo du mich so fragst, Granny ... einen Mordshunger. Ich mach' gleich Feierabend. Meine Hände brennen wie Feuer."

Blue warf sein Werkzeug sofort nach oben und stieg aus dem Loch. Der Staub klebte, gemeinsam mit dem Schweiß, unangenehm auf seiner Haut.

„Es gibt regelmäßig zu essen und zu trinken hier, Menschen, die mich so nehmen, wie ich bin und die Sonne, mit all ihren Farben", sagte Blue leise zu sich selbst, während er Hacke und Schaufel hinter sich her schleifte. „Hm. Aber bestimmt im Umkreis von hundert Meilen oder mehr, keine Dusche."

Dann lachte er kurz auf, stellte das Werkzeug in den Trailer und wischte sich mit dem Baumwollshirt gründlich über das Gesicht, bevor er es schließlich auch als Putzlappen für seine Hände missbrauchte. Währenddessen streckte er den Kopf über Grandma Carols Schulter, um einen Blick in den großen Kochtopf zu erhaschen.

„Hm, das riecht lecker. Was ist das?", fragte er.

„Schlangensuppe", antwortete sie und verbarg ihr Grinsen vor Blue, als der angewidert einen Laut des Ekels von sich gab.

„Probier doch erst mal. Sie ist fertig."

„Ihr esst so was?"

„Warum nicht? Wasch dich", sagte Carol und wies mit einer Geste zum Wassereimer.

„Dann trägst du den Topf hinüber. Er ist schwer", fuhr sie unbeirrt fort.

Widerspruchslos tat Blue, was sie gesagt hatte. Als er mit dem Kochtopf den Trailer verließ, sah er von Weitem zwei Reiter auftauchen. Im Galopp kamen sie schnell näher. Blue hatte sie längst erkannt.

Joe stoppte seinen Schecken vor dem Trailer. Mitch stoppte sein Pferd vor Blue und riss es vor ihm hoch, sodass es auf den Hinterbeinen stand. Blue war beeindruckt. Ohne dass er es wollte, war er stehen geblieben und beobachtete mit leicht geöffneten Mund das Schauspiel. Der Schecke kam wieder zu Boden und preschte aus dem Stand die nur etwa fünfundzwanzig Fuß zum Trailer. Mitch sprang rasant vom galoppierenden Pferd ab und brachte es augenblicklich zum Stehen.

Angeber, dachte Blue und verzog die Mundwinkel, bevor er seinen Weg fortsetzte. Der Topf war verdammt schwer und seine Kräfte in den Armen ließen merklich nach.

„Brauchst du Hilfe?", hörte er Joes Stimme neben sich.

„Nein", antwortete er seinem Onkel entschieden und ging weiter.

Wie vermutet blieb Joe zum Essen und mit ihm Mitch. Der redete mit Großvater, Großmutter und Joe. Doch Blue schien er gar nicht zu sehen, so als wäre er nicht hier. Wenn Blue nicht heute Nachmittag in den Wasserspiegel gesehen hätte, würde er wahrscheinlich selbst daran zweifeln. Blue wollte etwas sagen, aber die Zunge war schwer und er wusste auch nicht, was er hätte sagen sollen. Er wusste auch nicht, was das war, das tief in seinem Magen bohrte. Mitch Running Elk ignorierte Blue einfach. Zu Hause, in den Straßen und Kellern der großen Stadt, hätte er ihm wenigstens aus dem Weg gehen oder ihn vertreiben können. Als ihn Mitch in der Schule angegriffen hatte, konnte Blue damit umgehen. Dagegen gab es Worte und Fäuste. Aber nun? Augenblicklich fielen ihm Pauls Worte ein: Noch schlimmer ist es, wenn sie dich wie Luft behandeln. Dagegen ist es schon fast eine Ehre, wenn sie sich lustig über dich machen ... Blue hörte das Lachen, der ihm vertraut gewordenen Menschen aus weiter Ferne.

„Hey, Blue! Was ist? Warum isst du nichts?", fragte Großvater Wayton grinsend.

„Ich bin allergisch auf Schlangengift", antwortete er prompt. Wieder lachten sie.

Blue verzog das Gesicht und fischte sich tapfer mit dem Löffel ein Stück Kartoffel heraus und probierte. Er musste sich eingestehen, dass es genießbar war und löffelte weiter.

„Scheint ja doch zu schmecken", stellte Joe grinsend fest. „Aber wie kommst du darauf, dass Carol ihre Präriehuhnsuppe mit Schlangengift zubereitet?"

Blue schickte seinen Blick zu Großmutter und sah sie herzlich lachen. Er musste grinsen, ob er es wollte oder nicht. Er konnte ihr einfach nicht böse sein. Nach dem Essen baute Joe mit der Hilfe von Blue und seinem Vater die Antennenanlage auf. Sie redeten kaum und die Arbeit ging Hand in Hand voran. Erst als Blue die letzte Schraube anzog, sagte Joe: „Ich hole dich morgen früh ab."

„Wozu?"

„Es gibt keinen Stone Horse, der nicht reiten kann."

„Du spinnst!", meinte Blue, ohne sich umzusehen.

„Winona kommt mit den Kindern. Sie bringen Bonnie mit", sagte Joe und er schien weder eine Antwort darauf zu erwarten noch einen Widerspruch.

Als Blue mit seiner Arbeit fertig war und sich umwandte, war Joe verschwunden.

Blue war noch müde, als ihn Großvater Wayton am Morgen darauf wachrüttelte.

„Was ist?", fragte er verschlafen.

„Joe ist draußen. Komm."

Blue schnaufte und schob mühsam die Decke von sich. Erst jetzt spürte er die Schmerzen in seinen Armen, in den Beinen und überall. Er stöhnte, als er sich aufrappelte. Wie in Trance wandelte er zur Waschschüssel. Es änderte nichts. Aber wenigstens hielt er die Augen offen. Das Licht blendete Blue, als er aus der Tür trat und so kniff er reflexartig die Augen zusammen.

„Guten Morgen, Blue. Gut geschlafen?", vernahm er Joes Stimme. Sie klang außergewöhnlich fröhlich.

„Hm", brummte er und steuerte auf Joes Truck zu.

Wayton trat neben Joe.

„Irgendwas stimmt nicht", meinte Joe nachdenklich.

„Er hat sich gestern übernommen. Wenn er sich erst einmal was in den Kopf gesetzt hat, ist er schwer zu bremsen."

„Auch. Aber das meine ich nicht."

„Mitch", nickte Wayton. „Irgendetwas steht zwischen ihnen."

„Und jeder der beiden schweigt sich aus", entgegnete Joe.
Wayton lachte leise.
„Hast du etwas anderes erwartet Joe? Sie sind Lakota. Lass ihnen
Zeit."
„Ein Lakota und ein halber. Vielleicht ist das der Grund. Erinnere
dich daran, wie er aus der Schule nach Hause gekommen ist."
Wayton schien nachzudenken. Dann sagte er: „Wir werden se-
hen."
Joe nickte. „Okay. Bis dann."
Wayton grinste, als er sagte: „Bring unserem Stadtindianer bei,
wie ein Stone Horse zu reiten."
„Falls er mir nicht auf dem Pferd einschläft", gab Joe zu beden-
ken und lachte im Gehen.

Blue riss sich zusammen, als er mühsam aus Joes Truck kletterte.
„So beschissen ging's mir lange nicht. Bin glatt aus der Übung",
murmelte er kaum hörbar zu sich selbst. Es war noch früh am
Morgen, die Temperaturen erträglich. Der Wind blies beständig
über den Boden und wiegte sanft die Gräser. Die Sonne schien
vom wolkenlosen Himmel. In die Stille dieses Morgens mischte
sich das Geräusch eines sich nahenden Helikopters. Joe beachtete
ihn kaum. Blue hielt inne, suchte den Helikopter und folgte ihm
mit seinem Blick, während er die Hand schützend über die Augen hielt. Der Helikopter drehte eine Runde und flog dann wieder in die Richtung aus der er gekommen war. Blue ging langsam
weiter. Joe hatte seinen Truck neben einen Van geparkt, der wahrscheinlich Winona gehörte. Winona war mit ihren Kindern gekommen. Sie warteten bereits mit den gesattelten Pferden. Bonnie saß auf einem Falben und winkte ihrem Bruder lächelnd zu.
Sie schien überhaupt keine Angst zu haben. Blue winkte zurück
und versuchte den Muskelkater aus seinen Gedanken zu drän-
gen. Es gelang ihm nicht, denn bei jedem Schritt, bei jeder Bewegung, wurde er wieder daran erinnert. Joe führte ihn zu einem
Fuchs.
„Das ist nicht Ohitika", stellte Blue fest.
„Richtig. Das ist Sunshine Red, seine Mutter."
Blue nickte. Wenigstens trug sie einen Sattel mit Steigbügeln. Blue

biss die Zähne aufeinander und stieg auf. Dabei achtete er darauf, dass möglichst niemand sein Gesicht sehen konnte. Schon gar nicht Mitch. Der hatte sich aus dem Stand, in Sekundenschnelle, mit Leichtigkeit auf den Pferderücken geschwungen, genauso wie Joe das auch tat.

Joe schien Mitch irgendwelche Anweisungen zu geben, worauf der nickte. Joe ritt zu Bonnie hinüber, redete erst mit ihr, dann mit Winona und den Kindern. Blue saß das zweite Mal in seinem Leben auf einem Pferd und ihm war in diesem Augenblick alles egal. Mitch stand ihm mit seinem Schecken reglos gegenüber. Erst als Joe nach dem Führstrick des Falben griff, kam Mitch zu Blue heran. Er tat dasselbe und zerrte die Fuchsstute hinter sich her. Blue kochte vor Wut, doch die Schmerzen hielten ihn davon ab, sich von Mitch loszureißen. So fügte er sich in seine Abhängigkeit. Aber morgen oder übermorgen würde er ihm beweisen, dass er seine Hilfe nicht brauchte.

Doch weder einen Tag später, noch eine Woche später, war Blue, trotz seiner Fortschritte, in der Lage, sich mit Mitch zu messen. Der war einfach der Bessere. Duzende Male war Blue vom Pferd gefallen. Immer wieder war er aufgestanden und kämpfte sich mit seiner alten Verbissenheit wieder auf das Pferd. Während er Joes Anerkennung spürte, ignorierte ihn Mitch ohne jegliche Regung. Mitch bequemte sich nicht einmal dazu, Blue auszulachen. Das schmerzte Blue mehr, als er sich eingestehen wollte, und es schmerzte mehr als die blauen Flecken und die Hautabschürfungen.

Spät am Abend, als sich die Großeltern im Erdhaus schlafen legten, ging Blue schweigend hinaus. Der Hügel war sein Ziel, der Ort, an dem er Antworten und Schutz finden sollte. Die Sonne war bereits am Horizont versunken und nahm den letzten roten Schimmer mit sich. Blue schnaufte wütend und trat mit dem Fuß einige Steinchen über den staubigen Boden.
Er fand keine Ruhe und blieb schließlich an der Stelle stehen, an der er schon öfter gesessen hatte.

„Du warst lange nicht hier, Blue", hörte er eine leise Stimme und fuhr erschrocken herum.

Der Alte, mit den grauen Zöpfen, lächelte ihn an. Blues Gesichtszüge blieben wie versteinert, als er verbittert zu ihm sagte: „Bring mich zurück, zurück nach Chicago, in meine Stadt, in meine Straßen, in meinen Keller. Dort gehöre ich hin! Dort ist mein Zuhause! Hier habe ich nichts verloren."

Der alte Mann hob die Augenbrauen und sagte unbeirrt: „Setz dich auf unsere Erde und höre zu."

„Hm", machte Blue. „Versuch nicht, mich zu bequatschen. Das funktioniert nicht."

Der Alte lächelte und ließ sich auf dem trockenen Grasboden nieder.

„Setz dich", forderte er Blue noch einmal auf. Blue setzte sich neben Großvater und starrte in die Ferne.

„Warum musstest du mich hierher holen?", fragte er.

„Weil ich es ihr versprochen habe."

„Hör auf mit dem Scheiß! Das zieht nicht mehr. Fast hätte ich daran geglaubt! Sie ist tot, verdammt! Gestorben in Chicago. Wo warst du da?"

„Ich war immer bei ihr."

Spinner, dachte Blue, aber er wagte nicht, es laut auszusprechen.

„Kleiner Biber und Sonnentochter waren enttäuscht in ein fernes Land, weiter im Westen, gezogen und fanden hier eine neue Heimat", begann Tunkashila zu erzählen.

Blue warf ihm einen Blick zu, der dem alten Mann alle seine Gedanken preisgab.

Der Großvater lächelte nachsichtig und redete einfach weiter: „Viele Jahre lebten sie in Frieden mit ihren Freunden und stritten mit ihren Feinden. Sie bekamen selbst Kinder und Enkel und Urenkel. Eines hatten sie alle gemeinsam: Sie respektierten einander, Freunde und Feinde. Sie besaßen alles, was sie zum Leben brauchten. Viele Jahre später, als sie längst geglaubt hatten, es vergessen zu haben, tauchten die Kinder, die Enkel und die Urenkel des weißen Mannes aus dem Osten auf. Sie baten nicht um ein Stück Land, sondern sie nahmen sich Stück für Stück. Kleiner

Biber und Sonnentochter hatten nichts vergessen und aus ihrer Enttäuschung wuchs die Wut. Sie lehrten ihre Nachkommen zu kämpfen."

Großvater machte eine Pause und atmete hörbar tief durch.

„Was willst du mir damit sagen? Ich habe gelernt zu kämpfen!", sagte Blue.

„Du hörst mir also doch zu", stellte Großvater zufrieden fest und lachte leise.

„Es ist nicht gut, einen Schritt zurück zu tun, wenn man bereits einen Schritt weiter gegangen ist", sagte Wayton Stone Horse und fuhr mit seiner Geschichte fort.

„Wir kämpften tapfer, aber immer mehr Söhne und Töchter starben, unsere Brüder und Schwestern. Aus unserem Weg wurde ein blutiger und unseren Weg in die Zukunft begleiteten Tränen."

„Trail of Tears", meinte Blue leise. „Davon habe ich schon irgendwo mal was gehört."

Großvater nickte.

„1835, die Cherokee gingen ihn über 1300 Meilen westwärts, in eisiger Kälte und Schneestürmen. Nur ein Beispiel, dem viele folgen mussten. Wir waren alles: verwirrt, verzweifelt. Wir hatten Angst und Hoffnung. Die Hoffnung ließ uns überleben."

„Uns?", fragte Blue ungläubig. „Warst du denn dabei?"

„Wir alle waren dabei, Blue. Großväter und Enkel unseres Volkes. Alles, was uns blieb, war zu beten und zu tanzen. Vor dem Geistertanz hatten selbst die Wasicu Angst und verboten ihn uns."

„Ihr habt tatsächlich Geister tanzen lassen?", fragte Blue erstaunt.

Großvater schüttelte den Kopf und lächelte. „Nein, wir haben die Geister um Hilfe gebeten."

„Die Geister?"

„Ja. Die Geister unserer Ahnen."

„Aber sie haben euch nicht geholfen, oder?", wollte Blue wissen.

Großvater lachte und antwortete: „Natürlich! Würden wir sonst hier sitzen, Blue Stone Horse?"

Blues Wut schien verflogen. Lange saß er schweigend mit Großvater Wayton zusammen und versuchte seine Gedanken zu ordnen.

Er blieb gleichgültig, als er Mitch am nächsten Morgen begegnete. Mutig schwang er sich auf die Stute Sunshine Red und ritt. Er konnte es, dessen war er sich sicher. Joe beobachtete die beiden, ohne eine Anweisung zu geben. Mitch zeigte alles, was er konnte. Blue ebenfalls. Zumindest konnte er sein Pferd in allen Gangarten dahin bringen, wohin auch er wollte und er war stolz darauf. Die Stute gehörte Großvater Wayton, der sie gelegentlich ritt. Obwohl die Jungen den gleichen Weg gingen und gleiche Dinge taten, blieb die eisige Kluft der gegenseitigen Ignoranz zwischen ihnen.

Als Joe am darauffolgenden Abend mit den beiden Jungen die Pferde getränkt hatte, schwangen sie sich wie gewohnt auf die Pferderücken, um die Koppel abzureiten.

„Alles okay", stellte Joe schließlich beruhigt fest.

Während Mitch am Pickup vom Pferd sprang, blieb Blue abwartend sitzen, als Joe dicht zu ihm herantrat.

„Ich denke, du bist fit genug für unseren Sobriety-Ritt", erklärte Joe. Mit einm Klaps auf die Kuppe entließ er seinen Ohitika und strich der Stute am Hals entlang. Blue starrte Joe ungläubig an. Dann grinste er, als er sagte: „Hey, Mann! Ich war noch nie betrunken. Was denkst du von mir?"

„Gut so. Umso besser", nickte Joe zufrieden. „Es ist ein besonderer Ritt für unsere Kinder und Jugendlichen. Er findet im Juli statt. In zwei Tagen starten wir."

„Ich soll mich mit Lakotareitern messen? Mit Mitch Running Elk? Bist du verrückt?", fragte Blue aufgebracht.

Ein Lächeln erschien auf Joes Gesicht und er schüttelte den Kopf.

„Kein Wettbewerb. Kein Rennen, Blue Stone Horse. Ein organisierter Gedenkritt. Ein Mahnritt. Unser Ziel ist es, die Kinder und Jugendlichen unseres Stammes zurück zu unserer eigenen Kultur zu führen und sie dadurch vor Alkohol- und Drogenmissbrauch zu bewahren."

Blue verzog ungläubig das Gesicht. „Und du glaubst ernsthaft, das hilft?"

„Wir waren seit jeher ein stolzes Reitervolk und gute Jäger mit Pfeil und Bogen", begann Joe.

Blue atmete tief ein, blickte um sich und dachte: Jetzt fängt er schon genauso an wie Großvater ...

Mitch war zwischen den Pferden nicht mehr auszumachen. Blue war froh. Er hasste dieses Schweigen. Etwas entspannter hörte er auf Joes Worte.

„Tief im Herzen sind wir das heute noch. Ein Reitervolk. Die Arbeit und das Zusammenleben mit unseren Pferden ist einer der Wege, unsere alten traditionellen Werte an unsere Kinder weiterzugeben, damit sie sich in ihrer eigenen Identität wiederfinden können", fuhr Joe fort. „Es stärkt ihr Selbstbewusstsein und den Glauben an die Zukunft. Viele besitzen selbst keine Pferde, deshalb werden alle unsere Tiere mitgehen. Wir geben sie denen, die keine Pferde besitzen."

Blue starrte Joe noch immer ungläubig an und schien dessen Worte langsam zu verarbeiten. Dann ließ er sich vom Pferd gleiten. Sanft strich er Großvaters Stute über die Nüstern und bedankte sich leise bei ihr.

„Weshalb denkst du, dass ich da mitreiten sollte, Joe?", fragte er dann.

„Genau deshalb", antwortete Joe und wies mit einer Geste zu Blue und der Stute.

Blue presste einen Augenblick die Lippen fest aufeinander, um nicht das auszusprechen, was gerade durch seine Gedanken huschte. Dann wandte er den Blick von der Stute zu Joe, lächelte und nickte schließlich.

„Okay. Ich habe es ihr versprochen und was man versprochen hat, muss man halten."

Nun war Joe es, der Blue fragend ansah. Der hatte es bemerkt und sagte: „Meiner Mutter. Sie war eine Lakota."

Am nächsten Morgen tauchte ein fremder Wagen auf Joes Ranch auf und stoppte neben dessen Truck. Joe kam aus dem Haus und begrüßte den Mann, der gerade ausstieg.

„Guten Morgen, Matt!"

„Hi, Joe. Guten Morgen. Lange nicht gesehen."

„Hm", bestätigte Joe.

Während Matt Brever die Heckklappe seines Dodge RAM öffnete, schlug ihm Joe kameradschaftlich auf den Rücken.

„Immer unterwegs", meinte er zu Matt.

„So ist es. Es gibt viel zu tun", bestätigte Matt. „Die zwei Sättel sind alt, aber vollkommen in Ordnung. Ich denke, ihr könnt sie gut gebrauchen", grinste er.

Joe nickte. „Ja. Es sind viele Reiter. Alle unsere Pferde werden morgen dabei sein."

„Wie geht es Shania?", fragte Matt.

„Gut. Sie lebt richtig auf, seitdem die Jungs hier sind."

„Mitch Running Elk und sein jüngerer Bruder Dave?"

Joe schüttelte den Kopf. „Mitch Running Elk und Blue."

Joe bemerkte Matts Erstaunen darüber.

„Ich hätte nicht gedacht, dass sie so schnell Frieden schließen."

Dann erschien ein zufriedenes Lächeln auf Matts Gesicht, als er fortfuhr: „Aber ich bin froh darüber."

„Also doch ...", stellte Joe fest.

Matt verschränkte die Arme und wartete.

Joe zog schweigend seine Zigarettenschachtel heraus. Matt rauchte nicht. So zündete Joe sich eine Zigarette an, schob die Schachtel zurück und nahm einen tiefen Zug, bevor er den Rauch durch den schmalen Spalt seiner Lippen herausstieß.

„Sie sind sich in der Schule an die Gurgel gegangen. Am letzten Schultag musste ich dazwischen", sagte Matt schließlich.

„Ich hatte es geahnt", entgegnete Joe leise und starrte an Matt vorbei in die Ferne. „Sie reden nicht miteinander. Die Spannung zwischen ihnen schwebt in der Luft, wie ein aufziehendes Gewitter, das sich jeden Augenblick entladen kann."

Matt schüttelte den Kopf. „Zwei Dickschädel, die sich mehr näherstehen, als sie denken", bemerkte er. Dann lächelte er, als er hinzufügte: „Wenn das Gewitter vorüber ist, werden sie es erkennen."

„Vielleicht hast du recht", meinte Joe, atmete tief durch und ließ schließlich auch ein schwaches Lächeln um seine Mundwinkel herum erscheinen.

„Wo sind sie denn?"

„Mitch ist schon zu den Pferden gelaufen und Blue putzt Waytons Sattelzeug."

„Wird er denn mit uns reiten?"

„Ja. Mit Sunshine Red."

Matt nickte zufrieden.

„Lass uns die Sättel hineintragen", sagte Joe schließlich und steckte die Zigarette zwischen die Zähne, um die Hände frei zu haben. Matt nahm den zweiten Sattel und folgte Joe.

„Guten Morgen!", rief Blue, als er die beiden Männer kommen sah. Sie grüßten zurück. Joe schob den Sattel auf die Holzhalterung und trat sofort wieder mit der Zigarette vor die Tür des Schuppens. Dort blieb er stehen und zog daran. Matt trat neben ihn und sah skeptisch zum Himmel hinauf.

„Wir werden Regen bekommen."

„Ja. Die ganze Zeit haben wir den Staub geschluckt und auf den Regen gehofft", entgegnete Joe missmutig.

„Schlechtes Timing. Was soll's. Tunkashila wird sich schon was dabei gedacht haben", grinste er schließlich und deutete mit dem Zeigefinger zum Himmel.

„Ja. Vielleicht, dass wir eine Dusche bitter nötig haben", meinte Matt.

„Ganz bestimmt."

Die Männer lachten. Blue grinste.

„Komm rein, Matt. Trinken wir einen Kaffee."

„Gute Idee."

Matt folgte Joe in das Haus und schloss die Tür hinter sich.

Bereits in der darauffolgenden Nacht trieb kühler Wind die Wolken dicht zusammen. Wie eine schutzsuchende Schafherde verbanden sie sich miteinander. Erst in der zweiten Nachthälfte ließ der Wind nach. Leise und sanft fielen die ersten Tropfen zur Erde. Eine unerklärliche Unruhe ließ Joe kaum schlafen. Als sich die Morgendämmerung mühsam unter die Wolkendecke kämpfte, sprang er aus dem Bett. Zwei Minuten später trieb er seinen Truck über den regennassen Boden. Noch immer sprühten winzige Tropfen gegen die Frontscheibe. Der aufsteigende Dunst ließ das Land ringsum unheimlich erscheinen. Unheimlich war Joe auch die Stille, als er nur fünf Minuten später vor den im Boden eingelassenen Badewannen stoppte und lauschte. Sein Pfiff hallte durch die feuchte, von Nebelschleiern durchdrungene Luft. Joe wartete. Es blieb still. Er pfiff ein zweites Mal und lauschte. Eine böse Ahnung schlich in seine Gedanken und schien ihn zu lähmen. Der Nieselregen sprühte über ihn und lies einige feuchte Haarsträhnen in seinem Gesicht kleben. Er strich sie mit beiden Händen nach hinten und schniefte. Da nichts geschah, ging Joe mit ausgreifenden Schritten voran, immer weiter, immer schneller, bis er rannte. Obwohl er sehr durchtrainiert war, geriet er außer Puste und sein Herz trommelte wie eine Faust gegen seine Brust. Als er eine Anhöhe erreicht hatte, von wo aus er das Land ringsum überblicken konnte, stoppte er. Ein weiterer Pfiff war zwecklos. Nicht ein einziges der Tiere war weit und breit zu sehen. Resigniert ging er in die Hocke und starrte in die Ferne. Der Ohnmacht nahe verwandelte sich seine momentane Hilflosigkeit in Tränen, die sich mit dem Sprühregen auf seinem Gesicht vereinten. Er biss die Zähne hart aufeinander und verharrte so in seiner Starre, die ihn nicht einmal mit der Wimper zucken ließ. Was war geschehen? Wohin waren sie gelaufen? Joe überlegte, kam zu keinem Schluss und stand schließlich wieder auf. Langsam verfolgte er die frischen Spuren. Sie führten ihn immer weiter nach Süden, bis Joe schließlich nahe der Grenze zu Nebraska stehen blieb. Eine Ewigkeit blickte er in die Ferne, dann kehrte er um und fuhr zurück.

„Sie sind weg! Alle!" Die Stimme wollte Joe kaum gehorchen, als er zu Hause in der Eingangstür stand. Blue und Mitch starrten ihn entsetzt an. Selbst Shania hielt inne. Joe rief sofort mit seinem Mobiltelefon den reservationseigenen Radiosender an. Wenig später tauchte die ganze Familie, Verwandte und Gesichter, die Blue noch nie gesehen hatte, auf. Joes einsames Ranchhaus verwandelte sich binnen kurzer Zeit in ein aufgescheuchtes Wespennest. Blue staunte, wie schnell sich die Nachricht verbreitet hatte. Die Pferde waren geflüchtet. Die Spuren führten nach Nebraska, hatte Joe berichtet. Mancher behauptete sogar, sie gehört zu haben.
„Aber was hat sie dazu veranlasst?", fragte Winona.
„Es gehört schon ein ordentliches Stampedo dazu, sie so zu er-

schrecken, dass die ganze Herde ausbricht", meinte Wayton Stone Horse. Einige nickten und die Diskussion entbrannte um die Frage: Was war geschehen? Shania hatte frischen Kaffee für die erhitzten Gemüter gekocht und stellte ihn auf den Tisch. Der tat allen gut. Selbst Mitch griff nach einer Tasse und so tat Blue es ihm nach.

„Sie sind längst in Nebraska. Wer weiß, wohin sie noch laufen,", sagte Joe leise.

Selbst Wayton sprach seine Worte ‚Dort, wo ihnen das Grünzeug am besten schmeckt', nicht aus und blieb ernst.

Blue saß neben Großvater und hörte die Stimmen, die nach Resignation klangen, Trauer und Ausweglosigkeit.

„Wir müssen sie zurückholen!", platzte Blue so spontan heraus, dass es zu spät war, diese Worte zu stoppen. Aber vielleicht wollte er das auch nicht. Alle Blicke wandten sich auf ihn.

„Wenn das so einfach wäre …", antworte ihm Joe.

Blue schluckte und schwieg.

Die Lakota beschlossen, sich umzuhören so weit ihre Beziehungen eben reichten. Über die Radiostation Kili wussten die Teilnehmer des Sobriety-Rittes inzwischen, dass heute vierzig Reiter weniger starten konnten.

Als sich die Männer und Winona schließlich verabschiedeten, kehrte Stille in Joes Haus ein. Shania sagte leise: „Sie werden sie jagen."

Joe nickte gedankenversunken, während sich seine Augen unweigerlich mit Wasser füllten. Blue sah das erste Mal Tränen in den Augen seines Onkels und er konnte es kaum ertragen. Großvater Wayton legte den Arm um Blue.

„Es sind nicht nur die Pferde, die sie jagen und töten, Blue Stone Horse."

„Aber sie gehören doch euch!", protestierte Blue.

Mitch schwieg betreten und schien die Kaffeetasse mit seinem Blick durchbohren zu wollen.

„Es sind unsere Brüder und Schwestern, all unsere Verwandten", fuhr Großvater fort.

„Können wir denn gar nichts tun?", fragte Blue.

„Was wir tun dürfen, werden wir tun", antwortete Joe. „Aber sie haben unser Land verlassen. Unsere Pferde sind von freilebenden Pferden kaum zu unterscheiden. Selbst die am Arrow Head Mountain werden mit Helikoptern gejagt. Erst letztes Jahr haben die Behörden, das Bureau of Land Management, 6000 Tiere zum Abschuss freigegeben. Bei uns, hier in Süd-Dakota, gibt es schon lange keine freilebenden Herden mehr. Aber in Wyoming, Montana, Colorado und weiter südlich streunen noch immer einige herum. Trotz massenhafter Proteste von Tierschützern werden diese nun in Pferchen zusammengetrieben. So treten sie sich im Gerangel selbst tot und zwischen den Leittieren verschiedener Herden entbrennt der Machtkampf, bis sie sich totbeißen. Es gibt Reiter, die sie einbrechen sollen, damit sie als Reittiere verkauft werden können. Doch die neuen Besitzer bringen sie oft zurück, weil sie mit diesen Pferden nicht zurechtkommen. Diese Mustangs gehen dann mit den übrigen den Weg zum Schlachter."

„Warum?", fragte Blue.

Wayton antwortete: „Die Farmer meinen, dass die Herden ihnen das Land zertrampeln und die Rinderzüchter behaupten, die Mustangs würden den Rindern das Futter wegfressen."

„Aber das ist nicht wahr", sagte Shania. „Niemand will die Mustangs haben, deshalb suchen diese Leute nach Gründen sie auszurotten." Sie lächelte ein wenig triumphierend, bevor sie fortfuhr: „Es wird ihnen ebenso wenig gelingen wie bei den Büffeln und bei uns."

„Dann suchen wir halt diese Pferche! Joe kennt alle Pferde. Sie kennen ihn. Sie hören doch auf deinen Pfiff, Joe."

„Klar. Und wie soll ich den Männern dort beweisen, dass sie mir gehören?", lachte Joe bitter auf. „Die wollen Geld dafür, Geld für unsere eigenen Tiere und Geld, das ich nicht habe. Sobald die mich dabei erwischen, wie ich fremdes Eigentum stehle, gehe ich ins Gefängnis. Ich will da nicht nochmal hin. Du hast keine Ahnung. Es ist aussichtslos, sie zu finden, Blue."

Blue schwieg. Er hatte keine Ahnung und er wusste nicht, was er noch hätte sagen sollen. Aber seine Gedanken arbeiteten auf Hochtouren. Großvater Wayton entschied, Blue wieder mit sich nach Hause zu nehmen. Joe stand auf und Mitch folgte ihm.

Noch immer hatte der Junge keinen Laut von sich gegeben. Seine Gesichtszüge blieben verschlossen, als Blues Blick Mitch streifte. An Großvater Waytons Truck blieb Blue stehen und wartete, während Joe mit Großvater ein Stück weiter ging. Am Brunnenloch blieben die beiden Männer stehen und redeten.

Mitch kam an Blue vorbei und zischte leise: „Das ist alles, was ihr Wasicu könnt."

Blue wandte sich blitzschnell zu ihm um. Die aufgestaute Wut ließ sein Herz bis in den Kopf hämmern und seine Augen funkelten Mitch Running Elk an.

„Ich habe eure Pferde nicht verjagt!", fuhr er Mitch an.

Mitch kniff die Augen zusammen, als er bitter lächelnd sagte: „Nichts verstehst du!"

„Für wie blöd hältst du mich eigentlich?", fauchte Blue, seine Erregung nur mit Mühe unterdrückend. Dabei kam er seinem Cousin gefährlich nahe. Mitch wich nicht zurück. Sie bemerkten nicht, dass sie von den beiden Männern beobachtet wurden.

„Mein Vater sagt: Die Wasicu haben es nicht geschafft, uns alle zu töten, deshalb versuchen sie uns Lakota nun durch solche wie dich zu Weißen zu machen. Eines Tages werden wir aufwachen und merken, dass unsere Haut weiß ist. Dann ist es zu spät. Aber ein Vollblut wird immer ein Vollblut bleiben."

Blue starrte Mitch entgeistert an. Deshalb also. Blue versuchte, das zu verstehen. Mitch wandte sich von ihm ab und wollte gehen. Doch Blue packte ihn an der Schulter und riss ihn herum, sodass Mitch mit dem Rücken an Großvater Waytons Truck prallte. Mitch verstand das als Angriff und holte mit dem rechten Arm zum Schlag aus. Blue fing ihn ab und umklammerte sein Handgelenk fest.

„Ich wollte nie ein Halbblut sein und auch kein Lakota. Mich hat keiner gefragt!"

„Dann verschwinde!"

„Später, irgendwann. Aber nicht jetzt!", sprach Blue mit Nachdruck und ließ Mitchs Handgelenk wieder los.

„Ich bin weiß Gott allen davongelaufen. Am meisten der Polizei. Aber nie vor Problemen. Und im Moment gibt es ein großes Problem."

„Das dich nichts angeht!" Mitch verzog die Mundwinkel und wandte sich erneut zum Gehen. Wieder packte ihn eine starke Hand an der Schulter und riss ihn herum. Wieder prallte er mit dem Rücken gegen den alten Truck. Böse funkelten Mitchs Augen Blue an, aber er wagte es nicht noch einmal, die Hand zu erheben.

„Und was ist mit dir, du Vollblutheld? Warum hat keiner von euch den Arsch in der Hose, ein paar abgehauene Pferde wieder nach Hause zu bringen?"

„Hast du Joe nicht zugehört?"

„Schon. Aber es sind unsere Pferde. Mich werden sie nicht ins Gefängnis stecken", antwortete Blue entschlossen.

„Bist du verrückt?"

„Nenn es wie du willst."

Mitch presste die Lippen fest aufeinander und schnaufte seine aufgestaute Luft zur Nase heraus.

„Du hast wirklich keine Ahnung. Die Typen schießen scharf und sie werden vom Helikopter aus keinen Unterschied machen."

„Zwischen mir und einem Pferd?", fragte Blue erstaunt.

„Zwischen dir und einem Indianer! Blödmann."

„Weil es keinen Unterschied mehr gibt", stellte Blue fest.

„Hm!", schnaufte Mitch und kniff die Augen zu kleinen Schlitzen zusammen.

„Dann hör mal gut zu! Manchmal ist es klüger, sich mit den Dingen abzufinden. Joe ist vor Jahren bis nach Washington gegangen und war bei unzähligen Demonstrationen gegen die Ungerechtigkeiten gegen unser Volk, zur Durchsetzung unserer Besitzansprüche an den Black Hills und gegen die Tierquälereien. Er wurde manchmal verprügelt und mal verhaftet. Das ist sein Leben. Das war sein Leben. Jetzt ist er mit mehreren Vorstrafen bei der Polizei registriert und steht für den Rest seines Lebens unter Bewährung. Die Pferde sind sein Leben."

„Ein Grund mehr ...", meinte Blue.

Mitch schüttelte energisch den Kopf. „Kein Lakota rennt ins offene Messer."

„Okay. Dann halt die Klappe, Mitch."

„Mach was du willst, Blödmann."

Diesmal war Blue es, der sich schweigend von Mitch abwandte. Er ging um den alten Truck herum, öffnete die Fahrertür und setzte sich hinter das Lenkrad. Leise murmelte er zu sich selbst, während er alles untersuchte: „So schwer kann das doch nicht sein."

Mitch tauchte an der Fahrertür auf und beobachtete ihn. Blue hatte ihn bemerkt, ignorierte ihn aber.

„Hey! Du bist verrückt."

Blue wandte den Blick zu Mitch und sah ihn durch seine Ponysträhnen an.

„Mein Vater ist Anwalt. Mir kann nichts passieren."

„Wie willst du die Pferde allein nach Hause bringen? Du kannst ja nicht mal Auto fahren."

Blue zuckte mit den Schultern. „Ich lasse mir was einfallen. Ich kann auch pfeifen."

„Aber nicht so wie Joe", zweifelte Mitch.

„Sie kennen mich."

Mitch lachte kurz und höhnisch auf. „Du solltest jemanden dabei haben, der eine Ahnung von Pferden hat. Jemanden, den sie besser kennen als dich."

Auf Blues Gesicht erschien ein breites Grinsen. „Wer kann wohl so bescheuert sein? Du wirst der erste Lakota sein, der in ein offenes Messer rennt, Mitch Running Elk."

„Und wenn es schief geht, auch der letzte", meinte er mürrisch und grinste schließlich ebenfalls.

„Ich habe meine Stute Silvermoon gesehen, als sie geboren wurde. Ich habe sie aufgezogen und selbst eingeritten und ausgebildet. Sie ist mein bester Freund. Sie ist meine kleine Schwester, Halbblut. Ich werde nicht zulassen, dass sie sie quälen oder töten. Verstehst du das?"

Blue nickte langsam.

Mitch schwieg in Anbetracht dessen, dass Großvater mit Joe zurückkam.

„Heute Nacht. Gegen zwei Uhr morgens schlafen sie am tiefsten", sagte Blue leise, während er ausstieg und an Mitch vorbei, um den Truck herum ging, um sich auf den Beifahrersitz zu setzen.

Die Männer wunderten sich, als Mitch zu Großvater in den Truck stieg. Fragend sahen sie einander an. Joe hob die Schultern und meinte: „Frieden oder Waffenstillstand."

Wayton lachte leise, klopfte seinem Sohn auf die Schulter und stieg ein.

Kapitel 7
Mustangs

Unzählige Sterne funkelten am Himmel über dem Erdhaus. Der volle runde Mond leuchtete am Horizont und schien zu lächeln. Sanft strich die kühle Nachtluft über die feuchten Grashalme und spielte mit ihnen. Die Grillen zirpten ihre Sommernachtslieder dazu. Der Boden war noch regennass. Es roch nach Erde und Salbei. Wie dunkle Schatten huschten zwei menschliche Gestalten, lautlos, vom Erdhaus zu Wayton Stone Horses Pickup Truck. Sie trugen einen Rucksack bei sich. Niemand redete. Der Truck war nicht abgeschlossen. Vorsichtig öffneten die Jungen die Türen und stiegen ein. Sie lautlos zu schließen, war der schwierigere Teil. Mitch zog unwillkürlich den Kopf ein, als die Beifahrertür knackte. Blue versuchte unterdessen den alten Wagen kurzzuschließen. Es gab so gut wie nichts, was wirklich vor ihm sicher war, aber ein Auto hatte er noch nie gestohlen. Mit einer beneidenswerten Geduld war Blue im Fahrersitz immer tiefer gerutscht und hantierte im schwachen Mondlicht mit den Kabeln unter der Lenksäule.

Erschrocken zuckten beide zusammen, als plötzlich jemand die Fahrertür aufriss. Eine kräftige Hand packte Blue, noch bevor er etwas sagen konnte, und zerrte ihn aus dem Wagen. Blue starrte in Joes funkelnde Augen.

„Woher weißt du ...?"

„Ich weiß es. Das genügt", zischte Joe ihn leise an. „Kommt, ihr zwei Mustangjäger."

„Verdammt!" Blue war wütend.

„Glaubt ihr, ich lasse das zu?", sagte Joe mit grimmiger Miene.

„Scheiße", brummte Mitch, während er ausstieg.

„Ich fahre! Mit meinem Wagen."

Die Jungen starrten Joe ungläubig an.

„Und wenn sie dich ..." Mitch beendete seine Frage nicht.

„Erinnere mich nicht daran", antwortete Joe knapp und wandte sich um. Mit eiligen Schritten steuerte er auf seinen eigenen Pickup zu. Das große Plastikfass hatte er abgeladen. Blue und Mitch folgten ihm schweigend.

Großvater Wayton stand vor dem Hauseingang und nickte nur. In seinem Blick schien eine Spur Sorge zu liegen. Die beiden Jungen stiegen in Joes Wagen. Es stank nach Zigarettenqualm. Der Aschenbecher war überfüllt. Alles deutete darauf hin, dass Joe nervös war, denn dann rauchte er besonders viel. Ohne ein Wort zu sprechen, stieg auch er ein und zündete sich eine Zigarette an. Dann startete er.

Etwa fünfzehn Minuten später fuhren sie auf die Interstate 18 in westlicher Richtung um dann nach Süden, in Richtung Chadron, Nebraska, zu fahren. Zwei Stunden später wurde es dämmrig. Blue und Mitch waren eingenickt. Es war warm und die Luft war stickig. Die leise Radiomusik hielt auch Joe kaum noch wach. Er ließ die Seitenscheibe ein Stück herab und atmete tief durch. Etwa zehn Meilen vor Alliance verließ er die Road 385 und wählte eine Nebenroute. Blue und Mitch wachten auf und sahen sich um, wagten aber nicht zu fragen, da auch Joe seit ihrer Abfahrt nicht redete. Als ein Fluss rechts neben der Straße auftauchte und sie begleitete, bog Joe an einer geeigneten Stelle ab und parkte seinen Pickup auf dem Kies zwischen dem Asphalt und dem Wasser. Die Sonne schickte bereits ihre Strahlen über das weite Land und blendete die müden Augen. Die Radiomusik verstummte, als Joe den Motor abstellte und den Schlüssel zog. Er stieg aus, atmete tief durch und streckte sich ausgiebig.

Blue und Mitch zögerten einen Augenblick, bevor sie ebenfalls von ihren Sitzen rutschten.

Nebraska, das Land der offenen Prärie, das der Platte River durchquerte, grüßte die Reisenden mit milder Morgenluft, Sonnenschein und einem fast wolkenlosen Himmel. Plätschernd sprang das klare Wasser über die Steine. Die den drei Lakota zugewandte Uferseite säumten einige weiße Steine und Sand. Blue beobachtete Joe, der auf eben diese Steine getreten war, sein Hemd auszog und sich wusch. Er trank auch davon. Mitch tat das, ohne zu zögern, ebenso. Noch hatte niemand gesprochen.

Weit und breit war niemand sonst zu sehen. Schließlich zog auch Blue seine Jacke aus. Ihn fröstelte, als er einige Wasserspritzer abbekam. Joe lachte und spritzte ihm nochmals eine Handvoll ins Gesicht. Blue grinste, balancierte vorsichtig zwei Schritte vor und wusch sich das Gesicht. Als er aufsah, tropfte ihm das Wasser vom Kinn. Mitchs Blick traf ihn. Der schien ihn durchbohren zu wollen. Schließlich verzog Running Elk die Mundwinkel zu einem höhnischen Lächeln. In Sekundenschnelle hatte er Blue Stone Horse, der mit keiner solchen Aktion mehr gerechnet hatte, mit seinem Fuß zu Fall gebracht. Auf den glatten Steinen fand Blue keinen Halt mehr, strauchelte kurz und lag schon im kalten Wasser. Über sich sah er Mitchs grinsendes Gesicht auftauchen.

„Jetzt sind wir quitt!", sagte der.

Blue stand auf. Tropfnass versuchte er das Zittern zu unterdrücken. Seine Haut zog sich zusammen und das Haar klebte an Stirn und Schläfen.

Joe war inzwischen zum Wagen gegangen, als hätte er nichts bemerkt. Aber sein Blick ließ die beiden nicht unbeobachtet.

Blue schniefte und nickte. „Okay. Geht's dir jetzt besser?"

Wieder grinste der langhaarige Mitch Running Elk, als er antwortete: „Ja."

Gemeinsam gingen sie zu Joe. Wortlos blieben sie vor ihm stehen. Joe warf Blue ein großes Handtuch zu.

„Hier! Damit du dir keine Lungenentzündung holst. Nimmst du eigentlich dein Vollbad immer in deinen Sachen?", fragte er grinsend.

„Ist doch praktisch so", meinte Blue schulterzuckend, während er seine nasse Kleidung ablegte. „Wird alles in einem Gang sauber." Dann rubbelte er seine Haut so sehr, dass sie krebsrot anlief.

„Siehst aus wie 'ne echte Rothaut", stellte Mitch fest, während er die Hände in die Hüften stemmte. Dann lachte er.

„Mein Name ist Steinpferd", entgegnete Blue lächelnd und holte sich die Wolldecke aus dem Auto. Joe hatte mit einem kleinen Campingkocher vorgesorgt, denn geeignetes Holz, mit dem man ein Feuer hätte machen können gab es hier kaum.

„Habt ihr Hunger?", fragte er.

„Und wie", antwortete Mitch.

Blue hingegen ließ ein lautes Knurren seines Magens für sich sprechen. Sie setzten sich beide zu Joe, der in einer kleinen Blechdose Wasser erhitzte. Joe ließ seinen Blick über den Fluss schweifen. Auf der Wasseroberfläche brach sich das Sonnenlicht.

„Ein Seitenarm des großen Flusses. Nach dem Platte River nannten die Oto dieses Land Nebraska, was flaches Wasser bedeutet. Die Felsen dort drüben, Chimney Rock und Scottsbluff, nutzten die ersten weißen Siedler als Orientierung."

Blue folgte Joes Blick in südwestlicher Richtung und nickte.

In der Ferne zog ein schwarzer Punkt seinen Kreis am Himmel über der Prärie. Dann hörten sie einen pfeifenden Schrei.

„Ein Habicht", sagte Joe daraufhin. „Hat wohl auch noch nicht gefrühstückt."

Joe übergoss das Kaffeepulver mit heißem Wasser und rührte um. Nicht ein Wort hatte er über die vergangene nächtliche Aktion fallen lassen. Mitch war es, der schließlich fragte, als er sich die Hände am Kaffeebecher wärmte.

„Was werden wir tun, Joe?"

„Suchen und die Hoffnung nicht aufgeben. Großvater wird uns zu ihnen führen", antwortete Joe.

Mitch schwieg.

Blue fragte: „Wenn Großvater weiß, wo sie sind, weshalb ist er dann nicht mit uns gekommen?"

„Nicht Großvater Wayton", ließ Joe ihn wissen. „Tunkashila. Ich habe ihn gebeten, uns zu helfen."

Blue dachte einen Augenblick nach, bevor er schließlich feststellte: „Mein Großvater, dein Großvater und der aller seiner Enkel. Als er das damals sagte, im Keller in Chicago, habe ich ihn für einen alten Spinner gehalten. Weiß Gott, wie er mich da überhaupt gefunden hatte. Tunkashila."

Joe lächelte schwach und nickte. „Ich habe mit einem Freund telefoniert. Er ist Omaha und außerdem Pilot. In der Nähe von Bridgeport finden wir ihn, auf einem Gütertransport-Flugplatz. Er wird uns helfen."

„Du hattest also auch schon daran gedacht, sie zurückzuholen", stellte Blue fest. „Ich dachte schon, du gibst auf."

„Ich verstoße gegen meine Bewährungsauflagen, Blue Stone Horse. Falls wir tatsächlich ein paar unserer Pferde finden, kann ich niemandem beweisen, dass es unsere sind. Sie werden womöglich als herrenlose Pferde, Mustangs, gejagt. Dann sind sie Eigentum der Staaten. Wenn ich sie mir nehme, ohne zu fragen, bin ich ein Dieb. Vielleicht lassen sie mit sich reden. Niemand will sie. Vielleicht bekommen wir sie zum Schlachtpreis. Dann sind die Gemüter der Behörden vielleicht besänftigt. Das ist unsere Chance."

Joe trank vorsichtig einen Schluck Kaffee.

„Joe war einmal bei einer Befreiungsaktion, zusammen mit organisierten Tierschützern, festgenommen worden. Diebstahl fremden Eigentums", fügte Mitch hinzu.

Joe erzählte: „Die Krawattenträger sind wütend aus ihren Büros gestürmt. Früher wurden Pferdediebe bei uns gehängt, haben sie geschrien. Ganze achtzehn Monate habe ich dafür im Gefängnis verbracht. Wenn sie mich nochmal dabei erwischen, wird es länger", und leise fügte er hinzu: „Davor habe ich Angst."

„Zumindest hatten sie erreicht, dass das BLM, Bureau of Land Managemen, die Abschussfreigabe zurücknehmen musste", triumphierte Mitch ein wenig.

„Hm! Und dafür kommen sie jetzt zum Schlachter. Wo zum Teufel ist da ein Unterschied?", schnaufte Blue.

Mitch und Joe schwiegen. Nach der Rast packten sie ihre Sachen zusammen. Die Sonne war höher gestiegen und brannte bereits auf der Haut. Joe zündete sich eine Zigarette an und startete den Wagen.

„Habt ihr beiden wirklich geglaubt, Wayton den Truck stehlen zu können?", fragte Joe schließlich amüsiert.

„Ich war ein Meisterdieb!", antwortete Blue. „Zumindest bis letzte Nacht." Dann lachte er. „Aber ich bin lernfähig."

Mitch grinste nur.

„Woher hast du es gewusst, Joe?", fragte Blue.

„Ich habe eure Gedanken gelesen", antwortete Joe und fügte nach einer Pause hinzu: „Ich hätte es an eurer Stelle auch versucht."

Die Hitze flimmerte über dem Asphalt, als Joe zum Flugplatz einbog. Obwohl ein Drahtzaun das Gelände weiträumig umgab, standen die Tore offen und niemand hielt sie auf. Mehrere kleine Maschinen vom Typ Cessna und Piper standen in einer Reihe. Eine größere wurde gerade beladen. Weiter hinten standen auch verschiedene Bell-Helikopter, größere und kleinere. Joe fuhr in Schrittgeschwindigkeit an den Hangas und Lagerhallen vorbei und stoppte schließlich vor dem Gebäude mit dem Tower auf dem Dach.

„Ich suche Rodney. Wartet hier auf mich", sagte er und stieg aus. Auch Blue und Mitch stiegen aus, blieben aber am Truck stehen und sahen Joe nach. Etwa eine halbe Stunde darauf kehrte Joe zurück.

„Er ist gerade oben." Er deutete mit dem Kopf Richtung Himmel. „Wir müssen warten. In der Kantine gibt es was zu trinken. Kommt. Gehen wir."

Die beiden Jungen folgten Joe. Außer zwei Männern an einem der Tische, die sich beim Frühstück unterhielten, war niemand hier. Es roch nach frischem Kaffee und gebratenem Speck. Die Wände waren weiß gestrichen und mit unzähligen Fotos geziert. Einige Grünpflanzen, bunte Vorhänge und saubere Tischdecken sorgten für ein gemütliches Flair. Dazu drang leise Radiomusik zu ihren Ohren.

Die Männer grüßten die Eingetretenen mit einem Kopfnicken, ohne ihr Gespräch zu unterbrechen. Die Lakota erwiderten auf dieselbe Weise. An einer kleinen Selbstbedienungstheke lagen Sandwiches, belegte Bagles und Muffins aus.

„Hallo. Guten Morgen. Was darf es sein?", fragte eine ältere Dame mit freundlicher, tiefer Stimme. Ihr langes, blondes Haar hatte einen silbergrauen Schimmer. Sie hatte es hochgesteckt, sodass sich einige Locken um ihr lächelndes Gesicht schmiegten.

„Guten Morgen. Einen Kaffee und zwei Cola bitte", antwortete Joe.

„Kommt sofort."

Joe kramte aus seinem kleinen Lederportmonnaie eine Zehndollarnote und zahlte. Dann suchten sie sich einen Platz an einem der Tische. Die Zeit verstrich. Blue war es, der unruhig auf dem Stuhl herumrutschte. Joe und Mitch schien das Warten nichts auszumachen. Ganze zwei Stunden später trat ein braunhäutiger, junger Mann ein. Er trug eine Jeans und ein Shirt mit der Aufschrift Eagle Wings - Nebraska Air Service. Er lächelte, während er seine Pilotenbrille abnahm und kam auf Joe zu.

„Hi, Joe. Hab schon gehört, dass du hier auf mich wartest."

Joe war zur Begrüßung aufgestanden.

„Hi, Rodney, wie geht's?"

Rodney lachte. „Gut. Besser als dir auf jeden Fall."

Rodney und Joe setzten sich.

„Wie ich sehe, hast du Verstärkung mitgebracht. Wer sind die wild entschlossenen Krieger an deiner Seite? Uneheliche Söhne?"

„Meine Neffen. Blue Stone Horse, Mitch Running Elk."

„Hallo Jungs", grüßte Rodney freundlich und nickte dabei.

„Sunny! Bringst du uns Kaffee und ein paar Hot Dogs?"

„Ja, Sir!", antwortete die tiefe Frauenstimme. Dann hörten sie sie lachen. Rodney grinste kurz auf, bevor er ernst wurde.

„Also, ich habe mich schon mal umgehört und umgesehen, seit deinem Anruf gestern. Die Piloten haben von Wildpferden am Powder Creek berichtet. Einer hat eine Herde in Wyoming, nordwestlich vom Medicine Bow gesehen", begann Rodney und verzog die Mundwinkel. „Aber schon vor zwei Tagen."

Joe hörte Rodney aufmerksam und reglos zu. Blue und Mitch beobachteten die Männer. Sunny, die freundliche Lady vom Büfett, trat lächelnd an den Tisch und stellte das Bestellte ab.

„Danke", sagte Rodney und zahlte.

„Ich bin heute eine andere Route geflogen. Nichts, was wie ein Pferd aussah."

Rodney machte eine Pause, trank einen Schluck Kaffee und biss vom Hot Dog ab.

„Und du weißt noch immer nicht, weshalb sie ausgebrochen sind?", fragte er schließlich.

„Vielleicht hat es sich unter den Stuten herumgesprochen, dass es hier unten ein paar ledige Hengste gibt, die nur auf sie warten", meinte Joe.

Auf Rodneys Gesicht erschien ein breites Grinsen.

„Warum fahrt ihr nicht einfach mal zum alten Hugh raus. Er ist Pferdehändler. Es gibt kaum jemanden, den er nicht kennt, ob zwei oder Vierbeiner", mischte sich Sunny ein. „Vielleicht weiß er was. Vielleicht stehen sie ja bei ihm", lachte sie schließlich.

„Das wäre gut, aber zu einfach", sagte Rodney. „Ich frage ihn."

„Okay", meinte Joe. „Wo finden wir den Mann?"

„Elf Meilen in Richtung Scottsbluff. Ihr haltet euch auf der Dirty Road, immer am Platte River entlang." Rodney beschrieb ihm den Weg ausführlich.

„Ich bleibe mit unseren Jungs in der Luftüberwachung", fügte er lächelnd hinzu. „Sobald ich oder sonst irgendeiner was herausgefunden hat, melde ich mich bei euch. Auf jeden Fall nach Sonnenuntergang."

Joe trank seinen Kaffee aus. „Okay. Wann startest du?"

„Sobald meine Maschine aufgetankt ist."

„Was fliegt ihr denn so durch die Gegend?", fragte Blue.

„Hauptsächlich die Post und Medikamente. Manchmal auch Pflanzen oder Samen. Die größere Frachtmaschine auch Werkzeug, Ersatzteile, Maschinen oder Motoren. Je nach Auftrag."

„Aha. Und die Helikopter?"

„Unser Ponyexpress", lachte Rodney. „Wenn mal was kleines dringend irgendwohin muss. Manchmal werden sie auch von Firmen, Behörden oder privat gechartert."

„Für die, die die Welt mal von oben sehen wollen", stellte Blue fest.

„So ist es", lachte Rodney wieder.

„Wollt ihr noch etwas trinken?", fragte Sunny.

Joe durchzuckte der Gedanke, dass er nur noch vierundvierzig Dollar besaß. Sein Wagen war fast leergefahren.

„Kaffee und Cola", antwortete er schließlich. Kaffee und auch die Cola, wenn einmal bezahlt, wurde nachgefüllt, soviel man trinken konnte.

Rodney und Joe unterhielten sich. Blue lauschte aufmerksam und erfuhr einiges über die verborgene Seite seines Onkels. Er hatte den Eindruck, dass Joe Stone Horse wohl so etwas wie der letzte Krieger sein musste. Es wunderte Blue, dass Joe keine Frau und Kinder hatte, was für einen Lakota seines Alters eher ungewöhnlich schien. Soviel hatte er mitbekommen. Aber vielleicht wollte Joe das nicht, genauso wie Frank McKanzie, ließ Blue seine Gedanken weiterschweifen.

Nebraska, das war nicht nur der Platte River, das war der Inbegriff der großen Prärie, Sandwüste und Staub. Aber es war auch die Heimat der Farmen, die Kornkammer des Landes. Leise plätscherte das Wasser über die Steine am Ufer des Flusses. Ein Seitenarm des Platte River durchfloss die wellige, grasbewachsene Ebene an der Grenze zu Wyoming. Das Sonnenlicht reflektierte auf der Wasseroberfläche. Ab und an mischte sich ein zufriedenes Schnauben in die Stille. Eine Gruppe von etwa zwanzig bis dreißig Mustangs graste dort. Genüsslich zupften sie die kargwachsenden Gräser und Kräuter und zermalmten sie zwischen ihren Zähnen. In friedlicher Harmonie blieben sie beieinander und zogen langsam, Schritt für Schritt, weiter. Nichts schien sie dabei zu stören. Hin und wieder hob eines der Tiere den Kopf und sah sich kauend um. Dann senkte es ihn wieder. Einige der Pferde soffen am Flussufer und scharrten mit den Hufen oder stampften, sodass das Wasser spritzte. Sie schienen offensichtlich ihren Spaß daran zu haben. Nur die asphaltierte Straße, hinter der Flussbiegung, störte den Schein der Unberührtheit dieses Landes, seine zeitlose Schönheit. Plötzlich hoben die Mustangs die Köpfe und hielten einen Augenblick inne. Irgendetwas hatte ihre Ruhe gestört und mahnte zur Vorsicht. Ein schnell lauter werdendes Motorengeräusch schreckte sie auf, sodass sich die ganze Herde im Nu auf der Flucht befand. Ihre Hufe schienen den Boden kaum zu berühren und dennoch wirbelten sie den Staub auf. Der Lärm wurde lauter und bedrohlicher. Zwei tief fliegende Helikopter verursachten ihn. Wie Riesenvögel tauchten sie hinter der Herde auf, die über die wellige Grasebene vor ihnen flüchtete. Mit geblähten Nüstern und bebenden Flanken rannten sie um ihr Leben. Es gab nicht viele Feinde, die diesen Mustangs gefährlich werden konnten. Doch ihr größter Feind, der Mensch, jagte sie. Weit, unendlich weit war das Land. Lange und weit, meilenweit, flohen die Mustangs vor ihren Verfolgern, die sich nicht abschütteln ließen. Auch wenn ihre Kräfte schwanden, ihre Angst nicht. Sie rannten, um ihr Überleben, in eine ungewisse Zukunft. Die Nüstern blähten sich weiter. Ihr keuchender Atem wurde lauter. Dicht gedrängt an ihre Mütter, kämpften die Fohlen, mit der Herde Schritt zu halten. Aufgeben wollte keines der Tiere.

Allmählich verringerte sich das Tempo. Die Helikopter blieben, immer im gleichen Abstand und trieben die Herde weiter in Richtung Westen. Von Sonnenaufgang bis Sonnenuntergang, von Stolz und Kraft bis zur Erschöpfung, bis zu den Bretterverschlägen, den Pferchen, in denen dicht gedrängt, Fellkörper an Fellkörper, die Menge in Bewegung geriet. Wiehern, Schnauben, das Stampfen der Hufe drang an die Ohren der erschöpften Neuankömmlinge.

Der Geruch von Angst und Schweiß schlug ihnen entgegen, als sie einen dieser Verschläge betraten. Mit einem leisen Knarren fiel das Gattertor hinter ihnen ins Schloss. Unruhig und ängstlich, mit weit aufgerissenen Augen, sodass das Weiße darin zum Vorschein kam, blickten sie um sich. Ihr Fell klebte vom Schweiß und Staub. Noch immer bebten die Flanken, die Beine zitterten. Schnaufend und röchelnd versuchten sie, wieder ruhig zu atmen. Was war geschehen? Die Helikopter waren verschwunden, mit ihnen das bedrohliche Brummen. Dennoch spürten sie die Gefahr, die von diesem Ort ausging. Auch die anderen Mustangs ringsum waren unruhig, begannen sich gegenseitig zu beißen und zu schlagen. Es gab keine Fluchtmöglichkeit.

„Feierabend für heute", sprach ein großer, bärtiger Mann, als er das Gatter schloss. Dann spuckte er in den Staub vor seinen Füßen. Ein anderer trat zu ihm.

„Wegen Überfüllung geschlossen", meinte der. Seine Stimme klang heiser.

„Morgen früh kommen zwei große Viehtransporter. Dann gibt's wieder Luft."

„Sind ein paar gute Pferde dabei. Zu schade für den Schlachter", antwortete der junge Mann und schob seinen Cowboyhut mit dem Finger in den Nacken. Dann kramte er eine Schachtel Zigaretten aus der Tasche seines Hemdes.

„Hm", nickte der Bärtige. „Brauchst du welche, Tom?"

„Nicht wirklich. Ich bin kein Rodeoreiter." Tom lachte verschmitzt. „Aber ich kenne welche, die immer gute Broncos suchen. Ein paar Dollars nebenbei können nicht schaden."

„Einverstanden. Aber wir teilen!"

„Okay", sagte Tom, während er sich die Zigarette anzündete und die Mustangs beobachtete. Als er aufgeraucht hatte, spuckte auch er in den Staub und warf schließlich den Rest seiner Zigarette zu Boden. Mit dem Absatz seines Stiefels trat er sie gründlich aus. „Scheiß Job."

„Es gibt nur scheiß Jobs, Tom", entgegnete der Bärtige.

„Ich werde den alten Hugh anrufen. Der wollte sie sich ansehen." Der Bärtige nickte und schlug Tom auf die Schulter.

„Gehen wir rein und trinken ein Bier. Meine Kehle ist vertrocknet."

Nebeneinander gingen sie auf einen Trailer zu, der nur ein paar Fuß entfernt von ihnen stand. Sie hatten die Tür kaum hinter sich geschlossen, als ein alter Dodge Pickup Truck vorfuhr. Die Sonne stand tief im Westen. Sie blendete den alten, weißhaarigen Mann, der aus dem Truck stieg. Er setzte seinen Hut auf, sodass ihm die Krempe als Schutz diente. Seine sonnenverbrannte Haut, mit den tiefen Furchen in seinem Gesicht, wirkte wie Leder. Ein Indianer und zwei junge Burschen stiegen ebenfalls aus. Sie warfen einen flüchtigen Blick zu den Pferden und folgten dem alten Hugh, der ein Weißer war, zum Trailer. Tom und der Bärtige hatten die Ankunft der Gäste bemerkt und standen schon vor der Tür des Trailers.

„Hi, Hugh, altes Wiesel. Du musst Hellseher sein. Ich wollte dich gerade anrufen. Wen hast du uns denn da mitgebracht?"

„Hallo, Tommi."

Tom verzog das Gesicht. Er mochte es nicht, wenn Hugh ihn so nannte.

„Das sind Freunde von Rodney und damit auch von mir. Sie vermissen ein paar ihrer Pferde. Wollte mal sehen, ob du sie einkassiert hast, alter Gauner." Der Alte lachte.

„Mehr als genug! Seht euch um und nehmt euch, was ihr braucht. Sind prachtvolle Tiere dabei", antwortete der Bärtige.

„Okay", sagte Hugh und zu seinen Begleitern gewandt: „Seht euch um, bevor es Nacht wird, Jungs. Ich kann euch dabei nicht helfen."

„Danke", entgegnete Joe und ging zu den Einzäunungen.

Blue und Mitch folgten ihm schweigend. Hugh blieb mit den beiden Männern stehen und unterhielt sich. Joe ließ seinen Blick aufmerksam über die Mustangs schweifen. Hier und da erspähte er einen Schecken. Leise begann er zu pfeifen. Einige drehten tatsächlich die Ohren zu ihm und lauschten. Aber es waren nicht seine Pferde. Vergeblich suchte er nach Ohitika, während Blue Ausschau nach der Stute seines Großvaters hielt. Auch in Mitchs suchenden Blicken lag Hoffnung. Doch unweigerlich zog die Dämmerung über das Land und begann in eine sternenklare Nacht überzugehen. Resigniert beendeten die Lakota vorerst ihre Suche.

„Ihr seid sehr wählerisch. Nehmt euch einfach die besten Tiere und verschwindet, bevor der Transporter morgen früh anrollt. Auf ein paar Steaks mehr oder weniger kommt es nicht an", lachte der Bärtige.

„Nein. Wir suchen unsere Herde", erwiderte Joe.

„Wie viele?", fragte Tom.

„Vierzig und zehn Fohlen und fünf Jährlinge."

„Ist doch egal. Nehmt euch von mir aus fünfundfünfzig Pferde. Wird nicht mal auffallen. Wir haben sie nicht gezählt. Das passiert erst beim Verladen. Die armen Kreaturen werden euch vielleicht dankbar sein."

Joe schüttelte energisch den Kopf.

„Wir suchen nicht irgendwelche Mustangs. Wir suchen unsere Pferde."

Blue und Mitch standen schweigend neben Joe. Der Bärtige brummte und winkte ab.

„Dann macht, was ihr wollt." Er wandte sich um und verschwand im Trailer.

„Gehen wir", sagte Joe.

„Gut", nickte Hugh. „Gehen wir erst mal schlafen. Bei mir ist Platz genug. Morgen sehen wir weiter."

„Na dann ... Viel Glück bei eurer Suche", sagte Tom und verabschiedete sich vom alten Hugh und seinen indianischen Begleitern.

Hugh stieg mit den Lakota in den Truck. Joe zündete sich eine Zigarette an, bevor er startete. Schweigend zog er daran.

„Schwieriges Unterfangen, aber nicht ganz aussichtslos. Ich lasse meine Beziehungen spielen. Der alte Hugh kennt im Umkreis von zehntausend Meilen jeden, der mit Pferden zu tun hat", meinte der alte Mann, der neben Joe saß.

Joe lächelte müde.

„Fliegen müsste man können, so wie ein Adler oder Rodney", meinte Blue, der hinter ihm saß.

Es war bereits Mitternacht, als Joe mit seinem Truck auf den Schotterweg zu Hugh Clays Anwesen einbog. Das Licht streifte am Koppelzaun entlang. Etwa drei Minuten später tauchte ein Holzhaus im Scheinwerferlicht auf. Joe stoppte vor der Veranda. Zwei Lampen schalteten sich, durch Bewegungsmelder, automatisch an und beleuchteten den Hauseingang. Die drei Lakota folgten Hugh die Verandatreppe hinauf und in sein Haus hinein. Hugh schaltete das Licht an und schloss die Tür hinter seinen Gästen. Joe und Mitch sahen sich schweigend um. Blue entfuhr ein erstauntes „Wow".

Hugh drehte sich zu ihm um und grinste.

„Wohnst du allein hier?", fragte Blue.

„Nur etwa jeden zweiten Tag", lachte er. „Fast vier Monate im Jahr wohnt meine Enkelin bei mir. Sie studiert Veterinärmedizin. In ihrer Projektarbeit beschäftigt sie sich hauptsächlich mit Pferden und will damit ihren Abschlussvortrag zur Prüfung im nächsten Frühjahr halten. Und dann kommen Freunde zu Besuch, auch Rodney, oder ab und an unerwarteter Besuch, so wie ihr."

Auf dem Boden im großen Wohnzimmer lagen mehrere Teppiche. Eine großzügige Ledersitzgruppe, etwa in der Mitte des Raumes, war zu einem urigen, aus Stein gemauerten, Kamin ausgerichtet. Einige große Holzscheite lagen dekorativ darin und warteten nur darauf, entzündet zu werden. Außer ein paar Fliesen am Fußboden war hier drin alles aus Holz: Wände, Zimmerdecken, die Treppe, die in die obere Etage führte. Es roch sogar danach. Die karierten Gardinen, die vor den Fenstern zur Seite gerafft waren, wirkten wie in einer Puppenstube. Die moderne Küche um die Ecke, zum Wohnraum hin offen, schien neu zu sein oder so gut wie nie benutzt. Gegenüber stand ein riesiger Esstisch, ebenfalls aus Holz, mit sechs Stühlen ringsum. Auf dem gewebten Tischläufer stand eine Schale mit frischem Obst.

Hugh öffnete die Tür zum Badezimmer für seine Gäste. Joe und Mitch schwiegen noch immer, während Blue ein zweites „Wow" entfuhr.

„Ihr könnt euch jederzeit duschen, wenn ihr wollt. Das Wasser ist warm", sagte Hugh und lächelte.

„Prima. Danke", entgegnete Blue begeistert.

„Die Schlafräume sind oben."

Hugh führte seine Gäste die Treppe hinauf. Die Betten waren frisch bezogen und wie in einem Hotel akkurat hergerichtet. Ein blumiger Duft streifte Blues Nase. Das weckte seine Erinnerung an Frank McKanzies Wohnung. Auch bei ihm im Gästezimmer hatte es so gerochen. Auch bei ihm hatte er in einem großen, breiten Bett geschlafen, das erste Mal in seinem Leben.

„Komm", sagte Mitch leise und zog Blue, aus seinen Gedanken, am Arm mit sich.

„Danke", sagte schließlich auch Joe.

„Ich freue mich immer über Besuch. Rodney hat mich früher oft besucht." Hugh lachte leise. „Das tut er auch jetzt noch ab und an. Nur seit seinem Job für die ‚Wings' ist er viel unterwegs. Rodneys Freunde sind auch meine Freunde. Ihr könnt bleiben, solange ihr wollt."

Joe nickte.

„Also, ich gehe jetzt duschen. Okay?", sagte Blue und verschwand im Badezimmer.

Als auch Mitch geduscht hatte und Joe, als letzter von ihnen, aus dem Badezimmer trat, saß Rodney mit den anderen an Hughs großem Esstisch. Er hielt eine große Kaffeetasse in den Händen.

„Hallo, Joe", grüßte er.

„Hallo, Rodney."

Joe setzte sich zu ihnen. Es war mitten in der Nacht und es gab Kartoffeleintopf zum Dinner. Schweigend aßen Blue und Mitch, denn sie hatten großen Hunger. Der Eintopf schmeckte lecker. Sie spitzten die Ohren, ob Rodney gute Neuigkeiten mitgebracht hatte. Aber es gab keine.

„Ich kann euch morgen mit hinauf nehmen. Der Boss hat es erlaubt", bot Rodney an.

Joe war einverstanden. Blue schüttelte energisch den Kopf. „Ich sehe mich lieber mit Hugh hier unten um."

Niemand hatte etwas einzuwenden. Mitch zögerte noch. Er brannte darauf, einmal zu fliegen. Blue stieß ihn in die Seite und sah ihn eindringlich an.

„Ich auch", sagte der schließlich leise und nicht gerade begeistert.

„Danke, Jungs", sagte Hugh und lächelte. „Nehmt euch eine Mütze voll Schlaf. Die Nacht wird kurz."

Blue und Mitch erhoben sich gleichzeitig und verabschiedeten sich.

„Gute Nacht."

„Gute Nacht", kam die Antwort.

Erst als Blue die Schlafzimmertür hinter sich schloss, fragte Mitch: „Wie bescheuert bist du eigentlich? Rodney will uns mitfliegen lassen, Mann! Und du? Du ..., wir können mit Hugh übermorgen immer noch hier unten suchen, wenn wir sie nicht finden."

„Okay, dann flieg doch", entgegnete Blue unbeirrt.

„Wir!", berichtigte Mitch.

„Ohne mich!"

Mitch hielt den Kopf schräg, als er fragte: „Hast du Schiss?"

„Ja", antwortete Blue ohne zu zögern.

Mitch starrte Blue an. Er war über diese prompte, ehrliche Antwort überrascht. Schweigend akzeptierte er den Beschluss seines Freundes.

„Ich habe Höhenangst, Flugangst und ich hasse Fahrstühle. Deshalb bin ich in die Prärie gezogen, weil es hier nichts dergleichen gibt", fügte Blue hinzu und lachte. „Überrascht?"

Auf Mitchs Gesicht erschien ein Grinsen. Dann nickte er.

„Ich gehe mit dir, Stadtindianer."

Blue kroch unter die Decke und streckte sich aus.

„So ein Bett habe ich noch nie gesehen", sagte Mitch, als er von der anderen Seite unter die Decke kroch.

„Solche Betten gibt es nur in der oberen Etage. Wahrscheinlich sollen sie durch die große Fläche das Gewicht besser verteilen, damit der Boden darunter nicht einkracht."

Beide lachten.

„Dann muss wohl Hughs Enkelin ziemlich dick und schwer sein, wenn sie solch ein breites Bett für sich alleine braucht", stellte Mitch fest.

Wieder lachten sie beide.

„Es fühlt sich gut an", sagte Mitch nach ein paar Minuten.

„Hm", meinte Blue.

Er lag auf dem Rücken und hatte die Arme hinter dem Kopf verschränkt. Sein Blick blieb an einem Holzbalken der Dachschräge hängen.

„Was denkst du?", fragte Mitch.

„Ich denke an Großvater."

Mitch schwieg.

Nach einer Weile sagte Blue leise: „Schlaf gut, Mitch." Er löschte das Licht.

„Nacht, Blue. Du auch."

Blue schien sofort eingeschlafen zu sein. Als er irgendwann in der Nacht wach wurde, kribbelte es furchtbar in seinen Armen. Langsam, nur mit Mühe, zog er sie unter seinem Kopf hervor. Es kribbelte noch mehr und das Blut in seinen Adern schien zu kochen. Erst nach einer ganzen Weile verflüchtigte sich das unangenehme Gefühl. Blue sah die Umrisse der Möbel im Zimmer und hörte den leisen, gleichmäßigen Atem seines Freundes neben sich. Er drehte sich auf die Seite, rollte sich wie ein Igel zusammen und schloss die Augen.

Am darauffolgenden Morgen verabschiedeten sie sich. Joe stieg zu Rodney in den Wagen, Blue und Mitch zu Hugh in den Jeep Commander. Als der Schotterweg zu Hughs Anwesen endete, trennten sich ihre Wege. Während Joe mit Rodney links abbog, fuhr Hugh mit den jungen Burschen in die entgegengesetzte Richtung. Die Nacht war wahrhaftig viel zu kurz gewesen. Mitch kniff die Augen zusammen. Blue gähnte. Er kramte die Sonnenbrille aus seinem Rucksack und setzte sie auf. Schweigend blickte er zum Fenster hinaus. Das Grasland streckte sich aus, soweit die Augen reichten. Selbst die breite Straße schien unendlich zu sein und direkt zum Horizont zu führen. Kein Haus, kein Lebewesen, schien es hier zu geben. Hugh war heute Morgen ebenso schweigsam wie die beiden Burschen. Vielleicht war er selbst noch zu müde. Vielleicht dachte er nach. Etwa eine Stunde später tauchte ein kleiner Ort auf. Hugh stoppte an der Tankstelle. Während er dort mit verschiedenen Leuten redete, die ihn alle zu kennen schienen, warteten Blue und Mitch im Jeep. Lange Zeit später stieg der alte Mann wieder ein und lächelte ihnen aufmunternd zu.

„Ich habe ein paar Informationen bekommen. Drüben, in der Nähe von Chimney Rock, haben ein paar Männer eine kleine Gruppe Pferde eingefangen, die auf ihren Weiden gegrast hatten. Im Gegensatz zu den äußerst misstrauischen Mustangs, sind sie nicht vor den Menschen geflüchtet. Genau dorthin fahren wir jetzt."

„Das klingt gut", meinte Blue hoffnungsvoll.

„Ja. Ich hoffe, sie sind noch dort."

„Was heißt das?", fragte Mitch.

„Möglicherweise haben sie den Besitzer schon gewechselt."

„Wann sind die Pferde dort aufgetaucht?", fragte Blue.

„Gestern um die Mittagszeit."

„Das könnten sie sein. Zumindest einige von ihnen", dachte Mitch laut.

„Das werden wir herausfinden."

Hugh startete und gab Gas. Die Müdigkeit war wie weggeblasen. Die innere Unruhe seiner Begleiter blieb ihm nicht verborgen. Hugh lächelte. Im Autoradio lief ein Countrysender. Der Weg, zum Chimney Rock erschien Blue und Mitch unendlich lang, selbst als der bereits gut durch die Frontscheibe zu erkennen war. Eine Stunde war eine Ewigkeit, bevor Hugh seinen Wagen schließlich auf einem Anwesen, ähnlich seinem eigenen, stoppte. Blue und Mitch sprangen hinaus und sahen sich sofort nach den Pferden um. Zwei Herzen klopften schneller. Hugh stieg aus und drückte den Hut auf seinen Kopf. Langsam ging er zur Scheune, vor der zwei Traktoren standen. Zwei Männer machten sich an dem kleineren zu schaffen.

„Hallo, Boys!", sagte er.

Die Männer sahen von ihrer Arbeit auf.

„Hey! Hallo, Hugh, du alter Gauner. Wie geht's?"

„Bestens, wie immer. Und euch?"

„Danke, gut. Siehst du doch", lachte der ältere von beiden, während er sich aufrichtete.

„Hast einen neuen Traktor, Ben."

„Wurde höchste Zeit", meinte der Angesprochene und wischte sich die Hände an einem schmutzigen Lappen ab.

„Was führt dich zu uns, Hugh?"

„Pferde, was sonst?", grinste er.

„Und die beiden da?" Ben wies mit dem Kopf zu den Burschen.

„Gehören zu mir. Sie suchen ihre entlaufenen Pferde. Habe gehört, dass euch gestern welche im Weg gestanden haben."

„So ist es", bestätigte Ben.

Er kniff die Augen ein wenig zusammen und zog dabei die Lippe nach oben, während er die beiden Burschen beobachtete. Das grelle Sonnenlicht blendete.

„Hast du was dagegen, wenn wir uns bei euch ein wenig umsehen?"

„Tun sie ja schon", meinte Ben. „Die fremden Mustangs stehen im Paddock, hinter der Scheune. Seht sie euch an. Wir haben genug verfressene Mäuler herumstehen. Ich brauche sie nicht, obwohl es gute Tiere sind."

„Okay. Danke, Ben."

„Schon in Ordnung."

Ben wandte sich wieder seiner Arbeit zu. Sein Sohn war inzwischen förmlich in den alten Traktor hineingekrochen, sodass er kaum noch zu sehen war. Hugh ging zu Blue und Mitch.

„Na, schon was gefunden?"

„Nein", antworteten sie, wie aus einem Mund.

„Kommt mit!", sagte der Alte und lächelte.

Hugh kannte sich bei Ben aus. Die beiden Jungen folgten ihm bis zu den Paddocks. Blues Herz trommelte wild gegen seine Brust, als er um die Ecke kam und die Pferde sah. Er blieb wie angewurzelt stehen. Etwa zehn, vielleicht auch zwölf, waren es.

Mitch stieß ihn hart an. Seine Augen leuchteten . „Sieh dir das an", sagte er leise zu Blue.

Ungläubig schüttelte der den Kopf. „Das ist ... das ist ... Wahnsinn. Wenn ich alles geglaubt hätte ..." , stammelte Blue.

Mitch ging langsam weiter und pfiff. Sofort stellten die Pferde ihre Ohren auf und blickten zu den drei menschlichen Gestalten. Einige wandten sich um und streckten ihnen die Köpfe entgegen. Wieder blieb Blue wie angewurzelt stehen und beobachtete sehr genau, wie sie Mitch begrüßten, wie er ihnen über Stirn und Nüstern strich und leise zu ihnen sprach. Mehrmals drang ein Schnauben oder ein leises Blubbern an seine Ohren. Alle kannte Blue nicht. Ein paar von ihnen kamen ihm bekannt vor. Ohitika, Silvermmoon und die Fuchsstute seines Großvaters suchte er vergebens.

„Ich glaube, sie kennen ihn sehr gut", hörte Blue Hugh, der neben ihm stehen geblieben war. Er sah in die gutmütigen Augen des alten Mannes, dessen Lächeln ihm begegnete und der sich von ganzem Herzen mit ihnen freute. Er nickte und sagte: „Danke".

Hughs Lächeln wurde noch breiter und unzählige Falten umspielten seine Augen. Dann ging auch Blue zu den Pferden heran, um sie zu begrüßen. Sie schienen sich tatsächlich an ihn zu erinnern.

„Schön, euch wiederzusehen, ihr Ausreißer. Weshalb seid ihr nur davongelaufen?"

„Wovor?", fragte Mitch.

Blue schwieg. Er dachte an sich selbst. Es gab eine Zeit, in der er ständig auf der Flucht gewesen war. Wovor? Weshalb? Großvater hatte ihn nach Hause geholt und das war gut so. Er würde die Pferde zurückbringen, nach Hause. Großvater hatte recht. Sie waren Verwandte, in jeder Hinsicht.

„Ich werde mit Ben reden. Er hat einen großen Transporter", hörte Blue Hughs Stimme, die ihn aus seinen Gedanken zurückholte. Der alte Mann hatte seine Hand auf Blues Schulter gelegt. Der nickte. Hugh ging fort und war kurz darauf verschwunden.

Blue sah zu Mitch.

Der hatte die Lippen zusammengepresst, während seine Augen glänzten. Eine Träne rann ihm über die Wange. Er wischte sie mit dem Handrücken weg. Niemals hätte Blue Mitch Running Elk dazu für fähig gehalten.

Blue Stone Horse tat so, als hätte er es nicht bemerkt. Er schniefte selbst, ohne dass er es wollte. Dann grinste er. „Wir sind gut, was?"

„Hugh", lächelte Mitch. „Ein guter Anfang auf unserem Weg. Er macht mir Hoffnung."

Nach einiger Zeit kam Hugh mit Ben heran. „Eure Pferde können noch eine Woche hier bleiben. Dann braucht Ben den Platz", begann Hugh.

Ben fügte hinzu: „Ich kann sie euch mit dem Transporter liefern. Allerdings muss ich mit jemandem den Preis aushandeln."

„Einverstanden", sagte Blue, ohne zu zögern. „Mein Onkel, Joe Stone Horse, ist mit uns auf der Suche. Er ist nur im Augenblick in einer anderen Richtung unterwegs."

„Gehören ihm die Pferde?"

„Der ganzen Familie. Aber er ist verhandlungsfähig."

Auf Bens Gesicht erschien ein Grinsen. „Verhandlungsberechtigt. Das ist gut. Ich denke, wir werden uns einig."

„Das denke ich auch", erwiderte Blue.

Auch Hugh grinste. Nur Mitchs Gesicht blieb reglos.

„Fahren wir. Es gibt noch viel zu tun", sagte Hugh.

Als sich die beiden Männer umwandten, hielt Mitch Blue am Arm zurück.

„Was ist?", fragte der leise.

„Wir haben kein Geld mehr. Joes Tank ist schon seit gestern leer. Vielleicht reicht es nicht mal mehr für den Sprit."

„Keine Sorge. Den Transporter muss er erst bezahlen, wenn der Mann geliefert hat."

Mitch schüttelte den Kopf. „Du verstehst nicht. Joe hat kein Geld mehr. Was meinst du, warum er die Pumpe von uns geholt hat? Er hat für sein Geld, das er diesen Monat bekommen hat, einen neuen Kühlschrank für deine Großeltern gekauft. Es reicht kaum zum Leben, Blue."

Blues Gesicht verfinsterte sich. Er dachte kurz nach. „Ich habe noch Alimente offen. Das wird reichen", sagte er schließlich.

Mitch verzog ungläubig das Gesicht, aber er schwieg. Sie gingen weiter. Am Jeep verabschiedeten sie sich von Ben, stiegen ein und fuhren in nordwestlicher Richtung weiter.

Auf den nächsten zwei Farmen in der Gegend, hatten sie kein Glück. Hugh redete mit vielen Leuten, die er unterwegs traf, fragte, bekam ab und zu ein Kopfschütteln zur Antwort, manchmal auch einen brauchbaren Hinweis.

„Drüben, vor Torrington, an der Grenze zu Wyoming, gibt es eine Familie, die eine kleine Gastranch betreibt. Sie organisieren Trailritte für Greenhorns." Hugh lachte leise. „Die haben heute Morgen neue Pferde gekauft, sagte man mir. Das sehen wir uns mal näher an, Jungs", berichtete Hugh.

„Okay", war die einstimmige Antwort.

Es war bereits Nachmittag geworden und der Hunger meldete sich gnadenlos. Doch weder Blue noch Mitch hatten Geld bei sich. Dafür wurde das Magenknurren nun hörbar.

„Wir sollten etwas essen, bevor wir weiterfahren", meine Hugh. Sie standen schon einige Zeit vor einer Tankstelle.

„Das kann kein Zufall sein", stellte er fest und grinste.

Wenig später startete Hugh seinen Commander und setzte mit seinen Begleitern die Suche fort. Blue erzählte Hugh von Chicago, von den Farben der Sonne und von seinen Verwandten. Er hatte mehr von sich preisgegeben als jemals zuvor. Mitch hörte aufmerksam zu und schwieg.

Eine knappe Stunde suchte Hugh nach den Leuten, die mit ihren Gästen bereits aufgebrochen waren. Scheinbar mitten in der Prärie fand er einen einzeln stehenden Trailer, neben dem zwei Wohnwagen, ein Wohnmobil, mehrere Autos sowie sechs Pferdeanhänger parkten. In einem Corral dösten ein paar Pferde, die die Blicke der beiden Burschen auf sich zogen. Blue hatte aufgehört zu reden. Hugh stoppte genau zwischen den anderen Wagen. Die Leute sahen sich um und grüßten.

„Ich rede mit ihnen", sagte Hugh, bevor er ausstieg.

Blue und Mitch nickten. Gespannt wie eine Bogensehne übten sie sich in Selbstbeherrschung. Mitch glaubte, seine Stute schon erkannt zu haben. Er war nicht fähig den Blick von ihr zu wenden, weder sich zu rühren, noch einen Laut von sich zu geben.

„Sie ist es", stellte Blue leise fest.

Irgendwann öffnete Hugh die Fahrertür.

„Ihr dürft euch umsehen. Aber sie sind nicht daran interessiert, zu verkaufen", sagte er.

Mitch hörte die Stimme wie aus weiter Ferne, stieg langsam aus und ging wie in Trance zum Zaun. Blue folgte ihm auf den Fersen. Leise hörte er seinen Freund eine bekannte Melodie pfeifen. Silvermoon hob sofort den Kopf. Mit einem freudigen Wiehern kam sie zu Mitch an den Zaun gesprungen. Die Wiedersehensfreude war groß. Aber noch drei andere Pferde hoben die Köpfe und blickten sich um, als sie das Pfeifen und das Wiehern hörten. Blue war sich insgeheim nicht sicher, aber nun schwand der letzte Zweifel. Sein Herz hüpfte vor Freude und seine Augen begannen zu glänzen, als eine Fuchsstute auf ihn zu kam.

„Sunshine Red", sprach er kaum hörbar.

Zögernd kamen auch die anderen beiden, ein schwarz-weißer Scheckenwallach und eine Fuchsschecke, auf sie zu. Blue strich der Fuchsstute sanft über die Stirn, die Nüstern, dann wieder hinauf bis zu den Ohren. Die Stute schien es zu genießen, legte den Kopf auf seine Schulter und schnaubte leise. Blue spürte das weiche Fell, die Wärme der Stute, ihren Atem und vergrub sein Gesicht in ihrer Mähne.

„Niemand wird uns mehr trennen. Großvater wartet auf uns. Gehen wir nach Hause", flüsterte Blue.

Dann spürte er eine schwere Hand auf seiner Schulter.

„Sie gehören alle Mr Jones und seiner Familie. Er hat sie heute Morgen gekauft", sagte Hugh leise.

„Nein. Sie gehören uns", protestierte Blue.

„Ich weiß es. Ich habe euch beobachtet. Es gibt keinen Zweifel daran."

Nun wandte sich Blue um, schickte einen Blick zu Mitch und seiner Stute, bevor er Hugh ansah.

„Ich glaube, ich weiß, was jetzt in euch vorgeht."

Blue schüttelte den Kopf. „Kann man den Kaufvertrag nicht rückgängig machen? Dieser Jones kann sich andere dafür holen."

„Das könnte er tun. Er will sie aber behalten. Morgen früh will er mit seinem Trail aufbrechen und er braucht sie alle."

Blue atmete tief durch, kniff die Augen zu kleinen Schlitzen und schwieg. Er überlegte. Es ist nicht gut, einen Schritt zurück zu tun, wenn man bereits einen weiter gegangen ist, hatte Großvater gesagt. Und er hatte gesagt, dass die Lakota lernen mussten, zu kämpfen. Ich habe gelernt, zu kämpfen, dachte er weiter. Ich bin ein Stone Horse! Großvater, hilf mir, unsere Verwandten wieder nach Hause zu bringen.

„Was denkst du, Blue?", beendete Hugh seine Gedankengänge.

„Ich werde nicht ins offene Messer rennen, Hugh. Aber ich werde die Hoffnung niemals aufgeben."

Hugh nickte zufrieden.

„Können wir bleiben, bis sie aufbrechen?"

„Glaubst du, das ist eine gute Idee?"

„Ich bin mir nicht ganz sicher, aber mir fällt es im Augenblick schwer, meine Gedanken zu ordnen."

„In Ordnung. Wir werden morgen früh unsere Suche von hier aus fortsetzen. Wir hätten uns sowieso in der Nähe eine Übernachtungsmöglichkeit suchen müssen", meinte Hugh schließlich und lächelte.

„Ich werde versuchen, Rodney und Joe zu erreichen. Vielleicht gibt es Neuigkeiten."

„Das wäre gut", antwortete Blue.

Hugh klopfte ihm kurz auf die Schulter und ging.

Blue trat zu Mitch heran.

„Findest du den Weg zurück?"

Mitch nickte nur kurz.

„Gehen wir erst einmal zum Wagen, damit sie keinen Verdacht schöpfen."

Blue und Mitch schlenderten langsam zu Hughs Commander und warteten dort. Lange dauerte es nicht, bis er zurückkam und berichtete.

„Rodney und Joe hatten nicht ganz so viel Erfolg wie wir. Sie sind die äußersten Winkel abgeflogen, da, wo sich Fuchs und Hase gute Nacht sagen", lachte Hugh leise. „Vor zwei Stunden etwa haben sie in Wyoming sechs Pferde gefunden, die am Flussufer rasteten und soffen. Rodney hat Joe an der Rangerstation abgesetzt, wo er sich ein Pferd geliehen hat, um sie zu holen."

„Na, das ist doch was", meinte Blue. „Vielleicht kann er sie mit zu Ben stellen."

Hugh lachte ausgelassen und schnappte nach Luft. „Hast du eine Ahnung, wie viele Meilen das von Ben entfernt ist?"

„Nein", gab Blue zu.

„Sechs bis siebenhundert. Da könnte er sie gleich nach Hause bringen. In zehn Tagen könnte er es schaffen." Hugh lachte wieder, bevor er fortfuhr: „Er wird sie an der Rangerstation stehen lassen. Rodney holt ihn dort wieder ab. Mr Jones ist einverstanden, dass wir über Nacht bleiben. Er hat uns zum Essen eingeladen und es riecht verdammt gut."

Hugh hatte recht. Am Abend gab es mexikanische Bohnenpfanne mit Rindfleisch und Speck. Der Duft zog ihnen entgegen, als sie zu den anderen gingen. Blue, Mitch und Hugh setzten sich zu den fremden Leuten, bedankten sich für die Einladung und aßen sich satt. Jones hatte genug Holz auf einem Hänger, damit das Feuer nicht ausging. Nach dem Essen tranken einige der Touristen mit ihm Whiskey. Sie boten auch ihrem Gast, Hugh, einen an, der den ersten und zweiten nicht ablehnte. Dann trank der alte Mann nichts mehr. Jones packte die Gitarre aus und begann sie zu stimmen. Blue und Mitch beobachteten alles aufmerksam und hörten zu, hielten sich aber schweigend zurück. Die Menschen am Lagerfeuer waren fröhlich und ausgelassen und sangen Lieder.

Als die Dämmerung die Nacht ankündigte, verabschiedeten sich Blue, Mitch und Hugh mit einem Nicken und zogen sich unauffällig zurück. Während es sich der alte Hugh vorn im Wagen bequem machte, rollten sich die beiden Jungen auf der Ladefläche des Jeeps in ihre Decken. Geduldig, mit pochenden Herzen, warteten sie darauf, dass der alte Mann endlich einschlief. Erst als Blue ihn ansprach: „Schläfst du schon, Hugh?", und dieser nicht mehr antwortete, nickten sie sich zu. Hugh Clay atmete leise und gleichmäßig im Tiefschlaf. Vorsichtig öffnete Blue die Heckklappe. Dann hielt er inne und warf einen Blick zu Hugh. Der regte sich kurz im Schlaf. Die Jungen stiegen aus. Mitch nahm sich Hughs Halfter, Stricke und Putzlappensammlung aus dem Jeep und drückten vorsichtig die Heckklappe zu.

„Du bekommst sie zurück, alter Freund. Wir stehlen nichts", flüsterte Blue.

„Okay. Gehen wir", sagte Mitch und ging langsam voran. Am Gatter zum Corral pfiff er ganz leise vor sich hin, bis die Stone Horse Pferde kamen, sich von ihm die Halfter auflegen ließen. Blue schickte seinen Blick immer wieder zu den singenden Menschen am Feuer. Ein Pferd nach dem anderen ließ Mitch hinaus zu Blue und kam dann selbst mit seiner Stute. Langsam, Schritt für Schritt, führten sie sie um den Corral herum, auf die den Menschen abgewandte Seite. Blue hielt alle vier Führstricke in einer Hand, während Mitch auf allen vieren um ihre Hufe kroch. Blue erschien diese Zeit endlos. Die Pferde blieben ruhig, als wüssten sie, worauf es ankam. Selbst die im Corral ließen sich durch nichts stören. Es gab nichts Ungewöhnliches, was ihr Misstrauen hätte erwecken können. Endlich erhob sich Mitch und nickte auffordernd. „Auf geht's. Aber nur im Schritt!", mahnte er.

Blue nickte. „Okay. Verstanden."

Er griff Großvaters Stute in die Mähne und schwang sich auf ihren Rücken. Er kannte nicht viele Lakotaworte, aber das leise, beruhigende „Washte yelo", schien sie gut zu verstehen. Blue hielt den Wallach am Führstrick und ließ Sunshine Red antreten. Die mit den Putzlappen umwickelten Hufe berührten lautlos den Boden. Wie Geister in der Nacht, entfernten sich die Lakota mit ihren Pferden, immer weiter von dem Lager der singenden Menschen. Das Dunkel der Nacht legte sich schützend um ihre Silhouetten.

Kapitel 8
Der Weg zurück

Den alten Hugh Clay konnte nichts aus der Ruhe bringen, kein Erdbeben, kein Wirbelsturm. Doch als er an diesem Morgen, kurz nach Sonnenaufgang, aus dem Schlaf schreckte, glaubte er an einen bösen Traum. In seinem Kopf hämmerte es gnadenlos, als Jones seine Autotür aufriss und ihn wütend anschrie.

„Wo sind die verfluchten Bengel mit meinen Pferden hin?"

Hugh schnappte nach Luft und sah sich um, als müsste er erst realisieren, wo er war.

„Wohin verflucht!?"

„Ich weiß nicht. Was ist passiert?", fragte Hugh irritiert.

„Die zwei Indianerbengel sind mit vier meiner Pferde durchgebrannt. Verfluchtes Diebesgesindel. Ich habe einen guten Preis für gute Ware bezahlt. Jetzt ist mein Geld weg, die Gäule und der Trail ist futsch. Ist das eine Art Dank für meine Gastfreundschaft?"

Hugh zog die Augenbrauen zusammen und schwieg.

„Ich rufe die Polizei. Das ist Diebstahl. Weit können sie noch nicht gekommen sein."

Hugh glaubte, dass der Boden unter seinen Füßen schwankte, als er aus dem Jeep kroch und mit Jones zum Corral ging. Ein seltsames Gefühl aus Angst und Enttäuschung machte sich in seinem Herzen breit und drückte wie ein schwerer Stein darauf. Er suchte nach Spuren und entdeckte einige seltsame Hufabdrücke.

„Sie sind in diese Richtung gegangen. Mr Jones. Ich werde ihnen folgen. Mit dem Geländewagen habe ich eine Chance."

„Nichts da! Auch noch verschwinden, auf Nimmerwiedersehen. Das könnte Ihnen so passen. Sie bleiben hier!"

„Mr Jones! Es sind Kinder. Beruhigen Sie sich. Sie werden ihre Pferde zurückbekommen", versuchte Hugh den wütenden Mann davon abzuhalten, ihnen die Polizei auf den Hals zu hetzen. Es musste allerdings wenig überzeugend geklungen haben, denn der ließ sich keineswegs dadurch beeindrucken. Hugh selbst glaubte kaum an das, was er gesagt hatte und zischte zu sich selbst: „Verfluchte Burschen. Seid dem alten Hugh Clay einfach entwischt."

Mrs Jones versuchte ihre Gäste zu beruhigen, während ihr Mann bereits mit der Polizei telefonierte. Hugh ging zum Jeep, ließ sich auf den Sitz gleiten und griff ebenfalls zum Telefon. Rodney war sofort hellwach.

„Hugh, was ist passiert?"

„Die Bengel sind mir abgehauen, letzte Nacht. Sie haben vier ihrer Pferde gestohlen."

„Gestohlen?"

„Ja. Sie gehören rechtmäßig einem Mann namens Jones, der eine Gastranch betreibt. Er wollte heute Morgen mit seinem Trail aufbrechen. Die vier Pferde fehlen ihm und er ist am Explodieren. Er hat die Polizei gerufen."

„Shit!", hörte er Rodneys Stimme am anderen Ende.

„Ist dein Freund bei dir?"

„Nein. Ich fliege sofort los und hole Joe. Vielleicht kannst du mit dem Sheriff reden, Hugh."

„Kann ich. Aber es wird die Dinge nicht ändern."

„Ja. Also bis später", verabschiedete sich Rodney.

Hugh steckte das Telefon ein und atmete tief durch. Er blieb hinter dem Lenkrad sitzen, starrte auf einen Punkt am Amaturenbrett. Als er irgendwann seinen Blick wieder hob, fiel der auf einen Polizeiwagen, der vor ihm stoppte. Langsam stieg Hugh aus und ging zu ihm.

„Guten Morgen, Sheriff."

„Guten Morgen, Sir. Haben Sie angerufen?"

„Nein. Ich! Jones, guten Morgen", schnaufte der heraneilende Mann.

„Ihnen hat man Pferde gestohlen?"

„Ja, vier. Diese verdammten Indianerbengel!"

Jones berichtete ausführlich, was wann geschehen war. Hugh hörte schweigend zu. Dann wandte sich der Sheriff an ihn.

„Die beiden Jungen gehören zu Ihnen?"

„Ja", antwortete Hugh. „Mein Name ist Hugh Clay."

„Können Sie bestätigen, was Mr Jones sagte?"

Hugh nickte niedergeschlagen. „Ja. So ist es gewesen."

„Und Sie, Mr Clay haben nichts mitbekommen?"

„Nein. Tut mir leid. Ich hätte sie bestimmt zurückgehalten."

Der Sheriff nickte.

„Haben Sie eine Ahnung, wohin sie wollen?"

Hugh überlegte. Er wollte Zeit schinden und wies ostwärts.

„Die Spuren führen in diese Richtung."

„Hm", meinte der Sheriff nachdenklich. Er schien unzufrieden.

„Okay. Ich sehe mir das mal genauer an." Suchend folgte er den Spuren am Boden. „Es waren Indianer? Reservatsindianer?"

„Ja", bestätigte Hugh. „Die Pferde sind ihnen vor zwei Tagen entlaufen."

Der Sheriff lachte, als er wiederholte: „Entlaufen."

„Es sind zwei Kinder, Sheriff. Sie verstehen das anders. Sie hängen an diesen Tieren. Wir haben Mr Jones bereits gestern Abend angeboten, sich für den Preis vier andere zu holen."

„So?" Der Sheriff verzog das Gesicht. „Also doch geplant, Mr Clay."

„Nein!", entgegnete Hugh entrüstet.

Jones schnaufte wütend und wollte dem alten Mann ins Wort fallen, riss sich aber in Gegenwart des Sheriffs zusammen.

„Wir hatten die Hoffnung nicht aufgegeben,", fuhr Hugh fort, „sie nach dem Trail zu bekommen, zu kaufen. Mr Jones hätte sich dann in aller Ruhe für sein Geld vier andere, gute Pferde aussuchen können. Ich bin selbst Pferdehändler, weiter südlich, in der Nähe von Chimney Rock. Ich bin Geschäftsmann, Sir, kein Dieb."

„Ist das so?", fragte der Sheriff zu Jones gewandt.

„Ja, aber die Pferde sind mein Eigentum und ich war nicht daran interessiert, sie wieder zu verkaufen."

„Okay", sagte der Sheriff und schob seinen Hut ein Stück in den Nacken. „Die Kavallerie wird sie schnell abfangen. Irgendwann müssen sie auch rasten. Sie werden Ihr Eigentum bald zurückbekommen, Mr Jones."

Jones nickte murrend, denn er musste die Verzögerung in Kauf nehmen.

„Sie werden für den Ausfall des Trails heute zahlen, Clay." Dann wandte er sich zum Gehen.

Hugh sah dem Mann schweigend nach.

„Umwickelte Hufe", meinte der Sheriff zu Hugh und schüttelte lachend den Kopf.

„Komme mir vor, wie mein eigener Urgroßvater. Pine Ridge oder Rosebud?"

„Pine Ridge", antwortete Hugh.

Der Sheriff ging zu seinem Wagen, öffnete die Tür und griff zu seinem Funkgerät. Hugh konnte die Fahndung nach den Jungen mit den Pferden nicht mehr verhindern, nicht aufhalten. Er konnte nur noch warten. Unruhig lief er umher und hoffte, dass Rodney bald mit Joe hier sein würde.

Zur gleichen Zeit kämpften sich zwei müde Gestalten auf Pferden sitzend, die jeweils ein weiteres mit sich führten, mit letzter Kraft einem bewachsenen Bachufer zu. Unter dem Schutz der Bäume und Sträucher ließen sie sich von den Pferden gleiten und führten sie zum Wasser. Auch die Pferde schienen müde zu sein. Ruhig soffen sie. Blue sah sich fröstelnd um. Die Flucht durch die Nacht forderte ihren Tribut.

„Eine gute Stelle zum Rasten. Wir werden zwischen den Sträuchern unter den Bäumen Schutz finden", sagte Mitch. „Dann müssen wir wieder meilenweit schutzlos über die Prärie."

„Ohne, dass uns jemand sieht, der dumme Fragen stellen könnte", grinste Blue. „Ich habe Hunger."

„Grab dir ein paar Wurzeln aus."

Blue starrte Mitch fragend an.

„Ich meine es ernst", bestätigte Mitch seine Worte.

Blue fragte nicht. Als die Pferde gesoffen hatten, banden sie sie an den Bäumen an. Dort knabberten sie an den Zweigen und Blättern. Mitch grub tatsächlich mit seinem Messer nach Wurzeln und schnitt sie heraus. Dann spülte er sie im Wasser ab und gab Blue etwas davon. Mitch selbst kaute darauf herum. Blue tat es ihm gleich.

„Schmeckt nicht besonders und füllt den Magen nicht wirklich, aber es vertreibt den Hunger", bemerkte Mitch.

Noch immer sah ihn Blue skeptisch an. Mitch lächelte, nahm einen Stock und suchte den Boden gründlich ab, bevor er sich niederließ. Blue setzte sich zu ihm und aß, das erste Mal in seinem Leben, Wurzeln. Die Müdigkeit übermannte ihn, noch während er kaute.

Die Sonne stand schräg über den Bäumen, als Blue erwachte. Ihm war warm. Im Mund waren die Wurzelfasern gequollen und er spuckte sie angewidert aus. Eklig, dachte er, aber das Hungergefühl war tatsächlich verschwunden. Mitch lag wach neben ihm. Er hatte die Arme hinter dem Kopf verschränkt und beobachtete die Pferde, die vor sich hin dösten. Das leise Plätschern des Wassers war das einzige Geräusch in der Stille. Sanft wiegte ein Luftzug die Blätter über ihnen.

„Ausgeschlafen?", fragte Mitch, ohne den Kopf zu wenden.

„Ja."

„Dann gehen wir weiter."

„Wie weit ist es noch?"

„Verdammt weit", antwortete Mitch.

„Blödmann! Das weiß ich selber."

„Weshalb fragst du dann?"

Blue verdrehte die Augen und stand auf. Mitch lachte. Blue ging zum Bachlauf und wusch sich den Schlaf aus seinem Gesicht. Mit dem Shirt trocknete er sich ab. Mitch kam zu ihm und tat das ebenfalls. Dann banden sie die Pferde los und schwangen sich, fast gleichzeitig, darauf. Die Reiter verließen mit ihren Pferden den einsamen Rastplatz. Vor ihnen breitete sich das schier endlose, hügelige Grasland aus, das Land, in dem der Himmel die Erde berührte. Meilenweit trabten oder galoppierten sie in nördlicher Richtung ihrem Ziel entgegen. Der sanfte Wind begleitete sie, genau wie die Hoffnung. Diese Hoffnung, dass alles gut gehen würde, nährte ihre Entschlossenheit, nicht aufzugeben. Im Galopp nahmen sie mit Leichtigkeit die Anhöhe vor sich. Als sie den Hügelkamm erreicht hatten, stoppten beide gleichzeitig. Die Ebene direkt vor ihnen wurde von einer breiten, asphaltierten Straße durchschnitten. In der Ferne sahen sie die Häuser einer kleinen Stadt.

„Wir haben keine Wahl. Wir müssen rüber", sagte Mitch.

„Über den Highway, ja."

„Wir gehen im Schritt, damit die Pferde verschnaufen können.

Außerdem erregt es weniger Aufmerksamkeit. Nur wenn es unumgänglich ist, müssen wir schnell sein."

„Okay, großer Häuptling", antwortete Blue.

Mitch schüttelte den Kopf. „Intancan. Das ist Lakota und heißt Anführer."

„Und was bin ich?"

„Nachahmer, Großstadtindianer", grinste Mitch.

„In Chicago habe ich mich gut ausgekannt, verdammt gut, so, wie kein Zweiter. Ich wette, du würdest dich dort gnadenlos verirren."

Mitch lachte. „Mit Sicherheit! Dort müsstest du mich führen."

„Vielleicht tue ich das mal, irgendwann", meinte Blue und ließ die Fuchsstute antreten. Nach etwa zehn Minuten erreichten sie den Highway. Die drei Wagen, die vorbeifuhren, nahmen keine Notiz von den Reisenden. Dann überquerten sie die breite Fahrbahn, bis die Pferde ihre Hufe auf der anderen Seite wieder auf den staubigen Grasboden setzten. Ein weiterer Wagen näherte sich, außergewöhnlich schnell, sodass sich Mitch reflexartig zu ihm wandte.

„Verdammt", zischte er.

Nun drehte sich auch Blue zu dem Wagen um. Im selben Augenblick blitzten die blau-roten Lichter der Highway Patrol auf und das Signal drang deutlich an ihre Ohren. Gleichzeitig brachten sie ihre Pferde in den Galopp und flüchteten. Die Highwaypatrol stoppte. Jemand brüllte durch ein Megaphon: „Halt! Stehen bleiben!"

Weder Blue noch Mitch dachten daran, das zu tun.

„Stopp oder wir schießen!", hörte Blue die Warnung.

Kaum zwei Sekunden später krachte ein Schuss. Die Pferde beschleunigten ihr Tempo und schienen im Galopp zu fliegen. Aus weiter Ferne vernahm Blue das Krachen eines zweiten Schusses. Dann hörte er nur noch die dumpfen Hufschläge, das Schnaufen der Pferde und den Wind, der um seine Ohren strich. Erst als die Pferde ihr Tempo verlangsamten, wagte er, sich umzusehen. Die Straße und der Polizeiwagen waren seinem Blick entschwunden. Die Pferde flohen weiter, immer weiter. Ihre Reiter ließen sie gewähren. Die Nüstern blähten sich, während die Tiere nach Luft rangen. Noch witterten sie Gefahr. Die Angst ließ ihre Flanken beben. Irgendwann, irgendwo entschieden sie sich zu traben und schließlich in Schritt zu fallen. Ihr hastiger, schwerer Atem schien sich langsam zu beruhigen. Blue und Mitch strichen über die schweißnassen Hälse der Tiere und redeten leise Worte. Sie selbst zitterten.

„Sie suchen uns", stellte Mitch fest.

„Hast du etwas anderes erwartet?"

Mitch antwortete nicht. Er sah Blue auch nicht an.

„Hey! Die haben tatsächlich auf uns geschossen", fuhr Blue fort.

„Warnschüsse", stellte Mitch klar.

„Aber sie hätten uns treffen können!"

„Möglicherweise."

Blue kniff die Augen zu kleinen Schlitzen und presste die Lippen aufeinander, während er auf seinen Freund starrte. Er dachte einen Augenblick an seinen Traum, in dem er, Seite an Seite, mit dem langhaarigen Mitch Running Elk auf Pferdejagd war. Nun waren sie die Gejagten. Der Gedanke, dass die Polizisten geschossen hatten, beschäftigte Blue noch lange. Das war kein Traum. Das war einfach unmöglich. Der Schreck saß ihm noch tief in den Gliedern, sodass er noch immer am ganzen Leib zitterte.

„Ich hatte Angst", sagte er leise, wie zu sich selbst.

„Ich auch", antwortete Mitch ebenso leise, ohne sich umzuwenden.

Die nächste Stunde ritten sie nur im Schritt. Mitch führte Blue und die Pferde durch geschützte Prärietäler. Die Sonne brannte auf der Haut, obwohl der Wind stetig blies. Das grelle Licht blendete die Augen. Der Durst begann sie zu quälen. Weit und breit gab es kein Wasser. Die Flüchtenden mieden jedes Haus, jeden Parkplatz und jede Straße. Das war zeitraubend und an irgendeinem Punkt würden sie wieder eine Straße überqueren müssen. Ihre Augen und ihre Ohren waren genauso wachsam, wie die ihrer Pferde. Die wurden zunehmend unruhiger. Wenig später vernahmen auch Blue und Mitch das Geräusch eines sich nahenden Helikopters.

„Das war's wohl", schrie Mitch und konnte seine flüchtende Stute nicht mehr halten. Die Fuchsschecke rannte neben ihr. Auch Blue ließ Großvaters Fuchsstute mit dem Wallach rennen. Kopf an Kopf schienen sie sich gegenseitig überholen zu wollen. Blues Angst ließ sein Herz trommeln und seine Glieder erneut zittern. Der Schweiß trat ihm aus allen Poren, klebte seine langen Ponysträhnen über sein Gesicht und rann am Hals hinab. Nein, dachte er dennoch entschlossen. Ich gebe nicht auf und ich lasse nicht zu, dass sie auf die Pferde schießen. Dann sollen sie mich eben erschießen.

Unaufhaltsam näherte sich der Helikopter. Auf dem offenen Grasland hatten sie keine Chance, sich irgendwo vor ihm zu verstecken oder ihm zu entkommen. Den flüchtenden Mustangs gleich, flohen die vier Pferde im Jagdgalopp über den Boden. Der Helikopter hatte sie unweigerlich eingeholt. Er flog sehr tief und holte seitlich neben den Flüchtlingen auf. Dort hielt er seine Position. Nun wagte Blue einen kurzen Blick zu ihm. Es schien kein Polizeihelikopter zu sein. Er wandte den Blick noch einmal aufmerksamer zur Seite. Nein, keine Polizei. Blue erkannte deutlich die Farben und das Logo der Eagle Wings.

Joe! Rodney, schoss es ihm durch den Kopf.

Blue versuchte, die Pferde zu zügeln, was ihm nicht gelang.

„Mitch!", schrie er, so laut er konnte. „Mitch!"

Der drehte seitlich vom Helikopter ab und änderte die Fluchtrichtung. Die Pferde waren nicht gewillt, ihren Reitern zu gehorchen. Der Helikopter überholte und flog auf Sichtweite voraus. Er kreiste einmal weit vor ihnen und ging dann herunter. Die Pferde schienen sich nun doch zu beruhigen und wurden langsamer. Etwa zweihundert Fuß vor dem Helikopter blieben sie stehen. Ein Mann war bereits ausgestiegen und lief ihnen entgegen. Es war Rodney.

„Hey, Jungs! Alles in Ordnung mit euch?"

„Ja", antwortete Blue.

Mitch nickte.

„Sind das eure Pferde?"

„Ja, das sind sie", bestätigte Mitch.

„Steigt ab. Ich habe euch etwas Wichtiges zu sagen."

Blue und Mitch gehorchten. Rodney betrachtete sie und die Pferde eindringlich. Dann strich er der Fuchsstute über den schweißnassen Hals.

„Ihr seid mutig. Vor langer Zeit hätte man mit Achtung von eurem Streich an den Feuern erzählt", meinte Rodney. Dann wandte er seinen sorgenvollen Blick zu den beiden.

„Hört mir gut zu. Ihr müsst die Pferde sofort zurückbringen, auch wenn es eure sind. Rechtmäßig gehören sie dem weißen Rancher Jones."

„So sieht also deine Hilfe aus!", schrie Blue wütend.

„Die Polizei ist euch auf den Fersen. Sie werden euch bald haben. Dann wird alles noch viel schlimmer für euch, die Pferde und für Joe."

„Niemals gehe ich jetzt zurück!", fauchte Blue.

Mitch schwieg und starrte auf den Boden.

Rodney schüttelte den Kopf.

„Manchmal entscheidet nicht der Mut und der Kampfeswille über Sieg oder Niederlage, Blue, sondern die Weisheit."

Mitch nickte. „Rodney hat recht."

„Verdammt!", fluchte Blue so leise, dass er es selbst kaum hörte.

„Sie haben Joe vorläufig festgenommen."

Blue stockte das Blut in den Adern. Heiß und kalt lief ein Schauer, winzigen Nadelstichen gleich, den Rücken hinauf bis zum Kopf, als er blitzartig den Blick direkt auf Rodney richtete.

„Shit! Er hat nichts damit zu tun!", entgegnete Blue unwirsch.

Rodney aber nickte.

„Er ist verantwortlich für alles, was hier geschieht."

„Wir wollten ihn da raushalten, deshalb haben wir es ohne sein Wissen getan. Er kann nichts dafür", sagte Blue.

Mitch verharrte noch immer in seiner Reglosigkeit.

„Kehrt um. Gebt dem Mann die Pferde", sprach Rodney ruhig.

„Weißt du, was du verlangst?"

„Ich weiß es, Blue. Joe ist mein Freund. Vielleicht kommt er mit einem blauen Auge davon."

„Sage ihnen, dass wir umkehren", entschied Mitch.

Rodney nickte und verabschiedete sich. Per Funk gab er sofort durch, dass die Pferde noch heute Abend ihrem rechtmäßigen Besitzer übergeben werden würden.

Blue und Mitch sahen den Helikopter starten und in Richtung Süden abdrehen. Wortlos saßen sie auf, wendeten die Pferde und gingen mit ihnen den Weg zurück, den sie gekommen waren.

„Die Lakota hatten bestimmt mutige Krieger, die vor nichts zurückschreckten, so denke ich. Noch nie zuvor habe ich so empfunden, wie jetzt. Nie wollte ich ein Lakota sein. Aber jetzt bin ich es. Weißt du, was ich gerade jetzt tun möchte, was ich gerade jetzt empfinde, Mitch Running Elk?"

„Das, was auch ich tun möchte und das, was auch ich empfinde. Aber wir werden etwas anderes tun müssen, Blue Stone Horse. So war es oft genug."

„Ich weiß, was es heißt zu kämpfen, Mitch. In den Straßenschluchten der großen Stadt habe ich es gelernt und niemand konnte mich aufhalten. Nicht mal die Bullen. Dort gelten andere Regeln und du allein musst entscheiden, ob du überleben willst."

„Was ein Weißer entscheidet und tut, ist nicht das, was ein Lakota entscheidet zu tun, Blue. Auch bei uns gelten Regeln, wenn du überleben willst. Das weiß auch Joe."

Blue schwieg und schien zu überlegen.

Nach einer Weile fuhr Mitch fort: „Manchmal ist es klüger nachzugeben, anstatt in's offene Messer zu rennen."

„Im Augenblick ist mir alles scheißegal. Ich will nicht aufgeben. Lieber würde ich in's Messer rennen. Aber ich werde stark sein, für Joe."

„Verwechsle niemals nachgeben mit aufgeben. Das sind verschiedene Dinge. Joe ist ein Kämpfer. Er hat nie aufgegeben. Aber er musste lernen nachzugeben, wenn es sein musste. Als er aus dem Gefängnis nach Hause kam, hat er gelacht, als er sagte: Nun haben sie einen vernünftigen Indianer aus mir gemacht. Er hatte nie etwas Unrechtes getan."

Blue hüllte sich weiter in Schweigen und überlegte lange, bevor er schließlich fragte: „Was ist ein vernünftiger Indianer?"

„Einer der die Klappe hält und die Füße still hält", lachte Mitch bitter.

Blue verzog das Gesicht.

„Das passt nicht zu Joe", meinte er.

„Joe bekommt Sozialgeld für sich und Shania. Letzten Winter konnte er davon nicht mal das Gas für seine Heizung bezahlen. Zu essen bekam er von der Verwandtschaft etwas und half dafür, wo er nur konnte. Als er ins Gefängnis musste, hat er seinen Job verloren und seitdem hat er keinen mehr."

Blue hörte Mitch aufmerksam zu und nickte langsam.

Mitch redete weiter: „Er betet jeden Tag für sie und für die Pferde, damit ihm ja nicht eines krank wird. Tierärzte kosten Dollars. Die Pferde sind sein Leben."

Sanft strich Blue der Fuchsstute am Hals entlang und sagte: „Wir müssen vernünftig sein, Sunshine Red, sonst haben wir gar keine Chance. Aber Tunkashila weiß, dass das der Weg nach Hause ist."

Auf Mitchs Gesicht erschien ein breites Grinsen, als er zu Blue sah und sagte: „Aus dir könnte vielleicht doch noch ein ganzer Lakota werden."

„Dann wird es im Herbst verdammt langweilig in den Pausen", meinte Blue.

Mitch lachte laut und trieb seine Stute in einen leichten Galopp. Blue folgte ihm. Vor ihnen breitete sich die Ebene aus, durch die die asphaltierte Straße führte. Ein riesiger Truck rollte vorbei, bevor sie den Highway überquerten. Dann galoppierten sie die Anhöhe auf der anderen Seite hinauf und verschwanden hinter dem Hügelkamm. Sekunden später hatten sich die kleinen Staubwölkchen am Boden gelegt. Wie ein gemaltes Kinderbild teilte sich die Landschaft, das Grün der Erde unten, geradlinig, parallel dazu das helle Blau des Himmels mit einigen willkürlich verteilten weißen Tupfen, den Wolken. Stille und Reglosigkeit begleiteten dieses Bild und hielten es eine Zeit lang gefangen.

Es war Abend geworden, als sich die zwei Reiter dem Ziel näherten. Kühler Wind war aufgekommen und wiegte die Gräser. Wolkenfetzen zogen ostwärts und verdeckten hin und wieder die Sonne. Langsam, als wollten sie ihre Ankunft hinauszögern, ritten Blue und Mitch nebeneinander, jeder ein Pferd am Strick mit sich führend. In weiter Ferne tauchte, wie ein Punkt in der Landschaft, ihr Ziel auf. Ein Ziel, das nicht ihr Ziel war. Wenig später erkannten sie den Trailer, die Wohnwagen, die Autos und den Corral mit den Pferden darin. Alles war so, wie sie es gestern Nacht verlassen hatten. Mit versteinerten Mienen und gemischten Gefühlen im Bauch, gingen sie ohne zu zögern weiter voran. Blue erkannte ganz deutlich den Polizeiwagen, der vor Hughs Jeep stand. Seine Gedanken kreisten wirr um Joe, um Großvater Wayton und sogar um Frank. Ob der sein Versprechen jemals halten würde? Ob Großvater seinem Enkel jemals verzeihen konnte, dass er, Blue Stone Horse, seinen Sohn, Joe Stone Horse, durch sein Handeln in's Gefängnis gebracht hatte? Je mehr Blue nachdachte, umso mehr kam er zu der Erkenntnis, dass das Recht der Gesetze nichts mit Gerechtigkeit zu tun hatte. Eine harte Lektion, die er hatte lernen müssen, die sich tief in sein Herz bohrte und schmerzte. Aufrecht und stolz saß er auf Sunshine Red und verbarg seine Gedanken vor den Männern, die ihm entgegentraten. Ein paar Schritte weiter stoppte Blue die Pferde, genau wie Mitch.

„Na? Ausflug beendet?", fragte Jones spitz und schniefte.

Niemand antwortete. Reglos blieben die Burschen auf den Pferden sitzen.

„Wie habt ihr Strolche es angestellt, dass euch die Polizei jetzt erst erwischt hat?", fragte Jones.

Hugh und der Sheriff standen neben ihm und schwiegen. Blue verzog die Mundwinkel.

„Niemand hat uns erwischt. Wir sind Uramerikaner, Lakota!"

„Pferdediebe!", stellte Jones klar.

Der Sheriff grinste kaum merklich.

„Die Pferde gehören uns und das werden sie immer, so lange sie leben."

„So, so, Bürschchen. Du riskierst einen Ausflug in die Zelle mit deinem vorlauten Mundwerk."

Jetzt mischte sich Hugh ein. „Sie haben Ihnen Ihr Eigentum eigenhändig zurückgebracht, Sir. Vielleicht können Sie sich dazu überwinden, von einer Strafanzeige abzusehen. Solch junge Burschen handeln noch manchmal unüberlegt. Ich bin mir sicher, dass sie eingesehen haben, dass es nicht Recht war, was sie getan haben."

Sowohl Hughs als auch der Blick des Sheriffs blieben erwartungsvoll auf Jones gerichtet.

„Früher hat man Pferdediebe bei uns gehängt", war seine Antwort.

„Wo leben Sie denn? Die Zeiten sind längst vorbei. Hier gibt es Recht und Gesetz", entgegnete Blue prompt.

„Hüte deine Zunge, Bürschchen. Du hast wohl noch nie ein Polizeirevier von innen gesehen?"

„Schon, aber nicht lange. Mein Vater ist Anwalt in Chicago."

Mitch hatte sich die ganze Zeit über in Schweigen gehüllt und beobachtete alles mit bedecktem Blick.

„Ich hoffe, du hast seine Telefonnummer", sagte nun der Sheriff. „Denn falls Mr Jones seine Anzeige nicht zurückzieht, werdet ihr ihn brauchen."

„Und nun runter von meinen Pferden. Die sind ja total fertig", sagte Jones und strich der Fuchsstute am nassen Hals entlang.

Blue und Mitch sprangen ab und traten zur Seite. Jones führte die vier Pferde zum Corral. Während der Sheriff zu seinem Wagen ging, trat Hugh zu den beiden Burschen.

„Das erinnert mich irgendwie an meine Jugend, Jungs", lachte er leise.

„Lassen sie Joe jetzt frei?", fragte Blue und stemmte die Hände in die Hüften.

„Ich hoffe, dass Jones die Anzeige zurückzieht. Dann kann es sein. Wenn er stur bleibt, könnte es schwierig werden."

Blue schnaufte.

Der Sheriff kam noch einmal auf sie zu und fragte Hugh: „Übernehmen Sie die Verantwortung für die beiden, Mr Clay? Ich möchte sie nicht allein herumirren sehen, sonst bin ich gezwungen, sie mitzunehmen."

„Ja, Sir. Sie sind mit mir gekommen. Ich kümmere mich um sie."

„Gut", nickte der Sheriff. „Sie können gehen."

Blue hob an, etwas zu sagen, schluckte aber seine Frage unausgesprochen hinunter. Er schloss den Mund und presste die Lippen fest aufeinander. Dann folgte er Hugh und Mitch zum Jeep. Die

Wut war verflogen. Blue fühlte sich leer und ohnmächtig. Ihm war zum Heulen zumute, aber nicht einmal dazu war er fähig. Wie ferngesteuert stieg er in den Jeep ein. Von weiter Ferne hörte er Hugh fragen: „Setzen wir unsere Suche fort?"
„Ohitika müssen wir noch suchen. Joes Pferd", hörte sich Blue selbst sprechen, als hätte ein anderer geantwortet.
Hugh startete und fuhr los.

Auf ihrer Suche übernachteten sie in der Fremde, trafen viele fremde Menschen und fremde Pferde. Ohitika fanden sie nirgendwo, auch kein anderes der Steinpferde. Von Tag zu Tag schwand die Chance auf Erfolg, von Stunde zu Stunde die Hoffnung. Nach weiteren zwei Tagen brachen sie die Suche ab. Am Morgen des dritten Tages passierten sie die Grenze zu South Dakota.

Mitch hatte Hugh den Weg nach Hause beschrieben. Der gutmütige alte Hugh Clay hatte sein Wort gegeben, sich um die Jungen zu kümmern und das tat er. Er wusste, dass er sich immer auf seine beiden indianischen Horsemen verlassen konnte, die in seiner Abwesenheit seine Pferde gut versorgten. Hugh war überzeugt, dass es keine besseren Männer für diesen Job auf seiner Ranch gab. Gerade bei diesem Gedanken warf er einen Blick auf seine zwei indianischen Schützlinge und musste grinsen. Der Weg, abseits der Interstate 18, verlief sich auf einer unbefestigten Staubpiste im Nirgendwo. Hier und da tauchten unter Baumgruppen kleine Häuser, manchmal auch Trailer, auf. Nur festgefahrene Reifenspuren, Trampelpfade, die einen Weg andeuteten, führten zu ihnen. Mehrere Wagen parkten hier, wahrscheinlich mehr, als es Einwohner geben mochte. Unter einem der Bäume stand eine alte Polsterliege. Die Farbe war von der Sonne verblasst. Eine Gruppe Kinder jagte umher und ein Ball rollte über den Weg. Hugh bremste und winkte ihnen lächelnd zu. Ein paar winkten zurück. Hugh fuhr langsam weiter. Er überholte zwei Frauen, die am Wegesrand liefen. Ein vollbeladener Pickup kam seinem Commander entgegen. Lange Stangen kreuzten sich über dem Wagendach. Hugh wich zur Seite aus und überließ dem Pickup den festgefahrenen Weg. Drei runde Gesichter lächelten ihm entgegen. Der Fahrer grüßte zum Dank. Hugh nickte freundlich und hob ebenfalls die Hand zum Gruß. Dann gab er Gas. Ein Blick in den Rückspiegel zeigte ihm Staub und das Dörfchen verschwand aus seinem Blickfeld. Irgendwann stoppte Hugh seinen Jeep schließlich, zwischen einem Trailer und einem Erdhaus.

„Tja, ich wünschte, ich hätte mehr für euch tun können", bedauerte er, als er den Motor abgestellt hatte.

„Danke", sagte Mitch.

„Danke. Das war mehr als genug, Hugh", sagte Blue.

Er hatte Großvater Wayton schon erspäht, der auf den fremden Commander zukam, Großmutter Carol und Bonnie. In seinen Anflug von Wiedersehensfreude mischte sich ein schlechtes Gewissen. Gemeinsam stiegen Mitch und Blue aus und begrüßten die Großeltern. Auch Huhg stieg aus und stellte sich vor. Blue bemerkte Bonnies scheuen Blick zu Mitch Running Elk und lächelte. Dann schloss er sie in die Arme.

„Ach, Bonnie", sagte er leise. „Wie geht es dir?"

„Mir geht es gut, großer Bruder. Mach dir keine Sorgen um mich."

Blue löste sich von dem Mädchen und sah ihr traurig in die Augen.

„Ich habe mein Versprechen nicht halten können."

„Du kannst nichts dafür. Du weißt das", entgegnete sie leise.

Hugh folgte Waytons und Carols Einladung und ging mit ihnen in das Erdhaus. Blue sah an Bonnie vorbei. Sein Blick fiel auf den Hügel unweit vom Haus. Fragen? Antworten? Blue war einfach nur verwirrt. Er wusste nicht genau, wonach er dort suchen sollte. Vielleicht Schutz, vielleicht Trost. Bonnie folgte seinem Blick.

„Willst du allein sein?", fragte sie leise.

Blue nickte langsam. Dann ging er an ihr vorbei, den Hügel hinauf, als ob ihn eine unsichtbare Kraft genau dorthin trieb. Er hockte sich an die Stelle, an der er oft gesessen hatte, seitdem er Chicago verlassen hatte. Niedergeschlagen ließ er seinen Kopf zwischen seine angewinkelten Knie sinken. Er sprach nicht, nicht mal in Gedanken. Er hörte nichts, nicht einmal den Wind, der um seine Ohren strich und er sah nichts, weil er die Augen fest verschlossen hatte. Lange verharrte er reglos in dieser Leere, ohne einen Gedanken zu fassen und spürte, wie sein Herz schmerzte. Irgendwann tauchte das Gesicht des alten Mannes, der ihn aus der großen Stadt nach Hause geholt hatte, in seinen Gedanken auf. Trotz seiner fest verschlossenen Augen sah er Großvater ganz deutlich vor sich. Der lächelte. Er hatte Blue keinen Vorwurf gemacht. Das hatte Großvater nie getan. Blue war ihm dankbar dafür.

Er bewegte die Lippen und sagte leise zu sich selbst: „Danke, Großvater, für alles, was du mir gegeben hast, ... dass du mir Augen gegeben hast, um zu sehen, Ohren, damit ich hören kann, einen Mund, um zu sprechen und dass du mir gute Gedanken gegeben hast."

Blue machte eine Pause.

„Ich bat dich, Großvater, dass ich mit meinen Augen immer aus tiefstem Herzen sehen kann, dass meine Ohren nicht nur das hören, was sie hören wollen, dass mein Mund weise Worte spricht und meine Gedanken zu den Menschen finden, die sie verstehen. Aber nun ..., nun haben sie mich blind, taub und stumm gemacht. Meine Gedanken sind verwirrt und ich weiß nicht, wie es weiter gehen soll ... Ich wollte Joe helfen ..."

„Wenn sie dich blind, taub und stumm gemacht haben, dann lass deine Gedanken, die sie dir nicht nehmen konnten, durch dein Herz sprechen. Und wenn du meinst, es geht nicht mehr weiter, dann gehe einen Schritt weiter. Dann weißt du, was es heißt, ein Lakota zu sein", hörte er Großvaters Stimme.

Blue regte sich nicht und ließ die Augen verschlossen.

„Hilf Joe. Ich kann es nicht. Mach, dass er nach Hause kommt", flüsterte er.

„Joe ist immer nach Hause gekommen. Er ist ein Lakota."

Blue schwieg. Auch Großvater sagte nichts mehr.

Blue wusste nicht, wie viel Zeit vergangen war, als er eine schwere Hand auf seiner Schulter spürte. Er öffnete die verquollenen Augen und blinzelte zu der Gestalt, die hinter ihm stand. Noch sah er alles verschwommen. Großvater? Joe?

Blue stand auf. Der Blick wurde klarer und Frank McKanzie, sein Vater aus dem fernen Chicago, tauchte plötzzlich vor ihm auf.

Blue starrte ihn an, als wäre er ein Geist.

„Na, die Überraschung scheint mir ja gelungen zu sein", grinste Frank.

„Hi", antwortete Blue etwas mühsam. „Seit wann bist du hier?"

„Vor einer halben Stunde bin ich angekommen, habe mit deinen Großeltern, Bonnie, deinem Freund und mit Hugh, diesem netten Mann geplaudert, Kaffee getrunken und die besten Pfannkuchen gegessen, die es je gab. Außer die deiner Mutter natürlich", fügte Frank schnell hinzu. Er grinste noch immer. Frank trug eine verwaschene Jeans, ein beigefarbenes Hemd und seine randlose Brille hatte er gegen eine Sonnenbrille eingetauscht. Der weiße Cowboyhut auf seinem Kopf schien aus Frank McKanzie einen anderen Menschen zu machen, als den, den Blue in Chicago kennengelernt hatte. Aber der Hut stand ihm gut, fand Blue.

„Dann weißt du ja alles", stellte Blue fest.

„Ihr habt einen Ausflug nach Nebraska gemacht. Und du hast einen Freund gefunden. Ich hoffe, es hat euch gefallen. Es sind ja schließlich Ferien. Vielleicht hätte ich meinen Besuch hier doch anmelden sollen. Du scheinst nicht gerade erfreut zu sein. Aber ich wollte dich zu deinem Geburtstag überraschen."

„Geburtstag?"

Frank nickte. „Morgen. Ich habe ihn eigenhändig in meinem Terminkalender rot angestrichen, damit ich ihn ja nicht vergesse." Dann lachte Frank. „Sag bloß, du hast nicht daran gedacht?"

Nun erschien ein Lächeln auf Blues Gesicht.

„Um ehrlich zu sein, hatte ich den Kopf mit allen anderen Dingen voll."

„Probleme?"

Blue presste die Lippen zusammen und schob die Hände in die Hosentaschen. Frank ließ sich auf dem Boden nieder, wo er gerade gestanden hatte. Er schwieg eine Weile und wartete ab, ob Blue etwas sagen wollte. Da sein Sohn nicht redete, begann Frank: „Ich habe oft mit deiner Mutter hier gesessen, kurz bevor wir die Reservation verließen. Du warst damals gerade vier Monate alt. Dein Großvater gab dir den Namen Walter. Deine Mutter gab dir einen indianischen Namen. Capakala, kleiner Biber."

Blue schluckte, zog rasch die Hände aus den Taschen, um sich

aufzufangen, bevor er sich, wie ein Stein, zu Boden fallen ließ.
Frank wandte erstaunt den Kopf zu ihm.

„Alles okay mit dir?"

„Hm", murmelte Blue.

„Sie war einverstanden, dass wir in Chicago leben würden. Aber
ich merkte, wie schwer ihr der Abschied von hier fiel. Sie hat nie
darüber geredet, sich nie beklagt. Ich war gern hier, aber leben
konnte ich hier nicht. Ich gehörte in die Stadt, um die Anwaltskanzlei meines Vaters zu übernehmen. Das war, das ist mein
Leben. In den letzten drei Monaten habe ich mehr darüber nachgedacht, als jemals zuvor. Und dabei ist mir eines ganz bewusst
geworden: Ich habe niemanden mehr, außer dir. Keine Familie,
keine Eltern mehr, keine Geschwister. Vielleicht irgendwo auf der
Welt ein paar Verwandte, die ich nicht kenne und die nicht wissen, dass es mich gibt. Die Chance, ein guter Vater zu sein, habe
ich vermasselt. Daran bin ich selbst schuld ..."

„Du redest ziemlich viel um den heißen Brei, Frank. Was willst
du wirklich?", grinste Blue ihn an.

„Ich wollte dir nur sagen, wenn du mich mal brauchen solltest,
Walter, dann bin ich für dich da", antwortete Frank, schon fast
eine Spur verlegen.

Blue lachte. „Kennst du einen guten Anwalt?"

„Könnte sein, ja", grinste Frank hintergründig. „Was hast du angestellt?"

„Großvaters Pferde gestohlen."

Frank sah Blue ungläubig an.

„Willst du mich verschaukeln?"

„Sag, wenn mir mein Pferd wegläuft und irgendwo bei einem
anderen wieder auftaucht, der behauptet, es sei sein Pferd, wem
gehört es dann?"

„Immer noch dir. Aber du musst beweisen können, dass es dein
Pferd ist. Das ist so ähnlich, wie mit einem gestohlenen Auto. Der
Eigentümer bleibt der Eigentümer. Der, der es gekauft hat, hat
das Nachsehen."

„Das ist gut!" Blue war erleichtert, diese Antwort von einem ech-
ten Anwalt zu hören und schöpfte neue Hoffnung. „Könntest du
dir vorstellen, dass eines Tages an einem Büro wie deinem, ein

Schild mit der Aufschrift: Kleiner Biber Blausteinpferd Walter McKanzie - Rechtsanwalt für alle, die Hilfe brauchen, hängt?"
Frank sah Blue in die Augen.
„Warum nicht?", entgegnete er ernst. „Wenn du das willst, wird es eines Tages ein solches Schild geben."
Blue nickte.
„Das will ich", antwortete er entschlossen.
Bonnie kam zu ihnen.
„Mr Clay muss nach Hause, Blue. Er will sich von dir verabschieden."
„Ich komme", sagte Blue und stand auf.
Er ging mit Bonnie den Hügel hinab. Frank sah ihnen nach, bevor er aufstand und ihnen langsam folgte.

Hugh wartete an seinem Jeep und schob seinen Hut, ganz nach alter Cowboymanier, mit dem Zeigefinger aus dem Gesicht. Mitch stand bei ihm. Als Blue vor dem Mann stehen blieb, streckte der ihm die Hand entgegen. Blue schlug ein. Mit der anderen Hand schlug ihm Hugh freundschaftlich gegen die Schulter. Unzählige Falten umspielten seine gutmütigen Augen, wie Strahlen, die in sein Lächeln ein Leuchten zauberten.
„Lebe wohl und halt die Ohren steif, Junge."
Blue nickte.
„Aber klar doch. Vielen Dank nochmal für alles, Hugh."
„Wenn ihr beiden euch mal wieder in Nebraska herumtreibt, kommt einfach rein und vergesst den alten Hugh Clay nicht!"
„Dich kann man gar nicht vergessen", meinte Blue.
Mitch grinste breit.
„Komm gut nach Hause und grüße Rodney von uns", sagte Blue, während Hugh bereits einstieg. Der nickte und startete. Dann hob er die Hand zum Gruß und fuhr langsam davon. Blue und Mitch sahen ihm nach.

„Grandpa und Granny haben ihn eingeladen, zu bleiben. Aber er hatte es plötzlich sehr eilig, nach Hause zu fahren. Dringende Geschäfte, sagte er", berichtete Bonnie und zuckte mit den Schultern.

„Er war eine Woche mit uns unterwegs", entgegnete Blue.

„Ich werde zu Joe hinübergehen und sehen, ob einige Pferde vielleicht allein zurückgekehrt sind. Das wäre gut möglich. Und Shania wird sich freuen, wenn sie Besuch bekommt", entschied Mitch.

Blue nickte. „Gute Idee. Sehen wir uns morgen?"

Mitch grinste. „Schon möglich."

Bonnie kicherte und wandte sich zum Gehen.

Kapitel 9
Heimkehrer

Einsam und verlassen stand das alte Haus in der Stille dieses nahenden Abends. Dahinter reckten sich einige Silberpappeln steif gen Himmel. Ein Windhauch spielte sanft mit ihren Blättern und ließ sie silbern glitzern. Vor dem Hauseingang parkten ein paar alte Autos verschiedener Typen. Vier graue Plastiktonnen, unzählige alte Reifen und Holzbohlen leisteten ihnen Gesellschaft. Joes Pickup Truck war nicht dabei. Alles verharrte in Erwartung dessen, was geschehen würde, und das bereits seit jener Nacht, in der Joe in seinen Truck gestiegen war, um zu seinem Vater zu fahren. Auch die alte Frau wartete wie schon so oft auf Joes Heimkehr. An die Einsamkeit hier draußen war Shania gewöhnt. Sie war Joe dankbar, dass er sie nicht weggeschickt hatte, als ihre Tochter starb. Er sorgte für sie, wie für seine eigene Mutter und Shania liebte Joe wie ihren eigenen Sohn. Bei jedem Klopfen an der Tür horchte sie auf. Aber es war auch dieses Mal nicht Joes Klopfen. Doch Besuch war ihr zu jeder Zeit willkommen.

Shania lächelte, denn obwohl es nicht Joes Klopfen war, kannte sie es.

„Komm herein, Mitch", rief sie.

Mitch trat ein. „Hallo, Shania. Wie geht es dir?"

„Gut. Danke. Wen hast du mitgebracht?"

„Blue Stone Horse und seinen Vater."

„Guten Tag, Mam", grüßte Frank. „McKanzie, Frank McKanzie."

„Freut mich, Sie kennenzulernen, Frank McKanzie."

„Ganz meinerseits", entgegnete Frank.

Blue verdrehte die Augen und sagte: „Hallo, Shania."

„Hallo, Blue. Setzt euch doch."

Shania wollte gerade aufstehen, da legte Mitch die Hand auf ihren Arm.

„Schon gut. Zu trinken steht auf dem Tisch. Ich hole die Gläser."

„Habt ihr keinen Hunger?"

„Nein. Großmutter Carol hat uns mit ihren Pfannkuchen vollgestopft. Hier sind ein paar für dich. Ich stelle sie auf sechs Uhr, okay?", antwortete Blue.

Shania lachte. „Danke. Grüßt sie herzlich von mir."

„Geht klar."

Blue setzte sich mit Frank an den Tisch. Mitch schenkte ein, während Frank sich umsah. Das Haus war klein, viel kleiner als seine Wohnung in Chicago. Küche und Wohnzimmer waren, so wie in Amerika allgemein üblich, nur ein Raum. Der Tisch und die Stühle füllten einen großen Teil davon aus. Die spärlichen Küchenmöbel schienen ein Überbleibsel aus den sechziger Jahren zu sein. Hinter dem Tisch stand eine Couch und ein Sessel, die zwar offensichtlich neuzeitlicher waren, aber dennoch allenfalls für den Sperrmüll taugten. Gegenüber stand auf einem Sideboard ein Fernsehgerät mit Videogerät und DVD-Player. Das schien allerdings alles neu zu sein. Es war relativ dunkel im Haus, fand Frank. Die Vorhänge an den beiden Fenstern waren nicht ganz zurückgezogen. Sein Blick streifte unauffällig die Glühbirne über dem Tisch, wanderte weiter und blieb an einer Tür hängen. Es gab also noch einen zweiten Raum.

„Das ist das Schlafzimmer. Joe hat es mir überlassen. Er schläft auf der Couch", sagte Shania zu Frank, als hätte sie seine prüfenden Blicke bemerkt. Frank zuckte leicht zusammen und räusperte sich.

„Oh, ich schlafe auch manchmal auf der Couch, hauptsächlich im Büro", lächelte er.

„Erzählen Sie mir von der großen Stadt, Frank."

„Ach, da gibt es nicht viel zu erzählen. Chicago ist groß, laut und zubetoniert. Die Leute kennen kaum ihren Nachbarn, aber streiten sich mit ihm." Frank lachte. „Aber es gibt auch wunderschöne Parks, Piers und den Big John, ein vierundneunzig Stockwerke hohes Haus, beeindruckende Zugbrücken, die immer dann aufgezogen werden, wenn man eilig auf die andere Seite will, unzählige Geschäfte, Sportparks, Museen und Theater. Die Hauptstraßen sind so breit, wie Flugzeuglandebahnen und trotz allem fast immer verstopft."

Wieder lachte Frank und fuhr fort: „Chicago bei Nacht muss man erlebt haben. Das Mondlicht wird vom Lake Michigan refektiert und lässt die Wellen wie Diamanten glitzern. Auf der Landseite die bunten Großstadtlichter. Ein glitzerndes Lichtermeer, soweit die Augen reichen."

„Kreisende Hubschrauber mit Suchscheinwerfern, Sirenengeheul, Betrunkene und Junkies, die über ihre eigenen Füße stolpern. Ganz zu schweigen von den Kanalratten in der finsteren Unterwelt", ergänzte Blue.

„Kreisende Hubschrauber mit Suchscheinwerfern ... Sie haben Joe geweckt. Sie haben unsere Pferde in die Flucht geschlagen", dachte Mitch laut. „Genau. So muss es gewesen sein. Die Helikopter überfliegen schon seit Wochen unser Land. Selbst Percy behauptete, etwas gehört zu haben."

„Aber was hatten die hier zu suchen?", fragte Blue ungläubig.

„Vielleicht waren sie auf der Suche nach einem Turnschuhdieb, der sich hier in der Reservation versteckt hält", antwortete Frank.

„Quatsch! Unsere Pferde tragen keine Turnschuhe. Nicht mal Eisen", grinste Mitch.

Sie lachten ausgelassen.

Als sie sich beruhigt hatten, horchten sie alle auf, auch Frank.

„Was ist das?", fragte er.

„Es hört sich an wie ein großer Truck. Aber wir haben kein Gas bestellt", sagte Shania.

Blue stürmte zum Fenster. „Der Transporter!", rief er aufgeregt. „Sie kommen! Die Pferde! Die Pferde kommen!", rief er weiter und sprang zur Tür hinaus.

Mitch folgte ihm. Frank sah Shanias strahlendes Lächeln, welches unverkennbar ihre Freude aus tiefstem Herzen widerspiegelte.

„Die Steinpferde kommen immer wieder nach Hause."

Frank grinste. Er kannte die alte Geschichte, die Wayton einmal erzählt hatte. Ein uraltes Märchen. Die Menschen hier schienen aber dennoch daran zu glauben. Frank akzeptierte das.

Ein Pferdetransporter drehte vor dem Haus und stoppte. Blue und Mitch rannten um ihn herum, vernahmen ein Schnauben und Wiehern. An der sich öffnenden Fahrertür blieben sie stehen. So, wie ihre Herzen vor Freude schneller schlugen, so ging auch ihr Atem schneller. Den Mann, der ausstieg, kannten sie nicht. Doch er lächelte und nickte ihnen freundlich zu.

„Hallo. Bin ich hier richtig bei einem Joe Stone Horse?"

„Ja!", rief Mitch laut.

„Na endlich. Ich dachte schon, ich finde das nie. Ihr wohnt ja tatsächlich am Arsch der Welt hier. Viele Grüße von Ben und seiner Familie."

Blue und Mitch grinsten. Der große, dicke Mann mit den Bartstoppeln im Gesicht ebenfalls.

Dann fragte er: „Wo ist Stone Horse? Er muss mir den Empfang quittieren und zahlen."

Mitch holte tief Luft und schien nach Worten zu suchen.

„Joe ist unterwegs, Sir. Vielleicht kommt er morgen, vielleicht auch nächste Woche. Wer kann das schon so genau wissen."

Der Mann hielt inne und runzelte die Stirn.

„Scheiße, verdammte. So lange kann Old Spicy nicht hier warten!"

„Ich bin auch ein Stone Horse. Ich kann Ihnen den Wisch unterzeichnen", sagte Blue.

Der Mann legte den Kopf schräg. „Sein Sohn?"

„Ja", log Blue, ohne zu zögern.

Mitch zuckte kaum merklich zusammen und blitzte Blue aus seinen schwarzen Augen an.

„Okay. Hast du auch das Geld bei dir? Joe hatte mit Ben einhundert Dollar vereinbart. Bar auf die Hand bei Lieferung."

„Im Haus", nickte Blue, ohne zu wissen, ob das auch so war.

Mitch schluckte und verzog fragend das Gesicht, während er seinen Freund anstarrte.

„Okay!", antwortete der Mann, der sich selbst Old Spicy genannt hatte. Das Lächeln kehrte in sein Gesicht zurück. „Helft ihr mir beim Abladen?"

„Das versteht sich", antwortete Mitch, der nun seine Stimme wiedergefunden hatte.

Der Fahrer zog die Papiere aus der Brusttasche seines Hemdes und reichte Blue einen Stift. Blue unterschrieb den Lieferschein mit „Stone Horse". Old Spicy warf einen flüchtigen Blick darauf und nickte zufrieden.

„Okay." Er legte ihn auf seinen Sitz.

„Augenblick bitte, Mr Spicy. Bin gleich wieder da", sagte Blue und verschwand im Haus. Mitch sah ihm nach, kniff die Augen zu kleinen Schlitzen und schüttelte kaum merklich den Kopf. Er wusste nicht, was er von Blues Lügen halten sollte. Eine Spur Enttäuschung stieg in ihm auf. Aber die Pferde sollten bleiben! Das überwog im Moment. Der Fahrer des Transporters wartete ungeduldig neben ihm und sah nervös auf die Uhr. Mitch atmete tief durch und verschränkte die Arme. Schließlich kam Blue, gefolgt von Frank, aus dem Haus und mit ausgreifenden Schritten auf die beiden zu. Vor dem großen Dicken blieb Frank stehen.

„Guten Tag. Mein Name ist McKanzie."

Old Spicy musterte den weißen Mann skeptisch und nickte.

„Hallo. Jefferson."

„Nehmen Sie auch einen Check, Mr Jefferson?"

Die Augen des Mannes weiteten sich und er holte tief Luft.

„Bar auf die Hand bei Lieferung! Das war die Abmachung", antwortete er mürrisch.

„Der Scheck ist gedeckt, Sir", versuchte Frank ihn zu beruhigen.

„Das sagen sie alle."

Frank schüttelte lächelnd den Kopf und holte seine Brieftasche heraus. Er zog eine kleine Visitenkarte hervor und hielt sie dem Mann hin.

„Ich bin Anwalt."

Jefferson musterte die Karte.

„Frank McKanzie, Navy Pear 4200, Chicago", brummte er.

„Das mag vielleicht da Eindruck schinden, woher Sie kommen, McKanzie, aber hier ..." Er schüttelte entschieden den Kopf.

„Tut mir leid, aber Abmachung ist Abmachung. Nehmen Sie es nicht persönlich. Habe schon schlechte Erfahrungen mit so was gemacht."

Frank nickte.

„Also, wenn die Pferde runter sollen, dann geben Sie mir am besten das Bargeld und wir sind quitt. Ich habe nicht viel Zeit."

„Na gut", akzeptierte Frank und begann die Scheine aus seiner Brieftasche zu kramen, während Jefferson laut zählte. Es kamen immer mehr Scheine zum Vorschein, bis er Jefferson, der bereits einen ganzen Stapel kaum noch in der Hand halten konnte, schließlich seine letzten Ein-Dollar-Noten gab.

„Hatten Sie's nicht 'n bisschen kleiner?", spottete der und grinste.

„Natürlich, Sir. Aber das Kleingeld brauche ich immer selbst. Mit großen Scheinen macht man sich verdächtig, vor allem, seit meinem letzten Banküberfall", grinste Frank zurück.

Jefferson lachte amüsiert.

„Was dagegen, wenn ich Ihre Karte behalte, für alle Fälle?"

„In Ordnung. Ich akzeptiere gedeckte Checks."

„Sagen Sie mal, McKanzie, sind Sie mit Stone Horse verwandt?"

„Ja."

Jefferson nickte. Dann steckte er die Scheine in seine Hosentaschen und wandte sich um.

„Okay. Ihr könnt die Bordwand öffnen. Wird höchste Zeit, dass die Mustangs da rauskommen."

„Das sind unsere Pferde, keine Mustangs, Mr Jefferson", stellte Mitch richtig.

„So?"

Jefferson zuckte mit den Schultern. Was machte das schon für einen Unterschied? Für ihn jedenfalls keinen. Im Grunde genommen war ihm das egal. Mitch und Blue öffneten die Bordwand und ließen sie langsam herab. Die zwei Pferde, die zuerst den Kopf zu ihnen wandten, schnaubten ungeduldig.

„Willkommen zu Hause, ihr Ausreißer", sagte Mitch und lächelte. Er stieg als Erster hinauf und band eines der Pferde los. Blue das zweite. Sicher setzten sie die Hufe auf die herabgelassene Bordwand und waren mit wenigen Schritten auf dem heimatlichen Boden angekommen. Die Jungen drückten dem völlig verdutzten Frank die Führstricke in die Hand. Der wagte nichts zu sagen und blieb reglos mit den Stricken in der Hand, zwischen den beiden Tieren stehen, während Mitch und Blue alle anderen hinausführten.

„Bye und schönen Abend noch", murmelte Jafferson im Gehen.

Alle zwölf Pferde hatten sich rings um Frank, Blue und Mitch versammelt. Dort standen sie, Statuen gleich, selbst als der Transporter startete und langsam davonrollte. Die Jungen schwangen sich auf zwei der Pferde, um sie zur Koppel zu bringen.

„Komm, Frank!", rief Blue.

Der zögerte sichtlich. „Ehm, nein. Ich glaube nicht", stammelte er.

„Steig in deinen Mietwagen und komm mit uns! Es ist nicht weit. Fünf Minuten etwa."

Frank nickte erleichtert. „Okay."

Er stieg ein, startete und folgte dem Pfad.

Der Mietwagen holperte über den weglosen Grasboden. In den Senken tauchten vereinzelte Baumgruppen auf, während die Anhöhen wie vom Sturm kahl geblasen, nur von Gras bewachsen waren. Wenige Minuten später stoppten die Reiter vor Franks Wagen. Als Blue und Mitch von den Pferden sprangen, stellte Frank den Motor ab und stieg aus. Er schob die Hände in die Hosentaschen, lehnte sich an seinen Mietwagen und wartete in sicherer Entfernung. Mitch öffnete den Koppeleingang. Die Pferde gingen mit Blue weiter. Hinter ihnen hängte Mitch das Band wieder mit der Schlaufe an den Haken. Frank war nun mutiger geworden, zog die Hände aus den Taschen und löste sich von seinem Wagen. Langsam ging er zu ihnen und blieb vor dem Band stehen.

„Habt ihr keinen richtigen Zaun?", fragte er.

„Hast du die sechzehntausend Dollar übrig?", fragte Blue.

„Ich?"

„Na ich nicht, Großvater nicht und Joe erst recht nicht."

„Das ist ein Elektrozaunband. Normalerweise respektieren es die Pferde. Aber wenn sie erst einmal mitbekommen haben, dass kein Strom drauf ist ...", erklärte Mitch und zog die Schultern nach oben. „Es reißt auch manchmal. Joe ist jeden Morgen und jeden Abend die Koppel deswegen abgeritten. Ich auch", fuhr er fort.

„Warum ist dann kein Strom ..." Frank brach mitten im Satz ab, denn diese Frage glaubte er sich selbst beantworten zu können. Sein Blick blieb an zwei alten, im Boden eingelassenen Badewannen hängen, um die sich die Tiere erwartungsvoll versammelt hatten.

„Sie haben Durst", sagte Blue.

Mitch nickte.

„Kann ich euch irgendwie helfen?", fragte Frank.

Blue grinste. „Versuch's mal mit 'nem Regentanz."

Frank starrte seinen Sohn ungläubig an. Mitch grinste.

„Im Fernsehen hat das auch funktioniert!", erklärte Blue.

„Okay", antwortete Frank schließlich. „Aber ich befürchte, das könnte lange dauern. Zu lange. In dieser Zeit sind eure Pferde vertrocknet oder sie haben sich totgelacht."

Die Burschen lachten amüsiert.

„Großvater hat Wasserkanister für sein Trinkwasser und einen Pickup Truck. Joe hat einen Brunnen und Percys Pumpe", sagte Blue schließlich.

„Das könnte funktionieren. Vor allem heute noch", meinte Frank.

„Ich fahre zurück zu Wayton", entschied er und stieg in seinen Wagen. Mitch strich einem der Pferde am Hals entlang und blickte dem Mann nach.

„Ob er allein zurückfindet?", zweifelte er.

„Du hast recht. Ich fahre besser mit ihm", antwortete Blue, sprang zu dem Mietwagen und schlug die Beifahrertür zu, als der schon anfuhr.

Die Sonne neigte sich ihrem Untergang zu und berührte schon fast den Hügelkamm, als etwa zwei Stunden später Waytons Truck bei den im Boden eingelassenen Wannen stoppte.

Frank, Blue und Mitch schleppten die schweren Kanister und ließen das Wasser in die Wannen laufen. Großvater Wayton selbst war mitgekommen, um die Pferde zu begrüßen. Auch Bonnie war hier. Die Pferde drängten sich an der Wasserstelle und soffen, während die Luft beim Ausgießen der Kanister blubberte. Es störte sie nicht. Als die leeren Plastikkanister wieder auf der Ladefläche standen, beobachteten die Menschen die Pferde. Frank schien seine Angst den großen Tieren gegenüber überwunden zu haben und wagte sogar, eines vorsichtig zu streicheln. Der Respekt aber blieb und ließ ihn wachsam um sich blicken. Wayton lächelte zufrieden.

In die abendliche Stille mischte sich hin und wieder ein leises Schnauben. Die untergehende Sonne tauchte den Himmel in ein flammendes Orangerot.

Frank blickte über den Pferderücken gebannt in die Farben der Sonne und hielt mit dem Streicheln inne.

„Das sind die Farben der Sonne. Wie lange habe ich sie nicht mehr gesehen ...", dachte Frank, ohne zu wissen, dass er seine Gedanken leise aussprach. „Wie ein Wunder."

„Jeden Tag, Jahr für Jahr und kaum jemand beachtet es noch", hörte er Waytons Stimme neben sich. Frank sah zu ihm und lächelte. „Es tut gut."

Wayton nickte.

Die Sonne färbte den Horizont in den verschiedensten Farben ihres Spektrums, entfaltete ihre ganze Macht, bevor sie schließlich die blutrote Farbe mit sich nahm. Mit dem letzten Schimmer wichen die Farben der Abenddämmerung.

Langsam verließen die Pferde die Tränke, um ihren Platz für die Nacht aufzusuchen. Die Menschen stiegen in den Truck und traten den Heimweg an. Blue und Mitch bestanden darauf, in Joes Haus zu schlafen. Sie hatten die Hoffnung nicht aufgegeben, dass er selbst oder weitere Pferde heimkehren würden. Sie wollten da sein. Wayton hatte nichts einzuwenden und setzte sie bei Joes Haus ab. Frank und Bonnie fuhren mit Wayton zurück zum Erdhaus. Frank bemerkte die scheuen, musternden Blicke des Mädchens auf sich. Er sah zu ihr und lächelte.

„Ich beneide Blue um eine so hübsche Schwester."

Bonnie lächelte zurück, aber sie sagte nichts.

Unzählige Sterne strahlten, sehr hell oder schwächer, vom nachtblauen Himmel auf die Erde herab. Der Mond war kaum noch zu sehen. Eine schmale Sichel deutete seine Rundung nur an. Die Nachtluft säuselte sanft um das einsame Haus und ließ die Blätter der Silberpappeln, so wie das Spiegelbild der Sterne, glitzern. Es war bereits nach Mitternacht und die Menschen in Joes Haus schliefen längst.

Blue Stone Horse fröstelte. Im Schlaf tastete er nach seiner Decke. Vergeblich. Langsam erwachte er. Schwach sah er die Umrisse des Mobiliars, den Lichtschimmer, der durch die Fensterscheiben drang. Auch Mitch hörte er gleichmäßig und leise atmen. Blue tastete weiter auf der Suche nach seiner Decke und fand sie schließlich auf dem Boden. Vorsichtig zog er sie zu sich heran. Er wollte Mitch nicht aufwecken. Als er etwas umständlich versuchte, sich wieder darin einzuwickeln, hielt er inne und horchte auf. Was war das? Ein Kratzen? Ein Knarren? Ein Schlurfen? Blue wartete und wagte es nicht, sich zu rühren. Es blieb still. Doch war da nicht ein Schatten am Fenster vorbeigehuscht? Blue wurde schlagartig heiß. Er ließ die Decke wieder aus den Händen gleiten, bevor er sich im Zeitlupentempo erhob. Einen Augenblick dachte er daran, Mitch zu wecken. Doch dieser Gedanke verflüchtigte sich schlagartig, als Blue meinte, leise Schritte zu hören. Während er angestrengt lauschte und ihm immer heißer wurde, setzte Blue vorsichtig Fuß um Fuß in Richtung Eingangstür. Nun hörte er nichts mehr. Blue lehnte sich gegen die Holztür und presste sein Ohr daran. Die Stille war ihm unheimlich. Er glaubte schon zu halluzinieren, als jemand von außen langsam den Türdrücker bewegte. Das Blut schoss Blue durch die Adern, während sein Herz trommelte, als wollte es ihm aus der Brust springen. Geistesgegenwärtig griff er nach Joes Jagdgewehr, als er Mitch hinter sich rufen hörte: „Was ist los?"

Im selben Augenblick wurde die Haustür von außen aufgerissen und Blue schrie: „Hände hoch!"

Die dunkle Gestalt vor ihm hielt inne und tat tatsächlich, was Blue verlangte.

„Nicht schießen! Ich bin es. Joe."

Langsam und erleichtert ließ Blue das Gewehr sinken. Dabei stieß er die in der Anspannung aufgestaute Luft aus sich heraus. Joe nahm die Hände herunter. Mitch schaltete das Licht an.

„Hallo, Joe!", rief er und strahlte vor Freude.

„Hallo, ihr zwei", antwortete Joe leise.

„Du hast mir einen ganz schönen Schrecken eingejagt, Blue", fügte er hinzu, während er eintrat und lächelte. Er nahm dem noch immer verdutzten Blue Stone Horse das Jagdgewehr aus den Händen und stellte es an seinen Platz hinter die Tür.

„Einen besseren Hüter für meine Ranch hätte ich nicht finden können", lachte Joe. „Nur gut, dass es nicht geladen war."

„Wo kommst du denn mitten in der Nacht her?", fragte Blue erstaunt und starrte Joe noch immer an als sei er ein Geist.

„Von Nebraska."

„Zu Fuß?", fragte Mitch. „Ich habe deinen Truck nicht gehört."

Joe nahm sich zu trinken und setzte sich an den Tisch.

„Ich musste die letzten drei Meilen laufen. Der Tank war leer. Ohne Rodneys Hilfe hätte ich tatsächlich nach Hause laufen müssen", lachte Joe amüsiert.

„Wann haben sie dich laufen lassen?"

„Gestern, nein, nun schon vorgestern, gegen Abend. Dieser Jones hat seine Anzeige zurückgezogen."

Blue und Mitch atmeten erleichtert auf und ließen sich neben Joe auf die Stühle gleiten.

„Somit gehe ich straffrei aus", fuhr Joe fort. Dass er den Sucheinsatz der Polizei bezahlen musste, verschwieg er.

„Danke!", sagte Blue laut, während er einen kurzen Blick zur Zimmerdecke schickte.

„Zwölf unserer Pferde sind gestern Abend mit dem Transporter von Ben gekommen", berichtete Mitch. „Habe den Zaun geflickt und frisches Wasser haben sie auch bekommen."

„Gut", entgegnete Joe zufrieden und setzte die Wasserflasche noch einmal an. „Ich bin totmüde. Den Truck hole ich am Tag."

Blue überließ Joe dessen Couch und seine Decke und schlief den Rest der Nacht mit Mitch auf dem Boden.

Nebenan war noch jemand wach geworden in dieser Nacht. Auf Shanias Lippen lag ein Lächeln. Obwohl sie schwerhörig und blind war, wusste sie, dass Joe heimgekehrt war.

Am Morgen kam Besuch. Waytons alter Truck stoppte vor dem Hauseingang. Joe öffnete die Tür. Neben Wayton stieg auch Frank aus.

„Hallo! Guten Morgen!", grüßte Joe.

Wayton legte seinem Sohn seine Hand auf die Schulter, während er sagte: „Guten Morgen, mein Sohn. Schön, dich zu sehen."

„Ich bin auch froh", erwiderte Joe und lächelte. Dann begrüßte er Frank mit Handschlag.

„Hallo, Frank. Wie geht's?"

„Gut. Danke. Guten Morgen, Joe."

Frank fasste sich kurz und vermied die Rückfrage. Er hatte mitbekommen, dass etwas nicht gut gelaufen war und das Joe womöglich in Schwierigkeiten steckte. Er wusste genau, dass es unhöflich war, Joe direkt danach zu fragen.

Blue und Mitch kamen heraus und grüßten ebenfalls.

„Du gestattest?", grinste Frank, als Blue vor ihm stand und drückte ihn fest an sich.

„Herzlichen Glückwunsch zu deinem 13. Geburtstag, mein Sohn."

Blue wehrte sich nicht gegen Franks Umarmung. Er grinste Frank schließlich an, als der sich von ihm löste.

„Danke, Frank."

„Ich habe noch kein Geschenk für dich. Ich dachte, dass wir lieber gemeinsam was kaufen. Naja, bin nicht ganz auf dem Laufenden, was für einen dreizehnjährigen Burschen das Richtige ist", sagte Frank.

„Eine elektrische Pumpe", antwortete Blue prompt.

Frank starrte ihn ungläubig an.

„Damit spiele ich am liebsten", nickte Blue.

„Hey! Du hast Geburtstag?", rief Mitch. „Glückwunsch!"

„Danke", antwortete Blue und grinste.

Da Joe es nun auch mitbekommen hatte, kam er auf Blue zu. Er hielt ihm die Hand hin. Als Blue einschlug, umfasste Joe seine Hand fest. Wie eine einzige Faust umklammerten sich ihre Hände, als wollten sie damit eine Wand zum Einsturz bringen. Joe sah Blue eindringlich in die Augen und Blue versuchte nicht mehr, diesem Blick auszuweichen. Es waren diese scharfen, ernsten Gesichtszüge seines Onkels, die ihm vom ersten Tag an begegnet waren und ihm Respekt vor diesem Mann eingeflößt hatten.

„Anpetu nitunpi washte", sagte Joe schließlich und verzog dann seine Mundwinkel zu einem Lächeln.

„Ich wünsche dir, dass deine Träume Flügel bekommen, dass sie eins mit dir werden und dass du immer diese unbändige Kraft besitzt, die dich vorantreibt."

Blue sah seinen Onkel, den er nie haben wollte, noch immer gebannt in die Augen und nickte. Seine Worte waren tief in ihn gedrungen und er wollte sie nie vergessen.

„Danke, Joe", sagte Blue ein wenig heiser, bevor sich ihre Hände voneinander lösten.

Dann sagte Großvater in die Runde: „Der Adler ist für uns alle ein heiliges Tier. Er vereint Stolz, Kraft, Mut und Weisheit. Ich wünsche dir, mein Enkelsohn, seinen Stolz, über den schlechten Dingen des Lebens zu stehen, seine Kraft, alle Schwierigkeiten zu überwinden, seinen Mut, niemals zu müde zu werden, um für etwas zu kämpfen und seine Weisheit, das Richtige für die Zukunft zu tun."

Blue sah den alten Mann mit den geflochtenen Zöpfen vor sich. Aufrecht stand er seinem Großvater gegenüber und betrachtete ihn, während dieser sprach. Großvater war ihm immer ein Rätsel geblieben. Er war nicht mehr der Alte, der in das Kellerloch gekommen war. Er war nicht einfach Wayton Stone Horse, der in einem Erdhaus wohnte, zu viel Fernsehen sah und ab und an mit einem alten Pickup Truck herumfuhr. Dieser Mann, der vor ihm stand, strahlte einen ungebrochenen Stolz und Würde in seiner Haltung, in seiner Stimme und mit seinen Worten aus, die Blue einen Augenblick ehrfurchtsvoll erstarren ließen. Wer war dieser Mann? Er war etwas Besonderes. Er war Tunkashila, sein Großvater. Wayton lächelte und legte Blue seine schwere Hand auf die Schulter. Der nickte und lächelte schließlich auch. Als wäre er aus einer anderen Welt zurückgekehrt, sagte er: „Danke Großvater. Danke für alles."

„Okay, kommt mit ins Haus. Shania hat uns ein wunderbares Frühstück gezaubert", sagte Joe und ging voran. Die anderen folgten ihm. Frank ging Seite an Seite mit Blue hinter ihnen her.

„War das dein Ernst vorhin, das mit der elektrischen Pumpe?", fragte er etwas verunsichert.

Blue nickte. „Ja."

„Wozu?"

„Wir haben die Pumpe von Percy nur geliehen. Er braucht sie selbst und unsere ist kaputt."

„Aber wenn das so ist, kaufe ich eine Pumpe für Großvater und für Joe. Kein Problem. Such dir einfach was anderes aus, Blue."

„Du hast den Pferdetransporter bezahlt. Das ist mehr als genug."

Frank lachte. „Stimmt! Ich bin ja pleite. Meine Brieftasche ist leer, bis auf eine Viertel-Dollar-Münze."

Blue grinste Frank ein wenig verwegen an und fragte: „Wie fühlt man sich denn so ausgebrannt."

„Ach, weißt du, ich kenne einen alten Mann, der sagte mal: Nur gut, dass man Geld nicht essen kann! Er hat gelacht und er hatte recht. Seine Frau gab mir reichlich zu essen und zu trinken."
Blue grinste.
Vor der Haustür blieb Frank stehen und fragte: „Erzählst du mir die ganze Geschichte, die mit den Pferden?"
„Okay. Auf dem Weg nach Rapid City haben wir viel Zeit."
Dann gingen sie in das Haus hinein und Frank schloss die Tür hinter sich.

Erst gegen Abend dieses Tages kehrten Blue und Frank McKanzie aus der Stadt zurück. Rapid City war nicht die City, die sie kannten. Dennoch gab es eine Bank, einige Geschäfte und Restaurants. Nun bog Frank bereits nach rechts, auf die Interstate 18, zwischen Denby und Pine Ridge, ab. Im Kofferraum des Mietwagens standen zwei Kartons mit elektrischen Wasserpumpen und etliche Tüten mit Lebensmitteln, Cola, Wasser und Orangensaft, für das Abendessen. Auf dem Rücksitz lagen zwei Plastikbeutel mit neuen Jeans, Shirts, Unterwäsche und kurze Lederstiefel aus echtem Rindsleder für Blue. Joe besaß auch solche Stiefel. Der hatte sie den Turnschuhen meist vorgezogen, denn sie waren wesentlich strapazierfähiger und unentbehrlich bei seiner Arbeit mit den Pferden. Außerdem meinte Joe, dass sie für alle Gelegenheiten immer passend wären. Frank tippte Blue an, der kopfnickend auf dem Beifahrersitz in einer ganz anderen Welt zu sein schien. Er sah sofort zu Frank und nahm lächelnd die Kopfhörer aus seinen Ohren. Dem Handy, mit dem er auch stundenlang Musik hören konnte, hatte Blue nicht widerstehen können.
„Sieh mal, wer dort vorn bei der Tankstelle steht", sagte Frank und wies mit seinem Kopf in diese Richtung. Dann trat er heftig auf die Bremse, dass beide mit einem kräftigen Ruck nach vorn schossen. Die Sicherheitsgurte hatten den Test jedenfalls bestanden.
„Das kommt davon, wenn man woanders hinguckt", meinte Frank verärgert. Der Chevrolet stand wie ein Ziegenbock an einer Wegkreuzung, direkt vor einem unkenntlichen Verkehrsschild, das früher vielleicht mal ein Stoppschild hätte sein können. Ir-

gendein Witzbold hatte es mit Sprühfarbe umfunktioniert. Blue lachte und las Frank vor: „Lakota Tokaheya! Das heißt: Lakota zuerst oder soviel, dass Lakota Vorfahrt haben."

„Nur schlecht, wenn mehrere Lakota aus verschiedenen Richtungen kommen."

„Die werden sich schon einig", meinte Blue. „Es gibt noch ein paar mehr davon mit flotten Sprüchen in der Reservation."

„Ja. Ich habe schon einige gesehen, aber dieses noch nicht", grinste Frank.

Langsam fuhr er wieder an.

„Das ist doch Großvaters Pickup, der dort bei dem fremden Truck mit dem Pferdetrailer, steht", stellte Blue fest.

„Richtig. Halten wir mal bei Ihnen an."

Frank stoppte in der Nähe der Tankstelle und stieg gemeinsam mit seinem Sohn aus. Sie erkannten nicht nur Großvater Wayton, sondern auch Joe. Beide standen mit zwei fremden Männern im Gespräch vertieft hinter einem der Trucks. Ein Weißer, der einen Hut trug, und ein Indianer.

Blue und Frank traten langsam zu ihnen und grüßten. Die Männer grüßten freundlich zurück.

„Wir haben deinen Truck gesehen", sagte Frank zu Wayton.

Wayton verschränkte die Arme und grinste tiefgründig.

„Dan Westerman und Clearence Black Crow arbeiten für einen gewissen Hugh Clay. Er hat sie mit Geschenken zu uns geschickt", sagte er.

Blue horchte auf und hielt den Atem an. Waytons Grinsen wurde noch breiter. Blue fragte nicht. Mit wenigen Sätzen sprang er zu dem Hänger und sah hinein.

„Sunshine Red!", rief er voller Freude.

„Danke, Hugh!", rief Blue, als könnte der alte Mann ihn bis nach Nebraska hören.

„Sunshine Red!", rief er nochmals und konnte das Glück gar nicht fassen. Mit Großvaters Fuchsstute waren auch die anderen drei Schecken zurückgekommen.

„Oh Mann! Das gibt's doch nicht! Das ist wie ein Traum. Mitch wird umfallen, wenn er seine Stute entdeckt."

Blue war völlig aus dem Häuschen.

„Hugh hat angerufen und mit uns den Treffpunkt hier an der Tankstelle ausgemacht. Er lässt euch alle grüßen", sagte Wayton. Die Tankstelle war allgemeiner Treffpunkt und die Campingstühle unter dem Schattendach alle besetzt. Die Männer tauschten Neuigkeiten aus, scherzten und lachten. Es hieß sogar scherzhaft, dass man hier noch aktueller über die Geschehnisse im Reservat informiert würde, als in der „Lakota Countrytimes" und bei Radio Kili. Ja sogar, dass diese ihre Informationen direkt von hier bekämen. Ohne weiteren Aufhebens beschlossen die Männer aufzubrechen. Joe hob die Hand zum Gruß, als er in Waytons Truck stieg und die Männer grüßten in gleicher Weise zurück. Wayton fuhr voran, um den Gästen den Weg zu Joes Ranch zu weisen. Frank schloss sich mit seinem Mietwagen als Letzter der Kolonne an.

Auf Joes Ranch angekommen, sprang Blue als erster aus dem Wagen und rannte herum. Doch Mitch war nicht hier. Er hätte doch die Fahrzeuge und die Pferdeanhänger sofort mitbekommen, dachte Blue verwirrt, als er vergeblich nach ihm rief.
„Vielleicht ist er zu Hause", meinte Joe und stieg wieder in den Truck, während Wayton reglos sitzen geblieben war. Seine Hände umklammerten das Lenkrad und er lächelte.
„Vielleicht ist er auch schon bei den Pferden", rief Blue.
„Steig ein!", forderte Frank seinen Sohn auf. „Er wird schon wieder auftauchen."
Ratlos folgte Blue der Anweisung. Er zitterte fast vor Erregung. Sein Blut schoss die Adern hinauf und pulsierte in seinem Kopf.
„Ausgerechnet jetzt ist er nicht da", schnaufte er leise und doch ungeduldig zu sich selbst.
„Sind das die Pferde, die ihr gestohlen und dann wieder zurück gebracht habt?", fragte Frank, dem Blue während der Fahrt nach Rapid City alles berichtet hatte.
„Ja", nickte Blue mit Nachdruck. „Das sind sie. Hugh ist ein altes Schlitzohr. Möchte wissen, wie er das fertiggebracht hat."
Blue grinste.
Mitch war auch nicht bei den Pferden. Doch Blues Enttäuschung schwand bei der unermesslichen Freude, die er empfand, als er

die Pferde begrüßte. Die Mühe war nicht umsonst gewesen. Die Hoffnung hatte über die Angst gesiegt und nun siegte der Triumph, das schier Unmögliche erreicht zu haben. Blue empfand einen Stolz, den er so noch nie gespürt hatte. Er trieb ihm die Tränen der Rührung, der Freude in die Augen, denen er sich nicht schämte. Er war glücklich. Leise, kaum hörbar sagte er: „Danke, Großvater. Pilamaya."

Die vier Heimkehrer begrüßten die anderen Pferde freudig und wurden begrüßt. Selbst die beiden Männer aus Nebraska, die zu Hugh gehörten, verharrten eine Weile und beobachteten die Tiere. Die Pferde waren durstig und soffen ausgiebig das frische, kühle Wasser, das Joe bereits in die Wannen gefüllt hatte.

Wayton legte seine Hand auf die Schulter seines Enkelsohnes und sagte zufrieden: „Sechzehn Steinpferde sind nach Hause gekommen. Sie werden die anderen rufen."

„Drei muss ich, sobald als möglich, von der Medicine Bow Rangerstation, Wyoming, holen. Dann sind es neunzehn", fügte Joe zuversichtlich hinzu. Auch er freute sich, obwohl sein Ohitika nicht unter ihnen war. Frank räusperte sich und schien etwas sagen zu wollen.

„Ich ... ehm ... Ich habe noch ein paar Tage frei. Vielleicht kann ich dir helfen, Joe."

Jetzt war es heraus. Frank war sich nicht sicher, ob er damit richtig lag. Er wollte sich auf keinen Fall aufdrängen. Franks Unsicherheit war Joe nicht verborgen geblieben und amüsierte ihn.

„Ich wusste schon immer, dass du für irgendetwas nütze sein könntest. Ich wusste nur nicht genau, wofür", grinste Joe.

Selbst Dan und Clearence, die im Allgemeinen wenig zu reden schienen, grinsten nun. Frank lachte leise und schüttelte den Kopf.

„Oh, ich denke ich bin lernfähig, Schwager. Für irgendetwas ist man doch immer zu gebrauchen, sonst würde ich nicht auf dieser Welt herumtappen."

Die Männer lachten. Auch Blue.

„Das ist der schönste Geburtstag, den ich je erlebt habe. Nirgendwo anders möchte ich jetzt sein", sagte er schließlich.

„Und er ist noch nicht zu Ende", grinste Wayton.

„Lasst uns nach Hause fahren und feiern. Carol hat ein wahres Festmahl vorbereitet. Sie hat den ganzen Tag nichts anderes getan und freut sich auf unsere Ankunft."

„Schlangensuppe?", fragte Blue und hielt den Kopf schräg.

„Nein, junge Hunde. Zu besonderen Feierlichkeiten gibt es immer Hundesuppe", antwortete Joe trocken und vermied es krampfhaft, dabei zu grinsen. Blue verzog angewidert das Gesicht und starrte Joe an.

„Das ist ein Witz, oder?"

Frank, der neben Blue stand, schien diesen Witz schon zu kennen und sagte: „Was hast du? Carols Hundesuppe ist die beste, die ich je gegessen habe. Sie wird dir schmecken."

„Ihr spinnt!", rief Blue ungläubig.

„Von mir aus. Ich muss sie ja nicht essen. Ich könnte wetten, dass es Berge von Pancakes gibt. Durch die werde ich mich durchessen, bis ich platze."

Alle lachten. Dann stiegen sie in ihre Wagen. Auch Hughs Männer waren zur Feier eingeladen und folgten Waytons Truck.

Der Abend war noch jung. Die Sonne strahlte mit ihrer Macht vom fast wolkenlosen Himmel. Vor ihnen lag der Schotterweg durch das hügelige Grasland, in dessen Senken sich vereinzelte Baumgruppen versammelt hatten. Hinter den Reifen zogen kleine Staubwölkchen ein Stück des Weges und verflüchtigten sich von selbst im Nichts. Das monotone Motorengeräusch des Mietwagens klang wie eine leise Melodie. Blue hatte das Handy weg gesteckt und lauschte diesem Geräusch. Es passte alles gut zusammen und er war einfach glücklich. Eine gewisse Unruhe hinderte ihn, Freude in seinem Herzen mit anderen zu teilen. Wo war bloß sein Freund, Mitch Running Elk. Seitdem der Twist zwischen ihnen begraben und daraus eine neue, besondere Freundschaft entstanden war, hatten die beiden beinahe jede Stunde gemeinsam verbracht. Nun waren sie das erste Mal einen ganzen Tag voneinander getrennt und Blue konnte es kaum erwarten, ihn wiederzusehen. Die Ungeduld zerrte an Blue. Frank hatte sich in tiefes Schweigen gehüllt.

Als sich der kleine, motorisierte Zug dem Erdhaus näherte, tauchten wie Gespenster zwischen den Pferdetrailern, zwei große, weiße Zelte vor Blues Augen auf. Sein Erstaunen war ihm ins Gesicht geschrieben. Fragend sah er zu Frank. Der schien darüber nicht sonderlich verwundert.

„Was ist denn da kaputt?", fragte Blue leise.

„Die Lakota haben ihre Tipis aufgeschlagen", antwortete Frank.

„Du hättest erst gestaunt, wie viele damals zu unserer ..." Er zögerte, bevor er weiter redete. „... Zu unserer Hochzeit hier standen."

Die Wagen vor ihm stoppten bereits. Frank reihte sich bei den parkenden Wagen ein, die heute Abend weitaus zahlreicher waren als gewöhnlich. Blue blieb sitzen, als Frank den Zündschlüssel zog.

„Danke, Frank", sagte er, sah zu ihm und lächelte.

„Ich danke dir, Blue Stone Horse", antwortete Frank.

„Wofür?"

„Ohne dich hätte ich die Farben der Sonne nicht wiedergesehen. Vielleicht nie."

Blue lächelte und nickte mehrmals.

„Du bist schon okay, Frank McKanzie."

Dann stieg er aus und ging zu den Menschen, die ihn bereits erwarteten.

Kapitel 10
Großvater erzählt

Blue ging zu den Menschen, die er noch nicht alle kannte. An diesem Abend waren weit mehr von ihnen hier, als er sich jemals hätte träumen lassen. Doch Blue, der sich allein in den Straßen der großen Stadt Chicago durchgeschlagen hatte, kannte keine Scheu. Die Sonne schien und zauberte eine Harmonie in dieses Stück Land, Großvaters Land und nun sein Zuhause, die er nicht in Worte fassen konnte. Hoch oben, an den Tipistangen, winkten ihm, wie zur Begrüßung, einige bunte Bänder entgegen. Blue suchte in der Menge nach bekannten Gesichtern. Schließlich entdeckte er vor einem der beiden Tipis Winona, die Kinder und Percy. Der stützte sich mit der linken Hand auf eine Krücke, während er den rechten Arm um die Schulter seines ältesten Sohnes gelegt hatte. Blue ging ohne zu zögern direkt auf die beiden zu.

„Hi", sagte er nur und blieb vor ihnen stehen.

„Alles Gute zu deinem Geburtstag, Blue Stone Horse, von ganzem Herzen", sagte Percy, während sein Lächeln in ein breites Grinsen überging, als er hinzufügte: „Ich würde dir gerne die Hand reichen, aber dann würde ich umfallen."

Mitch schwieg und grinste ebenfalls.

Blue schluckte, bevor er sagte: „Danke. Ich freue mich, dass es Ihnen besser geht, Mr Running Elk."

Percy lachte amüsiert auf. Die mürrischen Züge seines Gesichtes, seiner Stimme, ja seines ganzen Wesens, schienen wie weggezaubert zu sein.

„Nenn mich Percy. Ich glaube, irgendwie sind wir Verwandte."

„Sind wir das nicht alle?", mischte sich seine Frau ein und lachte herzlich. Sie nahm Blue ungeniert in die Arme und drückte ihn zur Begrüßung.

„Meinen Glückwunsch, Blue. Ich wünsche dir Gesundheit und den Mut, deinen Weg zu gehen, wo immer er dich auch hinführen wird." Dann gab sie ihm eine bunte, gefaltete Decke, die ihr ihre kleine Tochter gereicht hatte.

„Unser Geschenk für dich", sagte sie lächelnd.

Blue schlug die Decke auseinander und schaute sie erstaunt an.

„Für mich? Sie ist wunderschön."

Winona nickte. „Eine Quilltdecke. Habe ich selbst gemacht."

„Danke!", murmelte Blue und strich vorsichtig über die Decke.

„Danke euch", sagte er noch einmal. Er konnte nur ahnen, wie wertvoll sie war.

„Damit kannst du unter den Wasicu später mal mächtig Eindruck schinden", bemerkte Percy.

„Glaubst du? Aber sie werden das wahrscheinlich nicht verstehen."

Percy verzog die Mundwinkel und nickte langsam.

Im gleichen Augenblick sprang Bonnie auf ihren Bruder zu. „Hey! Da bist du ja endlich. Ich dachte schon, du würdest deine eigene Geburtstagsfeier verpassen." Sie stellte sich auf die Zehenspitzen und schlang kurz ihre Arme um seinen Hals. Dann ließ sie ihn wieder gehen und gab ihm ein flaches Päckchen mit einem Schleifenband.

„Das habe ich selbst gemacht. Für dich, mein Bruderherz. Granny hat mir ein wenig geholfen", lächelte sie und wartete darauf, dass es ihr großer Bruder auspackte. Blue war neugierig und zog sofort am Schleifenband. Aus dem Papier kam etwas rundes, mit einem netzartigen Geflecht, in der Mitte eine Perle, zum Vorschein. Als er es mit den Fingern nach oben hielt, winkten ihm einige Flaumfedern, die am unteren Teil daran befestigt waren, entgegen.

„Ein Traumfänger", stellte Blue fest.

Bonnie nickte. „Für dich ganz allein. Gefällt er dir?"

„Natürlich, Bonnie. Danke. Das war eine gute Idee!"

„Vielleicht träumst du dann nicht mehr so unruhig. Du redest auch manchmal im Schlaf."

Blue fühlte sich ertappt.

Bonnie grinste.

„So? Was habe ich denn geredet?", fragte er leicht verunsichert.

Bonnie kicherte, während sie sich die Hand auf den Mund presste. Blue fragte lieber nicht noch einmal, in Anbetracht dessen, dass sich ihm noch mehrere Gratulanten näherten. Er kannte nicht mal alle ihre Namen. Manche Gesichter kamen ihm bekannt vor. Sie waren alle freundlich zu ihm, gut gelaunt und scherzten. Wenig später tauchte schließlich Mitch neben ihm auf.

„Gehören die alle zu uns?", fragte Blue.

„Der größte Teil, ja. Manche haben auch noch ein paar Freunde mitgebracht. So etwas spricht sich schnell herum."

„Was? Dass ich Geburtstag habe?", fragte Blue ungläubig.

Mitch lachte.

„Dass es was Gutes zu essen gibt! Das kommt selten genug vor. Sie sind hungrig und es ist genug für alle da."

„Meine Portion Hundesuppe könnt ihr sowieso haben. Ich halte mich lieber an das Frybread und die anderen leckeren Dinge aus Grannys Meisterküche."

Mitch lachte schallend auf und schlug seinem Freund gegen den Oberarm.

„Du weißt nicht, was dir entgeht, Stadtindianer", erwiderte er, als er genug Luft hatte, um zu sprechen.

Blue ging nicht weiter darauf ein.

„Weißt du überhaupt schon, dass deine Stute, Silvermoon, heute mit Sunshine Red und den anderen beiden Schecken zurückgekommen ist? Hugh hat Jones vier andere Pferde gegeben. Damit war der Typ zufrieden. Hugh hat sie uns heute bringen lassen."

Mitch grinste noch immer breit, als er antwortete: „Ja. Ich weiß es."

Blue war sichtlich irritiert. Es gab noch immer Dinge, die er nicht verstehen konnte.

„Hey!", sagte Mitch ernst und sehr leise zu ihm. „Ich habe sie noch nicht gesehen, noch nicht begrüßt. Vater meint, ich muss mich in Geduld und Selbstbeherrschung üben. Es fällt mir wirklich nicht leicht, aber ich will es selbst. Ich will so werden wie er, wie Joe und wie Großvater Wayton."

Blue nickte schließlich.

„Gut. Ich will meine Geschenke ins Haus bringen. Wir sehen uns noch."

Dann wandte er sich um und verschwand im Erdhaus. Außer Großvater war niemand hier drin. Wortlos legte Blue seine Sachen auf seinem Schlafplatz ab.

„Ich habe auf dich gewartet", sagte Großvater in die Stille. „Ich möchte dir etwas geben."

Blue trat zu ihm und starrte auf Großvaters offene Hand. Darin lag ein kleiner Stein.

„Was ist das, Großvater?"

„Nimm es in deine Hand und betrachte es genau!"

Blue tat das. „Ein Pferd. Ein winziges, blaugraues Pferd aus Stein", stellte Blue fest.

Großvater nickte. „Es gehört zu dir."

„Ein Steinpferd."

Wieder nickte Großvater. „Blue Stone Horse. So ist es."

Die Augen seines Enkelsohnes begannen eigenartig zu glänzen.

Großvater ging zur Tür, wandte sich noch einmal um und sagte: „Hüte es gut", bevor er hinausging.

Blue verharrte noch eine Weile in seiner Reglosigkeit und starrte auf das winzige Steinpferd in seiner Hand. Dann lächelte er und legte es auf sein Kopfkissen, bevor auch er wieder zu den anderen ging.

Es gab wahrhaftig viel zu essen. Frank hatte das, was er mit Blue in Rapid City eingekauft hatte, ebenfalls dazugegeben. Blue konnte sich nicht entsinnen, jemals so viel Essen auf einen Haufen gesehen zu haben. Gemeinsam mit seinen Gästen ließ er sich nieder und aß, was sein Herz begehrte und soviel er konnte. Selbst als alle satt zu sein schienen, war noch eine Menge übrig. Es blieb stehen, falls die Leute später noch etwas essen wollten oder noch jemand kam, der hungrig war. Die fröhlichen Stimmen der Menschen und ihr Lachen war weithin zu hören. Irgendeiner hatte immer über eine kuriose Begebenheit zu erzählen, ungewollt komische Missverständnisse oder einfach nur einen Witz. Selbst über Geschichten und Witze, die sie möglicherweise schon kannten, lachten sie immer wieder ausgelassen. Blue hatte beobachtet, dass selbst Percy lachte. Joe erzählte gerade, wie er mit seinem Ohitika kämpfen musste, um den Hengst davon abzubringen, einen Beauftragten vom Bureau of Indian Affairs zu beißen. „Der hat ihm wohl nicht gefallen", lachte Joe. „Ich mochte ihn auch nicht", erzählte Joe weiter. „Doch Selbstbeherrschung war nie Ohitikas Stärke. Als sich die Amtsperson umwandte, um in den Wagen zu steigen, streckte mein Hengst blitzschnell seinen Kopf nach ihm und zwickte ihn in den Oberschenkel, direkt unter seinem Allerwertesten."

Alle lachten erneut auf. Als sie sich wieder beruhigten, fuhr Joe fort: „Der wandte sich sofort wütend um. Ich stand da, steif wie ein Pappelstamm, und durfte nicht lachen. Der Mann fluchte laut und erwartete wohl, dass ich mein Pferd dafür strafte. Also stieß ich Ohitika mit meinem Ellenbogen in die Seite. Das Pferd muss das falsch gedeutet haben und ging erneut auf den ungebetenen Gast los. Mit einem Angstschrei und sich selbst in seiner Geschwindigkeit übertreffend, sprang der Mann in seinen Wagen und warf die Tür zu. Ohitika schnaubte so wütend an die Scheibe, dass sie beschlug. Der Kerl startete hastig und sprintete davon, als befürchte er, verfolgt zu werden. Ich brach in schallendes Gelächter aus, denn nun brauchte ich mich nicht mehr zu beherrschen. Selbst Ohitika gab ein zufriedenes Schnauben von sich. Ich habe ihn lachen sehen. Als ich mir die Tränen aus den Augen gewischt hatte, sagte ich ernst zu ihm: Mein lieber Freund. Sei vorsichtig, sonst endest du noch als Hundefutter in einer Dose. Mit diesen Leuten ist nicht zu spaßen."

„Weshalb war dieser Mann zu dir gekommen?", fragte Blue.

„Behördliche Pferdebestandsaufnahme im Reservat. Sie behaupteten, es wäre für ihre Statistiken."

„Ich wette, der Kerl hat sich auf den Schrecken hin verzählt", meinte Blue.

Die Menschen ringsum lachten.

„So muss es wohl gewesen sein. Und dann ist einer dieser schlauen Weißen auf die glorreiche Idee gekommen, sie aus der Luft zu zählen", sagte Percy.

„Und nicht nur die Pferde, sondern alle Viehbestände. Sie überfliegen unser Gebiet ohne zu fragen und fotografieren auch noch vom Helikopter heraus", bemerkte ein junger Mann, der neben Joe saß.

„Vielleicht dachten sie, dass unsere Büffel und unsere Pferde, ja wir selbst, blind und taub sind", meinte Wayton achselzuckend.

„Hast du ihnen etwa jemals von den Steinpferden erzählt, mein

Lieber?", fragte Carol.

„Ich?", fragte Wayton entrüstet.

In die Gesichter der Zuhörer kehrte das Lächeln zurück.

„Es ist dir doch eine wahre Freude, diese Leute zu verwirren", redete Carol weiter.

Wayton grinste.

„Glaubst du, sie suchten tatsächlich Pferde aus Stein?"

„Möglicherweise, Wayton. Du solltest aufpassen, oder hast du es schon vergessen?"

„Was denn?"

Alle lachten.

„Dass diese Art von Menschen deine Späßchen nicht verstehen. Du solltest in Zukunft deinen Hut ständig tragen. Im Sommer drückt die Sonne auf dein Gehirn und im Winter der Frost. Das verwirrt deine Gedanken allmählich, mihagna."

Wayton verzog das Gesicht und knuffte seine Frau scherzhaft in die Seite.

„Kennt jemand von euch dieses vorlaute Weib an meiner Seite?"

Die Menschen, die sich im Kreis beieinander niedergelassen hatten, lachten noch mehr. Blues Blick fiel dabei auf Shania, die auf der anderen Seite neben Großmutter Carol saß. Auch sie lachte herzlich, während ihre halbgeschlossenen Augen unentwegt auf ihre Füße zu starren schienen. Bonnie, die neben Shania hockte, hatte nach ihrer Hand gegriffen und Winonas kleine Tochter, die zu Bonnies Freundin geworden war, lehnte an Bonnie, während die beiden Mädchen kicherten. Die beiden älteren Mädchen, die Blue gegenüber saßen, kannte er nicht. Als er bemerkte, dass diese mitbekommen hatten, dass er sie beobachtete, sah er sofort weg. Sie lächelten und tuschelten miteinander. Blue erschrak fast, als er plötzlich Shanias Stimme in der Runde vernahm, die bisher geschwiegen hatte.

„Es gibt noch immer Menschen, die deine Geschichte über die Steinpferde nicht kennen, Wayton Stone Horse", sagte sie auffordernd.

Die Menschen hatten Shania zugehört und sahen nun erwartungsvoll auf den alten Mann mit den grauen Zöpfen in ihrer Mitte.

Wayton lächelte und begann, wer weiß zum wie vielten Mal, die alte Geschichte zu erzählen:

„Vor vielen Jahren, als wir noch zu Fuß auf die Jagd gingen, da wir noch keine Pferde kannten, lebte in unserem Stamm eine Gruppe junger Männer, die sich zu einem Kriegerbund zusammen geschlossen hatten. Sie waren Freunde und Brüder. Sie konnten sich aufeinander verlassen, egal, ob sie nun gegen Krieger der Feinde antreten mussten, das Dorf vor Stürmen oder Präriefeuern schützen mussten oder ob sie auf der Jagd waren. Normalerweise hatten solche Kriegerbünde Namen. Doch dieser nicht. Ihr Anführer, ein junger Mann mit dem Namen Mato Hanska, schien sehr betrübt darüber zu sein. Er machte sich Gedanken, grübelte darüber nach, denn es war kein gutes Omen. Schließlich ging er mit seinen Sorgen, die sein Herz bedrückten, zum Geheimnismann des Dorfes, dem Wicasa Wakan, um mit ihm darüber zu sprechen. Der Wicasa Wakan schickte Mato Hanska daraufhin auf Visionssuche, um auf diesem Wege einen Namen für seinen Bund zu erhalten. Noch am selben Tag machte sich der junge Anführer dieses Bundes auf zu dem heiligen Berg in den Paha Sapa. Sein jüngerer Bruder und zwei Freunde begleiteten ihn auf dem langen Fußweg zu den Black Hills. Als Mato Hanska sich eine Lichtung auserkoren hatte, legte er alle Waffen ab und betrat den heiligen Ort, nur mit seinem Lendenschurz bekleidet und mit seiner Pfeife in der Hand. Die Aufgabe seiner Begleiter war es, Feinde und Raubtiere von ihm, dem schutzlosen Visionssuchenden, fernzuhalten. Es war ihnen eine Ehre, das zu tun und sie taten es, vier Tage und vier Nächte lang, ohne in Erscheinung zu treten. Mato Hanska hielt der aufgehenden, der im Zenit stehenden und der untergehenden Sonne seine Pfeife entgegen und betete. Er aß und trank nichts. Drei Tage und drei Nächte lang tat er das, während seine Kräfte schwanden. Er hoffte so sehr auf eine Vision, er bat darum, aber nichts geschah. Als am vierten Abend die Sonne unterging, fiel Mato Hanska auf die Knie. Ohne Vision, ohne Namen, wollte er lieber sterben, als erfolglos zurückzukehren. Direkt vor ihm, zwischen den Bäumen, tauchte ein fremdes Wesen auf, das langsam auf ihn zukam. Mato Hanska durchfuhr ein Frösteln. Solch ein seltsames Geschöpf hatte er noch nie gesehen. Wie gebannt verharrte er, reglos und still, und beobachtete es. Dieses Tier war wunderschön. Hatte es Wakan Tanka zu ihm geschickt? Das große Tier neigte seinen mächtigen Kopf zu dem des Mannes und schnaubte ihm winzige Tröpfchen in sein Gesicht. Mato Hanska schloss die Augen und glaubte, zu Stein erstarren zu müssen."

Als Großvater Wayton die Anspannung seiner Zuhörer bemerkte, machte er eine Pause und atmete tief durch. In aller Ruhe griff er zu seiner Wasserflasche. Das kühle Nass erfrischte seine trockene Kehle, ebenso wie seine Sinne. Niemand wagte zu sprechen. Alle Blicke waren abwartend auf ihn gerichtet. Großvater räusperte sich und erzählte schließlich weiter.

„Dann hörte Mato Hanska eine Stimme, die er glaubte zu kennen. Es war die sanfte Stimme seiner Schwester, die bereits seit einem Jahr im Reich der Ahnen weilte. Sanft strich sie die Sinne ihres Bruders. 'Wenn ihr, meine Brüder, eines Tages zu Stein erstarrt, zu Staub verfallt, werdet ihr alle als Pferde wiedergeboren. Berühre mich, mein Bruder, und du wirst unsterblich sein, wie alle, die dich berühren.' Ohne dass Mato Hanska fähig war, ein Wort über seine Lippen zu bringen, hob er langsam die Hand und berührte das seltsame Wesen, das vor ihm stand. Erst jetzt bemerkte er, dass es ein Stein war."

Wieder machte Großvater eine Pause, um tief durchzuatmen. Lächelnd sah er in die Runde seines Tiospaye und seiner Freunde.

„Als Mato Hanska zu sich kam, lag er im Gras, allein. Die Sonne war längst untergegangen und kühle Nachtluft strich über seine Haut. Aus dem umliegenden Wald rief ein Kauz. Erst als ihm seine Begleiter bei Sonnenaufgang zu essen und zu trinken gaben, kehrten die Sinne und die Kraft für die Heimreise zurück in seinen Körper. Sein jüngerer Bruder und seine Freunde brannten darauf zu wissen, was geschehen war. Aber sie fragten nicht. Sie wussten, dass er zuerst mit dem Wicasa Wakan darüber sprechen musste. Mato Hanska erzählte diesem schließlich, was geschehen war. Das ist ein gutes Zeichen, zeigte sich der Geheimnismann tief beeindruckt. Von jenem Tag an zeigten sich unserem Volk immer wieder solche geheimnisvollen Wesen, die wie große Hunde aussahen, nur dass sie viel schöner und stärker waren. Wir nannten sie Shunka Wakan, geheimnisvolle Hunde. Niemand unserer Jäger wagte es jemals, einem dieser Tiere etwas Böses zu tun. Sie wussten schon damals, dass es ihre Brüder und Schwestern waren, die als Pferde wiedergeboren nach Hause zurückgekehrt waren."

In der darauffolgenden, ehrfurchtsvollen Stille, knackte ein Zweig im Feuer unter dem Suppentopf, als wollte er Großvaters Worte bestätigen. Niemand wagte zunächst das Schweigen zu brechen. Großvater selbst war es, der sich schließlich auf die Schenkel schlug und lachte.

„Nur ein kleines, sehr widerspenstiges Fohlen hatte sich in der großen Stadt verirrt und wusste den Weg nach Hause nicht. Es wollte nicht mitkommen, stieg, schlug aus und flüchtete, wann immer es möglich war."

Die Menschen lachten wieder und blickten indirekt auf Blue Stone Horse und streiften auch Frank McKanzie mit ihren Blicken. Selbst Blue grinste, als er an das widerspenstige Fohlen aus seinem Traum dachte, das Großvater schließlich mit einem Pfannkuchen nach Hause gelockt hatte.

„Das Fohlen wusste vielleicht nicht, dass es ein Steinpferd war", warf Blue ein.

„Nein. Es behauptete George Washington zu sein", antwortete Großvater.

Wieder ertönte das herzliche Lachen der Menschen.

„Und wie hat es sich davon überzeugen lassen, doch nach Hause zu kommen?", fragte Winona.

Carol rief schnell: „Meine Pancakes!", bevor ein anderer antworten konnte. „Ja, meine Pfannkuchen ...", rief sie weiter in das Gelächter hinein. „Kaum jemand kann meinen frisch gebackenen Pfannkuchen widerstehen."

Percy zweifelte offensichtlich an dieser Version.

„Fressen Stadtpferde denn Pancakes?", fragte er gespielt verdutzt.

Blue rief lachend zurück: „Klar! Was denkst du denn?"

Ausgerechnet Frank McKanzie ergriff nun das Wort und erzählte, wie er wieder zu einem Sohn gekommen war und Blue zu einem Vater, den er weder kannte, noch haben wollte.

Blue staunte ehrlich über Franks amüsante Ausführung und lauschte ihm mit einem eigenartigen Lächeln auf den Lippen. Damals schien Franks Humor weit weg von dem zu sein, den er nun, bei seiner späteren Betrachtung der Dinge, an den Tag legte. Er verschwieg auch nicht seine unheimliche Begegnung mit den Brieftaschenräubern, lachte über seine Ängste, als ihn zum zweiten Mal einer schnappte und auf die Beine zog. Schließlich lobte er einen jungen Burschen, der ihn gerettet hatte.

„Ein Bursche mit zerzaustem Haar. Seine Augen funkelten mich wild durch seine langen Ponysträhnen an. Sie nannten ihn alle Blue Light Shadow, selbst die Polizei."

Die Lakota hörten der neuen Geschichte, die sie noch nicht kannten, grinsend zu.

„Nur einer hübschen jungen Dame habe ich es zu verdanken, dass ich diesen wilden Burschen zähmen konnte. Bonnie! Und dabei wusste ich zu dem Zeitpunkt nicht einmal, wer du bist."

Bonnie kicherte, während sie die Hand vor dem Mund hielt.

„Da sieht man mal wieder, was für eine geheimnisvolle Macht von den Frauen ausgeht!", rief Winona in die Runde.

Das Lachen folgte.

„Was hast du angerichtet, Bonnie?", wollte Joe wissen.

„Ich wollte nicht mehr im Heim bleiben, nicht ohne meinen Bruder. Meine Lakotagroßeltern haben mich nach Hause geholt. Ich bin auch ein Steinpferd. Ich bin so schnell wie möglich zu ihnen gekommen. Wahrscheinlich war es der Herdentrieb, der meinen Bruder folgen ließ."

Gelächter folgte auch ihren Worten.

„Ich danke dir, Bonnie. Vielen herzlichen Dank, dass du mir geholfen hast, diesen Sturkopf nach Hause zu treiben. Wirklich. Außer dir hätte ihn nichts von seiner Straße wegbringen können", sagte Frank.

Blue lachte leise. Etwas verlegen hatte er sich einen Zweig herangezogen und spielte damit.

„Und was ist aus George Washington geworden?", fragte Percy.

„Er ist tot", antwortete Großvater Wayton blinzelnd. „Wusstest du das nicht, Percy?"

Wayton lachte und steckte die anderen erneut damit an.

„Und der, den sie Blaulichtschatten nannten?", fragte Mitch.

„Den gibt es nicht mehr", antwortete Blue selbst.

„Schade. Ich hätte ihn zu gern kennengelernt", grinste Mitch.

Blue hob langsam den Kopf. Auf seinem Gesicht erschien ein spöttisches Grinsen, welches Mitch traf.

„Brauchst du noch einen Teller Suppe, Mitch Running Elk?", fragte er ihn.

„Brauchst du ein Vollbad, Stadtindianer?", warf Mitch zurück.

Joe schien der einzige zu sein, der das wirklich verstand. Aber die anderen Zuhörer amüsierten sich gleichermaßen. Selbst Bonnie, die sich lange Zeit vor Mitch und seinen Freunden gefürchtet hatte, lächelte. Nun brauchte sie keine Angst mehr zu haben. Das Licht der untergehenden Sonne färbte den Himmel im Westen orange, bis es die Wolken in die verschiedensten Rosa- und Lilatöne tauchte, um sich schließlich mit einem blutrotem Horizont zu verabschieden. Die Dämmerung zog über das Land, über die Menschen und ließ die kleinen Feuer immer heller erscheinen. Noch bis tief in die Nacht hinein saßen die Lakota beisammen, ohne des Erzählens und des Lachens müde zu werden. Selbst die Kinder hielten sich tapfer. Durch ihre Geschichten hatte Blue nun auch alle kennen gelernt. Sie waren anders, als er sie sich jemals vorgestellt hatte. Ganz anders. Ich bin kein Indianer, hatte er damals in den strömenden Regen geschrien. Nun saß er mitten unter ihnen, den Menschen, die ihn nie danach gefragt hatten, die ihm nie einen Vorwurf gemacht hatten. Blue genoss ihre Herzlichkeit und Wärme, die Sicherheit einer großen Familie, die er so lange hatte entbehren müssen. Der Stolz stieg in ihm hoch, dass er zu ihnen gehörte und sie zu ihm. Er war stolz darauf, ein Stone Horse zu sein, ein Lakota, ein Indianer.

Erst spät in der Nacht erlosch das Feuer, die Stimmen wurden leise, bis sie schließlich ganz verstummten. Ruhe beherrschte Großvaters Land. Sanfter Wind wiegte die Gräser in den Schlaf. Leise zirpten zwei Grillen durch die Sommernacht. Die funkelnden Sterne schienen ihnen zuzuzwinkern. Die meisten Gäste waren geblieben und schliefen in den Zelten. Auch Blue schlief heute Nacht nicht wie gewöhnlich im Erdhaus, sondern in einem der

Tipis. Joe war in der Nacht mit Shania nach Hause gefahren. Er wollte in der Nähe der Pferde sein. Joe war bestimmt kein ängstlicher oder pessimistischer Typ. Doch ein gesundes Misstrauen war ihm angeboren. Blue verstand ihn nur zu gut. Er hatte in Joe einen Teil seines eigenen Ichs erkannt.

Lautes Lachen weckte Blue am Morgen, als die Sonne bereits hoch über den Zelten stand. Verschlafen blickte er um sich. Er musste wohl der letzte sein, der noch auf seinen Decken lag. Nachdem er sich ausgiebig gestreckt hatte, sprang er auf und ging hinaus. „Guten Morgen, du Langschläfer!", rief ihm Mitch entgegen und lachte. „Ich wollte dich gerade wachrütteln."

„Morgen, Mitch", antwortete Blue und setzte seinen Weg zu Großmutters Wasserfass am Erdhaus fort. Er zog sein Shirt schon im Gehen, ein paar Schritte davor, aus. Als Blue sich gerade über das Fass beugte, spritzte ihm das kalte Nass bereits direkt ins Gesicht und weiter über den nackten Oberkörper. Unwillkürlich zuckte er und seine Haut zog sich fröstelnd zusammen. Er hatte seinen Freund Mitch verdächtigt, aber bevor er die Augen aufriss, hörte er bereits das Kichern der Mädchen und bevor er etwas sagen konnte, spürte er die nächsten Wasserspritzer auf seiner Haut. Blue schüttelte sich wie ein frisch gebadeter Hund und wischte sich die Tropfen aus den Augen, um klar sehen zu können. Er erkannte die beiden Mädchen, die ihm gestern Abend gegenüber gesessen hatten. Sie waren drei bis vier Jahre älter als Blue und entfernte Cousinen von ihm. Lucy war groß, schlank und verdammt hübsch, schoss es Blue durch den Kopf. Ihre Schwester Betty erschien neben ihr schon fast ein wenig pummelig. Sie grinste Blue frech aus ihrem runden Gesicht entgegen. Er musste im ersten Augenblick ziemlich verdutzt geschaut haben. So hatte der Überraschungsangriff seine Wirkung nicht verfehlt. „Na, du müder Krieger. Bist du jetzt wach?", meinte Lucy spitz und schmunzelte.

„Oder brauchst du ein Vollbad in der Tonne?", kicherte Betty. Ein heißer Schauer schoss durch Blues Körper, der seine Haut nochmals zusammenzog. Ohne zu antworten, spritzte er mit beiden Händen das Wasser zu den Mädchen. Die sprangen zur Seite und lachten laut. Blue schüttelte grinsend den Kopf und wusch sich. Dann trocknete er sich mit seinem Shirt ab. Seine Jeans war sowieso durchnässt und beides ein Fall für die Wäscheleine.

„Mach dir nichts daraus", sagte Betty versöhnlich. „Lakotakrieger, die man zur Schlacht erst wecken musste, wurden schon immer gern verspottet."

Blue wrang sein Shirt aus. Das Wasser tropfte von seinem Haar. Er grinste ein wenig verwegen, als er antwortete: „Wie kommt ihr darauf, dass ich ein Krieger bin? Und eine Schlacht gibt es heute nicht."

„Doch! Eine Wasserschlacht!".

Wieder vernahm er das Lachen der beiden Schwestern.

„Verrückte Hühner", sagte Blue, bevor er in das Erdhaus ging, um sich trockene Sachen anzuziehen.

Gut gelaunt saßen sie ein wenig später beim gemeinsamen Frühstück. Es versprach auch heute ein sonniger, warmer Tag zu werden. Dan und Clearence, die beiden Männer aus Nebraska, verabschiedeten sich nach dem Frühstück und bedankten sich noch einmal für die Einladung und den schönen Abend. Hugh hatte bedauert, dass er nicht selbst kommen konnte, versicherten sie Blue. Aber wenn Hugh erfahren würde, was ihm entgangen war, würde es ihm sicherlich noch mehr leid tun. Die Männer lachten. Schließlich stiegen sie in ihren Truck und rollten langsam in Richtung Straße davon. Sie hupten kurz, bevor sie endgültig aus Blues Blickfeld verschwanden. Einige Verwandte reisten gegen Mittag ab. Die Zelte dagegen blieben stehen.

Blue hielt Ausschau nach Frank. Er hatte ihn seit dem Frühstück nicht mehr gesehen.

Wenn er mit Joe schon unterwegs nach Wyoming wäre, dann hätte er sich von mir verabschiedet, dachte Blue. Auch Franks Wagen stand noch an seinem Platz und auch Großvaters Truck. Schließlich fragte er Großmutter Carol. Sie lächelte und sagte: „Er ist mit Bonnie drüben im Trailer."

Blue nickte. Ziellos schlenderte er umher und wusste nicht recht, was er mit sich anfangen sollte. Mitch kreuzte seinen Weg, um sich zu verabschieden.

„Ich bringe Percy nach Hause. Seitdem er seinen Rollstuhl zertrümmert hat, macht er Fortschritte." Mitch grinste. „Er braucht meine Hilfe noch, aber er will es wieder allein schaffen. Bis dahin bin ich seine zweite Gehhilfe."

„Ich bewundere ihn. Dein Vater macht erstaunliche Fortschritte."

„Hm", nickte Mitch. „Manchmal kann auch Wut unheimlich motivieren."

„Was ist eigentlich passiert?"

„Ein paar angetrunkene Kerle haben ihn verprügelt, beide Knie mit einem Baseballschläger zertrümmert. Nur so zum Spaß. Er war halt Indianer."

„Ich dachte, diese Zeiten sind längst vorbei", meinte Blue und zog die Augenbrauen zusammen.

Mitch schwieg lange, bevor er sagte: „Manche wissen das immer noch nicht."

„Haben sie die Kerle erwischt?"

„Ja."

„Gut."

Mitch schüttelte den Kopf.

„Sie sind am nächsten Tag aus der Ausnüchterungszelle gekommen, mit der Androhung einer Strafe, falls so was noch mal vorkommt."

Blue starrte Mitch verständnislos an, aber er schwieg. Tief im Inneren spürte er seine eigene Wut. Wie konnte es solche Gesetze geben? Gab es überhaupt Gerechtigkeit? Und für wen? Und wer entschied, was gerecht ist?

„Eines Tages werden auch sie ihrer Strafe nicht entgehen können", meinte Mitch. „Ich muss los. Heute Abend beziehe ich Posten auf Joes Ranch, solange er mit deinem Vater unterwegs ist."

„Okay. Man sieht sich", entgegnete Blue und folgte seinem Freund, um sich auch von Winona, Percy und den Kindern zu verabschieden. Dann sah er dem davonfahrenden Van nach, bis er seinem Blick entschwand.

Als Blue gedankenversunken einen Fuß vor den anderen setzte, fand er sich schließlich vor dem alten Trailer wieder und öffnete die Tür. Er hörte Bonnies helles Lachen.

„Hallo", sagte Blue leise.

„Hallo", grinste Frank.

Bonnie hob den Blick von einer Zeitung.

„Hallo, Blue. Schön, dass du gekommen bist."

Blue verzog die Mundwinkel zu einem Lächeln. „Was macht ihr denn da?"

„Ein wenig stöbern. Granny meinte, hier seien wahre Schätze verborgen."

„So?"

„Du wirst nicht glauben, was ich hier gefunden habe, Blue", nickte Frank. Er saß auf dem Boden, mitten zwischen einigen alten Büchern. „Sieh dir das an!"

Blue trat zu ihm.

„Wow!", entfuhr es ihm, als er sich neben Frank setzte.

„Die sind wohl noch aus dem vorigen Jahrhundert?" Dann griff er nach einem dicken Buch. „Old Man River", las er leise und schlug es auf.

Joe Stone Horse musste seinen Namen schon vor ewigen Zeiten dort hineingekritzelt haben. Blue lachte leise.

„Ich hätte nicht gedacht, dass Joe jemals Romane gelesen hat."

„Lesen bildet. Dieses Buch ist ein wahrer Schatz. Vielleicht solltest du es auch einmal lesen", meinte Frank.

„Von was handelt es denn?", fragte Bonnie.

„Vom Leben der Menschen am Mississippi, dem Old Man River, in den Südstaaten. Dort hat man sich früher schwarzhäutige Sklaven gehalten. Sie lebten täglich in Furcht und mussten schwere Arbeiten von Sonnenaufgang bis Sonnenuntergang verrichten. Viele schufteten auf den Baumwollplantagen. Die Familien bangten ständig darum, dass ihre Verwandten nicht an andere Sklavenhändler verkauft wurden. Oft wurden sie sogar in Ketten gelegt und bekamen kaum etwas zu essen. Aber sie lebten, lachten, weinten, sangen und beteten gemeinsam. Das gab ihnen die Kraft zu überleben. Sie sangen ein Lied über den Old Man River."

Frank summte leise die schwermütige Melodie. Dann brach er ab. „Leider kenne ich den Text dazu nicht."

Blue legte das Buch direkt neben sich ab.

„Ich werde es mal lesen!", beschloss er. Dann sah er sich das nächste Buch an.

„Der zweite Weltkrieg", las er und blätterte darin herum. „Unser Urgroßvater war damals bei der US Navy auf einem Flugzeugträger stationiert und hat gegen die Japaner gekämpft", sagte Bonnie. „Er wurde sogar zum Leutnant befördert und wurde nach seiner Rückkehr in die Reservation mit einer Adlerfeder geehrt. Das hat mir Großvater Wayton vor Kurzem erst erzählt."

Blue und Frank hörten ihr aufmerksam zu und nickten anerkennend.

„Die Navajo benutzten sogar ihre eigene Stammessprache als Geheimcode", fügte Bonnie hinzu. „Und den konnte niemand knacken", lachte sie schließlich, ein wenig triumphierend. Sie setzte sich zu den beiden auf den Boden. „Ich habe auch noch Oneida Großeltern, irgendwo in der Nähe von Buttle Creek, im Land der großen Seen, Michigan. Wir haben sie ein paar Mal besucht, Mom, Dad und ich. Leider war ich noch sehr klein und ich habe ihre Adresse nicht. Ich würde gern mehr über sie und uns Oneida wissen."

„Sie werden dich vermissen, hm?", meinte Frank.

„Bestimmt. Ich sie auch. Aber wir wissen, dass wir uns wiedersehen werden, irgendwann."

Bonnie war sich dessen sicher.

„Ist nur verdammt weit weg", stellte Blue fest.

„Wenn du möchtest, Bonnie, helfe ich dir. Dann kannst du sie besuchen", bot Frank ihr vorsichtig an.

Bonnies Augen leuchteten.

„Ich möchte schon, Mr McKanzie."

Blue schickte einen vorwurfsvollen Blick zu Frank. Der lachte leise und reichte Bonnie seine Hand.

„Meine Freunde nennen mich Frank. Ich würde mich sehr freuen, wenn du meine Freundin bist, Bonnie."

Bonnie kicherte kurz und schlug in Franks Hand ein. Blue atmete tief durch und grinste breit. Dann griff er zum nächsten Buch.

„Seht euch das an!", rief er begeistert. „Die amerikanische Unabhängigkeitserklärung!"

„Und hier ein Gesetzbuch über Landrechte", sagte Frank.

„Und ein Gedichtband. Ob sie das alles gelesen haben?", fragte Bonnie.

„Klar! Die alten Schwarten müssen schon Hunderte gelesen haben."

„Alles, was man wissen sollte", grinste Frank. „Aber wie du schon sagtest, Blue. Alte Schwarten. Sehr wertvoll, aber nicht mehr zu verwenden. Sind nicht auf dem aktuellen Stand der Dinge."

Blue lachte laut. „Die Unabhängigkeitserklärung?"

„Nein", lachte auch Frank. Ich meine die über die Landrechte. Diese sind zum Beispiel aus dem Jahr 1969. Gesetze ändern sich ständig."

„Und wer ändert sie ständig?", fragte Bonnie.

„Leute, die sie anders brauchen, als sie sind", antwortete Blue.

„Na, so einfach ist das auch wieder nicht", meinte Frank. „Stellt euch nur das Chaos vor, wenn jeder sein Gesetz so formuliert, wie er es gerade braucht." Frank schüttelte den Kopf. „Lieber nicht."

„Das denke ich allerdings auch", pflichtete Blue bei.

„Seht mal! Onkel Joe war im letzten Sommer in der Lakota Country Times. Ein ganzer Artikel über den Sobriety-Ritt, mit Fotos!"

„Zeig mal her!" Blue streckte den Kopf zur Zeitung, die auf Bonnies Knien lag. Sie schob sie ihm zu. Blue betrachtete die Fotos.

„Großvaters Stute ist dabei und Mitch auf seiner Schecke."

„Und Onkel Joe auf seinem Ohitika. Den Mann neben ihm, den kennst du bestimmt auch, Blue."

Blue las den Satz unter dem Foto laut vor: „Joe Stone Horse und Matt Brever als Mitorganisatoren des jährlichen Sobriety-Rittes am White Clay. Nur dieses Jahr ist es in die Hose gegangen. Der Ritt hat ohne uns stattgefunden."

Frank schwieg. Er wusste, wie wichtig dieser Ritt für Joe und die Kinder war. Er sah sich den Artikel an und nickte anerkennend.

Bonnie knuffte ihren großen Bruder scherzhaft in die Seite.

„Wolltest wohl auch mal in die Zeitung, hm?"

Blue verzog die Mundwinkel und kniff die Augen zu kleinen Schlitzen.

„Klar! Ganz groß, auf die Titelseite."

Sie lachten. Sie lasen. Sie stöberten weiter. Aus einem der Bücher fielen alte Schwarz-Weiß-Fotos. Die betrachteten sie der Reihe nach. Indianer, noch in traditioneller Kleidung, auch mit Federn im Haar. Einer von ihnen trug eine Adlerfederhaube. Auf einigen Fotos waren auch Weiße unter ihnen zu sehen. Auf anderen Fotos sahen sie eine Gruppe indianischer Frauen und Kinder oder Familien. Die Leute darauf kannten sie nicht. Aber sie waren dennoch beeindruckt.

„Eure Großeltern werden wissen, wer die Menschen auf den Fotos sind", meinte Frank und reichte Bonnie das letzte Foto. Sie hielt die Bilder fest in der Hand.

„Ich nehme sie mit hinüber", sagte sie.

Frank sah sich im Trailer um. Außer einem alten Sessel, dem Regal und einem ausgefranztem Stück Teppich gab es hier nichts mehr.

„Was geschieht mit dem Trailer?", fragte er.

Blue und Bonnie zuckten gleichzeitig mit den Schultern.

„Er wird zusammenfallen, sagte Großvater. Die Stürme haben ihn schon zweimal umgeworfen", antwortete Bonnie.

„Vielleicht wird er mit dem Herbststurm auf und davon wirbeln. Dann ist er weg", lachte Blue.

Ohne, dass sie es bemerkt hatten, waren Stunden verstrichen. Als sie den alten Trailer gemeinsam verließen, war es bereits gegen vier Uhr nachmittags.

Joe kam mit seinem Pickup und dem Pferdetrailer, um Frank abzuholen. Joe setzte sich zu den Menschen, seiner Familie, in das kühle Erdhaus. In einem Zug trank er ein großes Glas von Carols selbstgemachter Limonade aus. Joe hatte beschlossen noch heute zur Rangerstation in Wyoming aufzubrechen. Morgen Abend wollte er die Pferde verladen und über Nacht zurückzufahren. Die Kühle der Nacht würden die Pferde besser verkraften. Frank war einverstanden. Etwa eine halbe Stunde später brachen die beiden Männer auf.

Nachdem Joe und Frank gefahren waren, bat Blue seinen Großvater, ihn zu Joes Ranch zu bringen. Er wollte gemeinsam mit Mitch die Steinpferde versorgen und Joes Ranch bewachen. Wayton startete und fuhr an. Langsamer als gewöhnlich fuhr er mit seinem alten Truck über die unbefestigten Wege. So dauerte die Fahrt ungewöhnlich lange.

„Was ist aus Capakala und Cunksiwi geworden?", fragte Blue.

Wayton lächelte. „Gut, dass du mich danach fragst", sagte er und nickte zufrieden.

„Ich glaube, deine Märchen fangen an mir zu gefallen, Großvater."

Wayton lächelte noch immer, als er zu Blue sah und sagte: „Es sind keine Märchen, Blue Stone Horse. Es ist die Wahrheit. Es ist die Geschichte unseres Volkes."

„Also hat es Kleiner Biber und Sonnentochter wirklich gegeben?" Wayton nickte und sah wieder nach vorn.

„Aber du sagtest am Anfang der Geschichte, dass du ihr Vater bist und meine Mutter..." Blue schüttelte verständnislos den Kopf.

„Ich sagte auch, wir alle sind Väter, Mütter, Großväter, Großmütter unserer Kinder und Enkelkinder. Es wird sie immer geben, so, wie vor vielen hundert Jahren, so, wie in vielen hundert Jahren."

Wayton musste kurz lachen, als er das gesagt hatte und fügte scherzhaft hinzu: „Ich sollte unbedingt etwas gegen meine Ischiasschmerzen tun und besser auf meine Gesundheit achten. In den letzten zweihundert Jahren war ich zu nachlässig. Und die Arthrose in den Gelenken macht mir auch langsam zu schaffen."

Sie lachten beide herzlich.

„Kleiner Biber und Sonnentochter waren genauso verzweifelt, wie ihre Kinder und Enkelkinder", erzählte Großvater Wayton schließlich weiter. „Die Dämmerung zog über unser Land und sollte lange Zeit andauern. Viele Jahre. Die Menschen sehnten sich nach dem Licht der Sonne. Die Wasicu verboten unseren Geistertanz, unseren Sonnentanz, all unsere Rituale, unsere Sprache, unsere Lebens- und Denkweise. Diejenigen, die sie nicht hatten töten können, ließen sie hungern und frieren. Sie waren dem Tod näher als dem Leben. Vielen Familien nahmen sie die Kinder weg und verschleppten sie in ihre Schulinternate. Sie schnitten ihnen die Haare kurz und steckten sie in Baumwolluniformen. Als diese Kinder, Jahre später, nach Hause kamen, waren sie Fremde und schämten sich ihrer Eltern. Sie wollten keine Lakota mehr sein."

Wayton atmete tief durch. „Kleiner Biber und Sonnentochter wollte das Herz brechen, doch sie wollten ihre Kinder in die neue Zeit führen, damit sie überleben. Das hatten sie sich fest vorgenommen. Wir Lakota träumten von den Büffelherden und dem alten Leben. Immer wieder besannen wir uns darauf, um gegen das Vergessen anzukämpfen. In den vielen Jahren der Dämmerung bewahrten wir es im Herzen, trotz der Verbote, der Entmündigung und Bevormundung und der vielen Drangsalierungen."

Wayton lachte selbst über seine Gedanken, als er sagte: „In den vielen Jahren hatten die Wasicu, da draußen im Land und in den großen Städten, aber vergessen, dass es uns noch gibt! Plötzlich waren sie sehr erstaunt darüber, dass ein Lakota nach dem anderen langsam wieder aufgestanden war."

Blue grinste. Dann sagte er: „So was ähnliches kenne ich."

„Heutzutage haben wir den Wasicu oft bewiesen, dass wir nicht so dumm sind, wie sie denken oder uns gern hätten. Unser Leben ist nicht mehr ganz so, wie es einmal war. Es ist anders. Eine neue Generation versucht nun, unsere alten Traditionen und Werte zu leben und mit dem modernen Leben im 21. Jahrhundert zu verbinden. Das ist nicht immer einfach."

„Und dennoch habe ich nie in meinem Leben zuvor so viel gelacht, wie bei euch. Es gibt beinahe nichts, worüber nicht ein Witzchen gemacht wird."

Großvater Wayton grinste und nickte.

„Das sind die Farben der Sonne, Blue Stone Horse. Sie wärmen unser Herz."

Blue ergänzte Großvaters Worte.

„Die Menschen, die sie nicht mehr erreichen kann, verlieren ihre Seele und ihr Herz wird zu Stein."

Vor ihnen tauchte Joes Haus auf. Großvater Wayton stoppte den Truck vor der Tür.

Kapitel 11
Eine Familie

Mit dem neuen Tag war auch die letzte Ferienwoche angebrochen. Die Hitze flimmerte um die Mittagszeit förmlich über der Erde. Das Gras war verbrannt. Das Land schien ausgestorben zu sein. Erst gegen Abend kehrte Leben in das hügelige Land zurück. Arbeiten wurden in die frühen, kühlen Morgenstunden oder auf den Abend verlegt. Dann war es für Menschen und Tiere, die Bewohner dieses Landes, erträglicher. Mitch war es fast langweilig. Den ganzen Tag hockte er, gemeinsam mit seinem Freund, Blue Stone Horse, und der alten Shania in Joes Haus. Blue hatte seine Schulbücher mitgenommen. Seit Stunden war er darin vertieft und ließ sich durch nichts stören. Mitch schnaufte ungeduldig. Dann zog er Blue das Buch aus den Händen und schlug es zu.

„Bist du krank?"

„Nein. Wieso?"

„Die Schule beginnt erst in acht Tagen."

„Dann wird es höchste Zeit! Ich habe einiges aufzuarbeiten."

Mitch verzog ungläubig das Gesicht. „Willst du Eindruck schinden?"

„Nein, Mitch Running Elk. Will ich nicht. Aber ich will studieren. Ich will Anwalt werden, so wie Frank."

Shania lächelte.

Mitch zuckte mit den Schultern. „Wenn du unbedingt willst. Es kann ja nicht schaden, einen Anwalt in der Familie zu haben."

„So ist es."

„Aber jetzt ist Pause. Okay?"

„Okay, Mitch."

Sie tranken Shanias Limonade, lauschten ihren Geschichten und warteten. Worauf?

Auf die Abenddämmerung, auf den Sonnenuntergang, auf Joe, auf die Pferde und auch auf Frank McKanzie.

An diesem Abend schwirrte Mitch auf der großen Koppel umher, schwang sich mal auf das eine, bald auf das andere Pferd und war Blues Blicken entschwunden. Der saß, mit seinem Buch auf den Knien, bei der Tränke und beobachtete einige der Pferde. Er hatte sich diesen Platz ganz bewusst ausgewählt, denn die Sträucher am Rande der Koppel mied er. Seine Angst und sein Respekt vor den Klapperschlangen waren zu groß, obwohl er noch nie einer begegnet war.

Stattdessen hatte Blue die Eigenheiten seiner vierbeinigen Freunde studiert, ihr Wesen, ihre Verhaltensweisen und ihre Persönlichkeit. Jedes dieser Pferde war einzigartig. Die kleine Herde kommunizierte auf ihre eigene Art, die Blue beeindruckte. Manchmal glaubte er, sie zu verstehen. Jedenfalls mochten sie sein Lied, welches er leise vor sich hin trällerte. Und wenn Blue so pfiff, wie Joe und Mitch das taten, stellten die Pferde sofort die Ohren auf. Sie kannten sehr wohl den Unterschied im Klang des Pfiffes und wussten genau, wer kam. Es war ein Freund, den sie begrüßten.

Blue Stone Horse beendete sein Lied und lächelte. Sein schwarzes Haar war gewachsen. Wie die Mähnen der Pferde, hing es über seinem Gesicht, herab bis zum Kinn. Wie ein schützender Vorhang verwehrte das Haar so seinen Feinden den Blick zu seinem Inneren. Aber nun hatte Blue keine Feinde mehr. Er war unter Freunden. Die Haarsträhnen, die über sein Gesicht fielen, gaben ihm einen verwegenen Ausdruck. Das liebte er noch immer. Unbewusst fühlte er sich gut bei diesem Gedanken, stark und unverwundbar. Großvater Wayton hatte ihm erzählt, dass in den Haaren die ganze Spiritualität, die Seele, Kraft und Mut eines Kriegers wohnte. Deshalb haben sie früher einem getöteten Feind den Skalp genommen, um an dessen Kraft zu gelangen, die durch das Haar an den neuen Träger überging. Deshalb hatte man nur tapferen Männern den Skalp genommen.

Blue fragte sich, ob Mitch Running Elks langes Haar ihm besonders viel Stärke gab. Vielleicht hätte Blue es ihm einfach nur abschneiden müssen, um ihn zu besiegen. Blue grinste bei diesem Gedanken. Großvater hatte auch erzählt, dass die Lakota bei heiligen Ritualen, Zeremonien und Gebeten, ihr Haar immer offen trugen. Das sei wichtig für die Geister. Blue hatte nicht alles verstanden, was Großvater ihm erzählte. Aber für einen alten Spinner hielt er ihn keineswegs mehr.

Blue hatte gelernt zuzuhören und mit jedem Tag, den er hier war, hatte er gelernt zu begreifen. Er hatte nicht nur die störrischen Haare seiner Mutter geerbt, sondern auch ihr Wesen. Alle Dinge, gegen die Blue sich immer gewehrt hatte, und die ihm in seinem bisherigen Leben tatsächlich nur Nachteile gebracht hatten. Dass diese Dinge ihm eines Tages von Nutzen sein konnten, hatte er nie glauben wollen. Schon gar nicht, dass er nun stolz darauf war, so zu sein, wie er war. Blue empfand keinen Hass mehr. Er wollte die Dinge nicht mehr ändern. Er bereute nichts mehr. Er war ein Stone Horse!

Erschrocken wich Blue zurück, als ihm unzählige Tröpfchen, begleitet von einem neugierigen Schnauben, ins Gesicht stoben. Sunshine Red hatte ihn aus seinen Gedanken zurückgeholt. Großvaters Stute hatte ihm gesagt, du gehörst zu uns. Dein Geruch ist unverkennbar. Blue regte sich langsam aus seiner Starre und strich ihr sanft über die Nüstern.

„Na, du. Kannst du etwa meine Gedanken lesen?"

Die Stute stand direkt vor ihm und hatte den Hals zu dem Zweibeiner hinabgebogen. Vorsichtig begann sie, sein Gesicht abzutasten. Ihre empfindlichen Tasthaare kitzelten Blue ein wenig. Er grinste, während Sunshine Red ihre Liebkosungen unbeirrt fortsetzte. Plötzlich schnaubte der Zweibeiner laut. Die Stute hielt inne, nahm den Kopf etwas zurück und betrachtete den seltsamen Zweibeiner aufmerksam. Dabei streckte sie ihre Ohren, zwei Fühlern gleich, nach vorn. Blue glaubte, sie lächeln zu sehen. Schließlich antwortete Sunshine Red, wie zur Bestätigung, mit ihrem zufriedenen Schnauben. Dann blieb sie reglos vor Blue stehen. Nur ihre Ohren bewegten sich. Sekunden später hoben die Pferde die Köpfe und stellten ihre Ohren aufmerksam auf. Sie schienen etwas zu hören, was Blue noch nicht wahrnahm. Aber er schlug das Buch zu, erhob sich und lauschte ebenfalls, als ob er im Stehen besser hören konnte. Mitch kam herangaloppiert und sprang neben ihm vom Pferderücken.

„Was ist?", fragte er.

Blue hob die Schultern. „Weiß nicht."

Es dauerte eine ganze Weile, bis auch die Jungen etwas vernahmen. In die kleine Pferdeherde kam Bewegung. Die Augen der Jungen begannen zu leuchten, als sie das Geräusch, das sie schließlich hörten, dem sich nahenden Truck zuordnen konnten.

„Joe! Frank!", rief Blue.

„Die Pferde! Die Pferde kommen!", jubelte Mitch.

Langsam rollte Joes Truck mit dem Pferdetrailer die letzten Meter zur Koppel. Blue und Mitch gingen ihnen entgegen. Nun sahen sie auch, dass Franks Mietwagen dem Truck folgte. Joe und Frank stiegen gleichzeitig aus. Blue und Mitch grüßten mit einen fröhlichen „Hallo".

Ein Wiehern aus dem Pferdehänger antwortete ihnen. Alle lachten, während Joe Mitch zur Begrüßung die Hand hart gegen den Oberarm schlug. Frank tat das bei Blue ebenso und grinste. Sie vernahmen bereits das aufgeregte Schnauben der Pferde, die im Trailer standen, und das dumpfe Scharren ihrer Hufe. Sie hatten ihre Familie gewittert, ihr Zuhause. Großvater Wayton stieg zusammen mit Carol und Bonnie aus dem Mietwagen. Auch ihre Freude war offensichtlich.

„Anpetu washte!", sagte Wayton.

Ja. Es war ein guter Tag. Ein Tag der Rückkehr der Steinpferde. So empfand es auch Blue.

Dann horchte er auf, als noch ein Wagen heranpreschte. Ein alter Ford Pickup stoppte in seiner eigenen Staubwolke. Ächzend öffneten sich die Türen. Winona und ihre kleine Tochter stiegen aus. An der Fahrerseite erschien Percy. Joe ging zu ihm. Sie umarmten sich zur Begrüßung, während Winona mit der Kleinen im Arm zu Carol und Bonnie ging. Die Mädchen freuten sich. Bonnie nahm ihre kleine Freundin auf den Arm. Wayton Stone Horse schlich indessen um den großen Pferdeanhänger, einem Trailer, in dem fünf bis sechs Pferde Platz fanden. Fünf Pferde zählte er, die geduldig darauf warteten, dass sie jemand herausließ. Großvater winkte Blue heran.

„Siehst du. Die Steinpferde sind nach Hause gekommen, Blue", sagte der alte Mann glücklich und lachte heißer.

„Es ist Zeit, sie herauszulassen."

„So viele hatten wir gar nicht erwartet", bemerkte Blue. „Sind das alles unsere Pferde?"

Wayton nickte. „Jedes Pferd, das aus freien Willen zu uns kommt, ist ein Stone Horse und uns immer willkommen."

Blue lächelte. Dann öffnete er gemeinsam mit Großvater den Trailer. Das erste Pferd sprang heraus. Mitch griff nach dem Halfter, während sein jüngerer Bruder Dan das zweite Pferd in Empfang nahm. Frank nahm das dritte Pferd, das aus dem Trailer stieg und Carol das Nächste. Joe griff nach den Halftern der letzten beiden. Blue hatte bereits das Elektroband zur Seite gezogen. Großvater Wayton stand bei den beiden Badewannen. Mitch, Frank, Carol und Joe nahmen den Pferden die Halfter ab und ließen sie gehen. Es war ein tiefes Gefühl der Freude in den Herzen der Lakota, als ein Pferd nach dem anderen, vom Halfter befreit, zu den anderen stob. Übermütig, voller Freude und Bewegungsdrang nach der langen Fahrt galoppierten sie herum. Dann beruhigten sie sich langsam und tranken. Die Augen der Menschen, die sie dabei beobachteten, glänzten.

Bis zum Einbruch der Dämmerung konnten sie sich nicht von ihrem Anblick lösen. Blue fragte sich, wo Ohitika jetzt war, ob es ihm gut ging und ob Joe ihn sehr vermisste. Dabei starrte er unwillkürlich zu seinem Onkel. Joe aber lächelte. Er stand aufrecht und reglos und hatte die Daumen in die Gesäßtaschen seiner Jeans gesteckt. Seine Wangenknochen traten im Halbprofil noch deutlicher hervor als sonst. Ebenso Joes gebogene Nase. Es schien, als hätte er sich einmal das Nasenbein gebrochen. Das bemerkte Blue gerade das erste Mal. So lange und so direkt hatte er seinen Onkel auch noch nie zuvor zu betrachten gewagt. Joes Blick war zu den Pferden gerichtet. Blue hatte den Eindruck, als ob Joe Stone Horse eine magische Verbindung zu ihnen aufnahm. In Gedanken schien er gerade selbst ein Pferd, ein Teil der Herde zu sein. Großvater hatte recht. Sie waren wirklich Brüder und Schwestern. Auch Blue selbst empfand das immer stärker, je öfter er mit ihnen zusammen war, je mehr Zeit er mit ihnen verbrachte. Diese geheimnisvollen Wesen hatten eine besondere, sehr eindeutige Sprache. Die Steinpferde hatten auch Blue in ihren Bann gezogen. Schließlich klopfte ihm jemand auf die Schulter und sagte leise: „Komm."

Es war Frank. Blue sah sich um. Alle waren im Begriff zu gehen. Nur einer blieb. Die große, dunkle Gestalt Joes glich nur noch einer Silhouette.

Blue fuhr mit Wayton, Carol, Bonnie und Frank zurück zu dem Erdhaus seiner Großeltern. Waytons Truck war nicht angesprungen. Deshalb hatte er sich Franks Mietwagen genommen. Die Dämmerung beherrschte das Land. Während Wayton selbst den Chevrolet über das Gelände dirigierte, meinte er lächelnd: „Man muss sehr vorsichtig mit einem kleinen Mietwagen fahren. Er hat Angst vor den Schlaglöchern."

„Wenn ich euch das nächste Mal besuche, werde ich mir einen Jeep nehmen", lachte Frank.

Blue schmunzelte. „Du bist noch lernfähig, was?"

„Hm. In jeder Hinsicht."

Frank sah kurz zu seinem Sohn, der auf der Rückbank hinter Wayton hockte. Ihre Blicke trafen sich.

„Wann musst du zurück nach Chicago, Frank?"

„Eigentlich müsste ich längst dort sein. Meine Sekretärin hat mich bereits zweimal angerufen."

Kurzes Schweigen trat ein. Der Chevy rumpelte über eine Unebenheit und schüttelte sich. Frank lachte und sagte schließlich: „Für drei Tage hatte ich mich abgemeldet. Nun ist es der fünfte Tag, schon fast eine Woche. Da kommt es auf ein oder zwei Tage mehr auch nicht an."

„Indian Time. Hier ticken die Uhren anders als bei euch in Chicago", meinte Wayton.

Frank zuckte mit den Schultern. „Ja. Was soll's?"

„Ich erkenne dich nicht wieder, Frank McKanzie", sagte Blue erstaunt.

„Meinst du den Anwalt aus Chicago?"

„Genau den. Den, aus der oberen Etage."

„Der ist in der großen Stadt geblieben, Blue. Hier bin auch ich ein Stone Horse. Ich hatte es nur lange Zeit vergessen. Wayton, Carol und Joe haben auch mich ein Stück zurückgeholt. Wir sind Verwandte. Sie sind meine Familie. Und du – wir."

Wayton und Carol lächelten und hüllten sich in tiefes Schweigen.

„Ach übrigens habe ich jetzt auch zwei Pferde. Sie stehen mit den anderen auf Joes Koppel. Ich hoffe, du kümmerst dich in meiner Abwesenheit gut um sie." Frank grinste.

Blue sah ihn erstaunt an. Der Mann überraschte ihn immer wieder.

„Du?", fragte er ungläubig. „Kannst du denn reiten?"

„Aber ja. Es gibt keinen Stone Horse, der das nicht kann", meinte Frank überzeugt. Dann gähnte er ausgiebig. Ein langer, anstrengender Tag neigte sich dem Ende zu. Es war dreißig Minuten vor Mitternacht. Frank kniff die Augen zusammen und rieb mit den Fingern darüber, sodass seine Brille auf und ab rutschte. Dann öffnete er das Fenster und genoss den kühlen Luftzug. Er atmete tief durch und schloss das Fenster wieder.

„Wir kommen gleich auf die Asphaltpiste. Da geht es schneller", sagte Blue.

Frank drehte am Knopf des Autoradios. Es schien einen Wackelkontakt zu haben, denn man verstand nur jedes zweite Wort. Wayton klopfte schließlich gegen das Armaturenbrett. In dem Augenblick schaukelte der Mietwagen unsanft auf die asphaltierte Straße und der Sender war wieder deutlich zu hören. Kili Radio spielte einen Rocksong, der die Leute um diese Stunde wachhalten sollte. Wayton beschleunigte auf zulässige Höchstgeschwindigkeit. Etwa drei Meilen weiter bog er kurz vor dem Ort Oglala links ab. Bäume und Sträucher tauchten wie Gespenster im Scheinwerferlicht auf und verschwanden wieder.

Schließlich tauchte das Erdhaus vor ihnen auf. Wayton stoppte den Mietwagen und stellte den Motor ab. Wie ferngesteuert stieg Frank aus und mühte sich mit seinen letzten Kräften zu seinem Bett. Dort ließ er sich einfach fallen und schlief sofort ein. Wayton stand davor und lächelte über seinen Schwiegersohn.

„Er hat die Farben der Sonne wiedergefunden", sagte er leise. Blue nickte und blickte auf den Schlafenden hinab.

Die Sonne stand schon hoch am Himmel, als Frank erwachte. Der Fernseher flimmerte leise. Der alte Mann saß davor.

Bonnie hockte an der Glastür des Erdhauses, ein Buch auf den Knien, und las. Carol und Blue waren nicht im Haus. Frank streckte seine steifen Glieder und erhob sich ächzend.

„Guten Morgen, Wayton."

„Ah, Frank. Guten Morgen. Wie geht es dir?"

„Gut. Wirklich. Mir tun alle Knochen weh."

Wayton lachte. „Du siehst aus, als hättest du eine kalte Dusche und einen starken Kaffee dringend nötig."

„Hm", brummte Frank und sah an sich herab. „Sehr dringend. Wenn ich in den Spiegel sehen würde, bekäme ich einen Schock."

Frank ging zur Tür. Bonnie sah kurz von ihrem Buch auf und schmunzelte.

„Was liest du denn?", fragte Frank.

„Der Zauberer von Oz."

„Eine schöne Geschichte."

„Ja. Manchmal wünschte ich mir, ich könnte zaubern."

Frank grinste. „Das habe ich mir auch schon oft gewünscht. Aber vielleicht kannst du es ja und weißt es nur noch nicht."

Bonnie kicherte, während sie die Hand vor den Mund hielt. Frank schloss die Tür von außen. Das Sonnenlicht blendete seine Augen. Reflexartig kniff er sie zusammen und hielt die flache Hand als Sonnenschutz darüber. Er erkannte den Truck, den noch älteren Ford Pickup und seinen Mietwagen. Dann streifte sein Blick den alten Trailer. Langsam wandte er sich um und erblickte den Traum seiner Prärienächte: ein fast komplettes Badezimmer. Neben dem Toilettenhäuschen, auf einem Hocker, stand eine große Schüssel gefüllt mit frischem Wasser. Dabei lag ein Handtuch sowie ein Stück Seife. Das Beste aber war die Dusche dahinter. Carol war gerade noch damit beschäftigt, ein buntes Segeltuch an drei Pfosten zu befestigen. Blue füllte die Gießkanne. Er grinste, als er Frank erblickte, der einen eher noch verschlafenen Eindruck erweckte.

„Na! Was sagst du?", rief Blue.

Frank legte den Kopf abschätzend schräg und nickte schließlich zufrieden.

„Eine echte Designer-Frischluft-Dusche. Wow!"

Carol Stone Horse lächelte, während sie den letzten Zipfel des

Segeltuches festband. Frank zog sein Hemd aus und warf es auf den Boden. Er ging zwei Schritte zu seinem Sohn und knotete ein Ende des Seiles am Griff der Gießkanne fest. Blue warf das andere Ende geschickt über eine eigens dafür angebrachte Holzlatte, am Dach des Häuschens.

„Ohie Tipi", sagte er, womit er das Toilettenhäuschen aus Holz meinte, dessen Rückwand nun der Dusche zunutze kam. „Ohie Tipi, das Lakotawort für Toilette. Man könnte auch Badezimmer dazu sagen", erklärte Blue stolz. Frank war begeistert. Zu Hause duschte er jeden Tag ohne weiter darüber nachzudenken. Es war selbstverständlich und nichts Besonderes. Nichts, worüber man sich freute oder überhaupt ein Wort darüber verlor. Hier war er zwei Tage und zwei Nächte mit Joe unterwegs gewesen. Sie hatten zwar die Gelegenheit genutzt, sich in Wyoming auf der Ranch zu waschen, doch Frank hatte es Überwindung gekostet, seine schmutzigen, verschwitzten Kleider anschließend wieder anzuziehen.

Noch zögerte Frank, seine Hose auszuziehen. Doch Carol nickte ihm lächelnd zu.

„Das Bad ist gerichtet."

Dann wandte sie sich um und ging.

„Danke!", rief Frank ihr zu, bevor sie im Haus verschwand. Er nahm die Brille ab und legte sie vorsichtig auf dem Hocker ab. Blue beobachtete, wie Frank hinter das Segeltuch ging und schließlich seine Hose darüber warf. Der Bursche zog die Gießkanne langsam hinauf. Während die ersten kalten Tropfen auf Franks Haut prallten, griff er nach der Seife. Dann ergoss sich das kalte Wasser über ihn und er jauchzte vor Schreck oder vor Freude so laut, dass es weithin schallte. Blue lachte laut. Frank stimmte in das Gelächter ein, während er seine Haare einschäumte. Schließlich begann er übermütig zu singen. Carol, Wayton und Bonnie, die im Haus waren, horchten auf und grinsten.

„Erst haben sie unser Land geraubt, unsere Frauen und Töchter", meinte Wayton scherzhaft. „Sie haben uns auch die Stille geraubt und nun rauben sie uns den letzten Nerv."

„Und sie wollen noch mehr", fügte Carol hinzu.

„Typisch!" Wayton verzog die Mundwinkel. „Was denn noch?"

„Wakalyapi."

„Dann koch welchen, Weib! Kochen wir Kaffee."

Wayton lachte leise.

Als Blue und Frank kurze Zeit später in das Haus kamen, duftete es bereits nach frischem Kaffee. Frank war endlich wach und fühlte sich gut. Er trällerte noch immer leise vor sich hin. Er trug nur eine gestreifte Boxershort und putzte seine Brille.

„Ist das Fell an deinen Beinen, deinen Armen und auf deiner Brust Sonnenschutz oder frierst du?", fragte Wayton, ohne eine Regung in seinem Gesicht.

„Ich stamme vom Affen ab, Wayton", antwortete Frank und zog eine Jeans aus seiner Tasche. Bonnie kicherte.

„Der arme Affe, von dem du abstammst, der muss wohl gerade in der Mauser gewesen sein", lachte Blue. „Drei Haare auf der Brust und ansonsten ziemlich dünnes Fell."

Frank hatte inzwischen seine Jeans angezogen. Dann fuhr er mit beiden Händen durch sein Kopfhaar.

„Ich bin schon etwas weiterentwickelt, ihr Lästermäuler. Warte du mal ab, Blue, bis dir die ersten Barthaare sprießen. Dann kannst du mitreden."

„Ich bekomme keinen Bart. Ich bin ein Lakota."

„So? Aber du hast auch ein paar Gene von mir!"

„Das ist alles nur eine Frage der richtigen Verteilung!", behauptete Blue und zeigte auf sein Kopfhaar.

Frank schüttelte den Kopf und setzte sich zu Wayton an den Tisch. Carol schenkte Kaffee ein.

„Wollt ihr auch etwas trinken?", fragte sie die Kinder.

„Ja", antwortete Bonnie, schlug ihr Buch zu und stand auf. Blue öffnete den Kühlschrank und stellte den Limonadenkrug auf den Tisch. Es gab nur drei Stühle und einen Hocker. Der Tisch stand genau neben dem Herd, in der Mitte des Erdhauses. Der Rauchabzug, ein Ofenrohr, führte gerade hinauf, bis zur Decke des Erdhauses und von da aus ins Freie. Blue nahm seine kleine Schwester seit langer Zeit einmal wieder auf den Schoß. Carol schenkte ihnen Limonade ein. Die Kinder bedankten sich. Frank nahm seine Tasse in beide Hände und nippte vorsichtig. Der Kaffee war heiß und außergewöhnlich stark. Für gewöhnlich kochte Carol den Kaffee nicht so kräftig. Dafür tranken sie ihn fast ständig. Frank trank ihn Schluck für Schluck. Er genoss ihn. Der starke Kaffee weckte seine Lebensgeister.

„Kommst du heute Abend mit zu Joe hinaus?", fragte Blue. „Wir könnten gemeinsam reiten."

„Oh, ja!", rief Bonnie begeistert. Blue starrte Frank erwartungsvoll in die Augen.

„Ich? ... Ja. Warum nicht."

Blue lächelte zufrieden.

Die Zeit bis zum Abend war lang. Die Hitze draußen schwer erträglich. So erzählte Großvater Geschichten. Wie immer spannte er dabei einen Bogen von der Vergangenheit, über die Gegenwart bis in die Zukunft. So schloss sich immer wieder der Kreis, in dessen Mitte sich die Menschen seines Volkes und seiner Familie fanden. Vom Osten nach Westen, vom Norden zum Süden gab es die immer wiederkehrenden Verbindungen, genau wie zwischen der Erde und dem Himmel und dem Universum. Alles spiegelte sich wider. Alles hatte seine Bestimmung. Jeder hatte seinen Platz darin, im Kreis, im Medizinrad, mit seinen angeborenen Tugenden und der Strebsamkeit, die anderen zu erwerben. Großvater erzählte von Großmut, Tapferkeit, Weisheit und Stärke. Im Bann seiner Geschichten verging der Nachmittag.

Gegen Abend stiegen Frank, Wayton, Bonnie und Blue in den Mietwagen. Frank startete. Gemeinsam machten sie sich auf den Weg zu Joe.

Die Strahlen der Abendsonne spiegelten sich auf dem Wasser in den Badewannen. In einiger Entfernung tanzten Insekten zwischen den Zweigen der Sträucher. Zwei junge Präriehunde sprangen in großen Sätzen herum. Spielend jagten sie sich. Die Raubvögel zogen hoch oben am Himmel ihre Kreise. Sie begannen ihre Jagd auf fette Beute. Ab und an war ihr pfeifender Schrei zu hören. Der Gefahr bewusst, verschwanden die kleinen Tiere in ihren Erdlöchern. Der Wind strich sanft über das verbrannte Gras des Spätsommers. Die ersehnte Kühle ließ noch auf sich warten. Auf der großen Koppel scharrten die Pferde den Staub auf. Vergebens suchten sie nach Futter. Irgendwann hoben sie die Köpfe und stellten die Ohren auf. Erst langsam, dann im Trab, setzten sie sich in Bewegung, in Richtung ihrer Wasserstelle. Als sie Joes Pfiff vernahmen, galoppierten sie über die Anhöhe. In eine einzige Staubwolke gehüllt, erschien die kleine Herde und stoppte vor dem Zweibeiner, der ihnen täglich frisches Wasser und Futter brachte. Ein anderer Zweibeiner drückte bereits den Wasserschlauch in eine der Badewannen. Die Stimmen dieser Menschen waren ihnen vertraut. Joe begrüßte seine Pferde, seine Brüder und Schwestern, seine Familie. Ohitika fehlte Joe und es tat ihm im Herzen weh.

Er bemerkte das kleine Mädchen, das neben ihm stehen geblieben war. Sie hielt die Halfter in der Hand und wartete. Joe lächelte ihr zu. Dann wählte er die Pferde für den Ausritt, denen er die Halfter anlegte. Zwei von ihnen führte Bonnie hinaus. Großvater Wayton und Frank warteten bei den Wagen. Mit vier weiteren Pferden folgte Joe. Er band sie rings um seinen Truck an. Dann sah er sich die Hufe an und kratzte hin und wieder einen Stein heraus. Wayton begann, die Pferde zu satteln. Joe half Frank, während Mitch Running Elk den Wasserschlauch in die andere Wanne drückte. Die Pferde soffen. Mitch hielt eine Hand vor den Schlauch und bespritzte die Pferde. Nachdem die ersten erschrocken zuckten und zur Seite wichen, genossen sie bald das Spielchen mit dem kühlen Wasser. Blue, der auf dem Wasserkanister hockte, lachte, bis Mitch auch zu ihm spritzte. Bonnie beobachtete die beiden und grinste.
„Dreh mal das Wasser ab!", rief Mitch.
Blue gehorchte. Die Pferde waren inzwischen gesattelt. Mitch zog den Schlauch zum Truck und warf ihn schließlich auf die Ladefläche. Blue verstaute ihn so neben dem großen Wasserkanister, dass Joe den Schlauch nicht während der Fahrt verlieren konnte. Dann rieb er seine staubigen Hände an der Jeanshose ab. Großvater Wayton stieg als erster auf seine Stute. Joe hielt ein Pferd einen Augenblick, sodass Bonnie aufsteigen konnte. Sie machte das schon ganz gut. Skeptisch beobachtete Blue, wie Frank sich auf den Pferderücken mühte.

„Mir fehlt etwas Übung. Ich weiß gar nicht mehr, wann ich das letzte Mal auf einem Pferd gesessen habe", meinte er zu Blue. Der grinste und schwang sich auf den Schecken.

„Hoka hey!", rief Wayton, als auch Joe auf dem Pferd saß. Sunshine Red trug Großvater voran. Ihm folgte Bonnie, dann Frank. Der musste sich eingestehen, dass es schon ein seltsames Gefühl war, nach etwa zwölf Jahren wieder auf etwas zu sitzen, das sich eigenständig, im Gegensatz zu seinem Bürostuhl und dem Sportwagensitz, bewegte. Blue ritt hinter ihm. Das Wort „Großstadtindianer" schoss ihm durch den Kopf und er musste grinsen. Großvater führte die Reitergruppe nach Süden. Bald waren sie an der Grenze zu Nebraska. Er wählte den Weg entlang des White Clay. Alle waren heute Abend außergewöhnlich schweigsam. Joe holte auf und ging mit seinem Pferd neben Blue. Mitch blieb hinter ihnen. Joe lächelte und begann leise eine Melodie zu pfeifen. Nach einer Weile sagte er zu Blue: „Ein Stück vom Weg, unseres Sobriety-Rittes. Von hier unten wurde Alkohol an unsere Leute geschmuggelt. In der Reservation ist das verboten," erklärte Joe. Blue nickte. „Deshalb der komische Name: Nüchternheitsritt."

„Der Alkohol hat uns nichts Gutes gebracht. Er gehört nicht zu uns. Das ist nicht der Weg, den wir gehen wollen."

„Meiner auch nicht. Ich habe in Chicago, weiß Gott, genug besoffene Kerle getroffen. Traurige Gestalten, die nicht mehr wussten, was sie tun. Einer hat mir mal direkt vor mein Kellerloch gekotzt."

Blue verzog angewidert den Mund.

Joe zeigte auf die Überreste einer verfallenen, halb verkohlten, Bretterbude.

„Die Lager der Bootleggers, der Schmuggler. Sie haben hier eine Menge Dollars kassiert, aber alles verloren. Das Schlimme aber ist, dass einige unserer Leute weiter über die Grenze gehen und die weißen Händler der Nachbarorte in Nebraska in ihren Liquorstores ihre Geschäfte machen. Ganz legal."

Blue schüttelte den Kopf. „Irrsinnig, nicht? Dann könnt ihr doch so was auch gleich bei euch verkaufen. Dann hätten die Lakotahändler wenigstens das Geld in ihrer Tasche."

„So denkst du?"

Blue zuckte mit den Schultern. „Ach, ich weiß auch nicht genau, ob das wirklich Sinn machen würde."

Joe schwieg eine Weile, bevor er sagte: „Darüber sind wir selbst geteilter Meinung." Dann grinste er.

Blue lachte leise.

Die Pferde gingen mit ihren Reitern weiter unter Bäumen entlang, an Sträuchern vorbei. Die Schatten ihrer Blätter und Zweige tanzten zaghaft mit dem Licht der Abendsonne. Joe ließ sein Pferd wieder hinter Blues gehen. Wie es einst üblich war, ritten die Lakota in einer Reihe, hintereinander. Der erfahrenste führte sie an. Die Reiter ließen ihre Pferde ein Stück traben. Das Gesträuch lichtete sich. Nur noch einzelne Bäume tauchten rechts und links des Weges auf. Großvater galoppierte mit seiner Stute an. Alle folgten ihm. Blue, der hinter Frank ritt, fand, dass sich der Großstadtindianer ganz gut im Sattel hielt, als hätte er nie etwas anderes getan. Die Gruppe erreichte schließlich den Clay Creek, einen Bachlauf, der in der Trockenheit kaum noch Wasser führte. Nur noch ein Rinnsal schlängelte sich durch die Vertiefung in der Mitte des Creek. Wayton stoppte seine Stute und ließ sich von ihrem Rücken hinabgleiten. Dann hielt er die Hände ins Wasser. Schließlich wusch sich Wayton übers Gesicht und trank einen Schluck. Auch Sunshine Red soff vorsichtig und stampfte dann mit dem Vorderhuf in das Wasser, dass es spritzte. Wayton lachte. Die anderen standen auch im Creek und taten es dem alten Mann gleich.

„Sieh dir das an", sagte Frank zu Blue und zeigte auf die zahlreichen Reifenspuren.

„Welch seltsame Pferde", meinte der.

„Gute Piste für Motorräder und Quads. Manche probieren es auch mit ihren Autos. Einige Wracks erinnern an die Springfluten. Dann sollest du schneller als das Wasser sein", grinste Joe.

Irgendwoher sprühten Wassertropfen. Wayton lachte und spritzte mit seinen Händen Wasser zu den anderen. Bonnie kicherte und half ihm. Joe und Frank spritzten zurück. Blue wich zurück und stellte sich zu Mitch. Die Burschen beobachteten das Schauspiel aus sicherer Entfernung.

„Albern", sagte Mitch kaum hörbar.

Blue schwieg. Außer den beiden war keiner trocken geblieben. Irgendwann stiegen die Zweibeiner wieder auf ihre Pferde. Sie lachten noch immer.

„Gibt es in Pine Ridge irgendwo noch was zu essen?", fragte Frank.

„Taco Johns oder Pizza Hut", antwortete Joe. „Offen von elf bis elf."

Frank sah skeptisch auf seine Armbanduhr. „Zwanzig vor ..."

„Dann musst du deine Uhr auf Indianerzeit umstellen, Frank", sagte Wayton.

„Okay", lachte der. „Ich lade euch ein."

„Gute Idee", sagte Mitch leise zu Blue. „Ich habe Hunger."

Der nickte. Alle folgten Franks Einladung. Die Dämmerung zog über das Land und brachte die lang ersehnte, kühlere Luft. Sie strich über die Haut und trocknete die Kleidung. Als die Reitergruppe schließlich Taco John verließ, war die Dämmerung in eine sternenklare Vollmondnacht übergegangen. Die Pferde gingen im zügigen Schritt nach Hause. Blue war froh, als er mit seinen müden Augen die Umrisse von Joes Truck und die des Mietwagens erkannte. Leises Schnauben begrüßte die Reiter. Die stiegen von ihren Pferden und befreiten sie von Sätteln und Trensen. Joe, Mitch, Blue und Frank packten je ein Heubündel vom Truck, während Großvater und das Mädchen die Pferde zu den anderen der Herde ließen. Blue verteilte sein Bündel großzügig, so wie Joe das tat. Der Staub und der starke Geruch des Heues stiegen nicht nur den hungrigen Pferden, sondern auch Blue, in die Nase. Er musste nießen.

„Lasst es euch schmecken", sagte Blue noch, bevor er ein zweites Mal laut nieste. Die Pferde begannen sofort an den getrockneten Gräsern und Kräutern zu knabbern.

„Die sind ganz schön hungrig", stellte Frank fest.

„Ja", entgegnete Joe, der neben ihm stand. „Das sind sie immer. Sie träumen wahrscheinlich jede Nacht von den saftigen, grünen Wiesen des Frühsommers."

Joe grinste. Dann schlug er Frank gegen die Schulter. Frank wandte sich um und folgte Joe zum Wagen. Sie wünschten sich eine Gute Nacht, bevor Joe mit Mitch in seinen Truck stieg. Wayton, Bonnie und Blue stiegen in den Chevrolet. Frank blieb unschlüssig vor der Fahrertür des Trucks stehen. Joe hatte es bemerkt und ließ die Seitenscheibe herab.

„Danke, Joe."

„Danke, Frank", erwiderte Joe.

„Ich fliege morgen nach Chicago. Also, ... falls wir uns nicht noch einmal sehen ..."

„Okay. Bis morgen früh. Ich will mit Wayton den alten Truck reparieren."

„Besteht Hoffnung?"

„Immer", meinte Joe und startete.

Frank ging einen Schritt zurück, hob den Arm zum Gruß und stieg schließlich in den Mietwagen. Langsam verschwanden die Wagen, wie Geister der Finsternis.

Der helle Schimmer am östlichen Horizont kündete den Beginn des neuen Tages an. Die Sonne schickte ihre ersten Strahlen über die Hügel und weckte die Farben der Erde und das Blau des Himmels. Die Bewohner des Erdhauses schliefen noch. Insekten schwirrten herum. Mühsam suchten sie nach den robusten Pflanzen und Kräutern, die der Trockenheit trotzten. Diese fanden die geflügelten Wesen hauptsächlich unter den Schatten der Bäume, an Uferregionen und in Prärietälern. Aus dem gelben Schimmer am Horizont stieg der runde Feuerball, der das Land wärmte, ihm Licht und Leben gab und das Gras verbrannte. Keine Wolke war zu sehen, die die Hoffnung auf Regen hätte wecken können. Nur ein Flugzeug glitt still, wie ein Silbervogel, durch das Blau des Himmels. Nicht einmal der Wind, der stetig über das offene Land blies, brachte eine Wolke mit sich. Der glich, am Ende des Monats August, eher dem Wüstenwind, der alles vertrocknen ließ. Die Luft war staubig und das Wasser wurde zu einem wahren Schatz. In ausgewaschenen Bachbetten hielt sich vereinzelt das letzte Grün des Spätsommers. Die Menschen und die Tiere, die hier wohnten, hatten gelernt, damit zu leben. Es war jedes Jahr so. Der August war der heißeste und trockenste Monat in dem sonst so rauhen Klima der Great Plains. Die Präriehunde tummelten sich in den kühleren Morgenstunden, immer auf der Hut vor den großen Raubvögeln. Die Sonne stieg weiter. Der Tag begann. Alles so, wie seit jeher, Tag für Tag, Jahr für Jahr, seit Anbeginn. Leise mischte sich ein Motorengeräusch in die morgendliche Stille. Ein Pickup rollte langsam über den Boden. Kaum hörbar knirschten kleine Steine unter seinen Rädern. Die Präriehunde huschten in ihren Bau. Der Truck blieb vor dem Erdhaus, neben dem alten Trailer und den anderen Wagen, stehen. Als Joe ausstieg, wurde er von seinen Eltern begrüßt. Sie freuten sich, dass auch Shania mitgekommen war. Carol und Bonnie deckten gerade den Frühstückstisch im Freien. Joe führte Shania zu Tisch. Dort setzte sie sich auf einen der Stühle. Da es im Haus nur drei Stühle gab, hatte Großvater die Klappstühle dazugestellt. Auch Joe hatte zwei seiner Campingstühle dabei und stellte sie auf. Dann ging Joe zu seinem Vater, der bereits unter der offenen Motorhaube hantierte. Blue reichte ihm das Werkzeug.

„Guten Morgen. Na, den Übeltäter schon gefunden?", fragte Joe. Wayton brummte missmutig. „Die Zündung. Aber Öl verliert er auch schon länger."

„Typischer Fall von Altersschwäche", kommentierte Blue.

„Kennst du dich denn mit so was aus?", fragte Joe.

„Nicht, dass ich wüsste", grinste Blue. „Und du?"

„Natürlich!"

Carol rief zum Frühstück.

„Früher waren wir Meister der Jagd und beim Reiten. Heute sind wir Meister im Auto reparieren. Beides äußerst wichtig zum Überleben", meinte Wayton und wischte sich die Hände an einem Handtuch ab.

„Naja, hier gibt's eben keinen El Train, nur die Schulbusse, und das Kino ist nicht gleich um die Ecke. Da bist du ohne deinen vierrädrigen Freund ganz schön aufgeschmissen", stellte Blue fest.

Wayton lächelte.

„So ist es. Gehen wir erst einmal frühstücken. Danach bauen wir die Zündung aus und sehen uns das genauer an", sagte Joe und ging mit seinem Vater und seinem Neffen zum Frühstückstisch.

Das gemeinsame Frühstück war auch der Abschied von Frank. Der hatte seine Sachen inzwischen gepackt und im Mietwagen verstaut. Es gab gebratene Eier mit Speck und gebratenen Kartoffeln. Dazu Toast und natürlich Wakalyapi, Kaffee. Carol hatte einen Schokoladenkuchen mit Rosinen gebacken. Den gab es nur zu besonderen Anlässen. Die Rückkehr der Steinpferde und Franks Rückkehr zur Familie waren besondere Anlässe. Auch wenn Frank in Chicago lebte und arbeitete, gehörte er im Herzen der Menschen zur Familie der Steinpferde. Und Frank hatte eine Familie, die zwar hunderte Meilen weiter im Westen lebte, in der er aber zu jeder Zeit willkommen war. Es gab keine Wehmut, keine Worte des Abschiedes. Die Menschen, die gerade gemeinsam frühstückten, waren ausgelassen, fröhlich und scherzten, wie eh und je. So, wie es war, war es gut.

„Danke. Pilamaya yelo", sagte Frank schließlich, lehnte sich im Campingstuhl zurück und strich über seinen Bauch.

„Ich werde das gute Essen vermissen, Carol. Ich bin kein großartiger Koch."

Carol lächelte.

„Vielleicht solltest du dich nach einem Weib umsehen, das für dich kocht", meinte Wayton.

Frank winkte ab. „In der großen Stadt schwer zu finden. Es gibt zu viele gute Restaurants in Chicago. Oft habe ich selbst gekocht, aber letzten Endes sind wir immer in einem Restaurant gelandet."

Die Zuhörer grinsten.

„Ohne Weib kannst du tun und lassen, was du willst", gab Wayton zu bedenken.

Carol, die neben ihm saß, verpasste ihrem Mann mit dem Ellenbogen einen Stoß in die Seite.

„Siehst du, Schwiegersohn, so geht mir das tagein, tagaus."

Frank lächelte.

„Manchmal vermisse ich das", meinte er. „Auch Chicago ist nur halb so schön, wenn ich abends allein zum Fenster hinaus auf die Stadt und den Lake Michigan sehe."

Shania sagte: „Ich würde dich glatt heiraten, um mir Chicago und den Lake Michigan anzusehen."

„Hey!", protestierte Joe. „Und was wird dann aus mir?"

Bonnie kicherte, während Blue die beiden grinsend beobachtete.

„Wir werden dich über den Radiosender versteigern lassen", antwortete Wayton. „Was meinst du, wie viele Stuten auf der Suche nach einem Hengst sind?"

„Vater!" Joe schüttelte den Kopf.

„Ja, was ist mit dir, Joe? Du lebst mit einer alten, blinden Frau im Haus. Ist das auf die Dauer nicht merkwürdig?", analysierte Carol.

„Shania? Sie kann ihre Gestalt verwandeln. Jede Nacht wird sie zu einer jungen, hübschen Frau", konterte Joe.

Shania lachte ausgelassen. „Oh, Joe!"

Alle lachten mit ihr. Dann stand Frank auf.

„Zeit für den Aufbruch. Ich muss los. Das Flugzeug wartet nicht auf mich."

Frank verabschiedete sich bei Shania, Joe, Wayton, schloss Carol in die Arme und ging vor Bonnie in die Hocke.

„Wir besuchen deine anderen Großeltern, Bonnie. Das habe ich dir versprochen", sagte er leise zu ihr. Bonnie nickte. Frank drückte schließlich auch sie, wie seine eigene Tochter, an sich, bevor er sich wieder erhob.

Blue stand vor ihm. „Komm bloß nicht auf die Idee, mich zu drücken, Frank", sagte er und verzog die Mundwinkel.

Frank musterte Blue. Dann sagte er: „Das fehlte noch."

Blue schlenderte zu Franks Mietwagen. Frank folgte ihm. Vor der Fahrertür blieb Blue stehen und drehte sich zu Frank um.

„Ich habe das ernst gemeint, dass ich Anwalt werden will. Was muss ich tun, Frank?"

„Lernen. Verdammt viel lernen, Walter McKanzie. Du schaffst das. Du hast einen starken Willen, bist mutig und klug. Gelassenheit und Geduld fehlen dir noch. Dafür hast du hier die besten Lehrmeister."

Frank wies mit dem Kopf zu den Lakota, die vor dem Erdhaus am Tisch, saßen.

„Ein Anwalt muss den richtigen Augenblick abwarten können, so wie ein Jäger und er darf niemals seine Gedanken preisgeben." Frank grinste. „Der Wolf war der beste Jäger. Die Indianer aller Stämme haben ihn dabei beobachtet, viel von ihm gelernt. Seitdem nennen sie ihn ihren Bruder."

Blue nickte. „Ich werde alles lernen."

„Okay. Auf Wiedersehen, mein Sohn."

„Toksha ake wacinyankinktelo."

„Ja, bis wir uns wiedersehen", bestätigte Frank mit fester Stimme und stieg in den Mietwagen. Er ließ die Seitenscheibe herunter und startete. Dann hob er den Arm zum Gruß und ließ den Chevrolet langsam anrollen. Blue blieb stehen, steckte die Daumen in die Gesäßtaschen seiner Jeans und blickte ihm nach, bis der Wagen in der Ferne verschwand.

Kapitel 12
Freunde

Die Gräser der Prärie bogen sich seit Tagen im Wind. Der Herbst begann die Blätter der Bäume zu färben. Kalte Nächte streiften das Land am Fuße der schwarzen Berge. Leise knarrte der verlassene Trailer, als würde er stöhnen. Der Wind säuselte um ihn herum und zischte dem Alten seine Melodie zu. Der volle, runde Mond stand über dem Erdhaus und lächelte müde zur Erde herab. Einige Wolkenschafe wanderten langsam an ihm vorbei. Die Menschen im Haus schliefen und schienen zu träumen.

Auch Walter McKanzie, den hier in der Reservation alle Blue Stone Horse nannten, träumte. Doch er träumte in dieser Nacht nicht von seinen Freunden, nicht von dem geheimnisvollen Alten, nicht von Joe oder den Pferden, wie so oft in letzter Zeit. Er träumte in dieser Nacht auch nicht von seiner Mutter, nicht von Frank und auch nicht von seinem Keller in Chicago. Er träumte sein Leben, einen Traum, den die Lakota eine Vision nannten. Blue Stone Horse träumte davon, ein angesehener, erfolgreicher Anwalt in Chicago geworden zu sein. Er sah deutlich sein Namensschild an einer Tür. Blue öffnete die Tür. Als er hineinging, fand er sich auf dem grasbewachsenen Hügel, am Hause seiner Großeltern wieder. Er sah sich um. Es war fast alles so, wie immer. Nur der alte Trailer war verschwunden. Blue war allein. Verlegen schob er die Hände in die Taschen seines Sakkos und fand eine Zigarette darin. „So was? Ich rauche doch gar nicht", dachte Blue und verzog die Lippen im Schlaf. Er wollte die Zigarette herausholen. Doch als er seine hohle Hand betrachtete, lagen dort nur ein paar Krümel Tabak. Der Wind blies sie sofort weg und nahm sie mit sich. Blue hörte deutlich jemanden kichern. „Bonnie?", fragte er laut im Schlaf.

„Hm", antwortete das Mädchen, ohne wach zu sein.

Die Dämmerung brach an. Die Sonne war auf dem Weg, die Menschen zu wecken. Zögerlich streckte sie ihre Strahlen über den

Horizont und erweckte die Farben der Erde zum Leben. Wieder war ein neuer Tag angebrochen.

Blue und Bonnie warteten, mit fünf anderen Kindern aus der Nachbarschaft, an der Straßenkreuzung auf den Schulbus. Die Sonnenstrahlen kitzelten Blue auf der Nase, obwohl sich sein Atem bereits als schwacher Hauch zeigte. Ihn fröstelte, während die kleineren Kinder um ihn herum rannten, sich gegenseitig fingen und lachten. Er ragte als größter und ältester aus der Gruppe heraus. Die Kinder rempelten ihn an, hielten sich an ihm fest und benutzten ihn zuweilen als Schutzschild. Blue ließ es geschehen. Der nahende gelbe Greyhound Schulbus erlöste ihn. Blue grinste und schnappte seinen Rucksack. Die Kinder stiegen mit ihm ein. Der Bus fuhr an und rollte auf der unbefestigten Straße von der üblichen Staubwolke gefolgt davon. So füllte sich, wie an jedem Morgen um diese Zeit, der Schulhof der Red Cloud Indian School mit Hunderten von Kindern und Jugendlichen. Wie an jedem Morgen seitdem die Schulzeit wieder begonnen hatte, ging Bonnie zu ihren Freundinnen. Wie jeden Morgen seit fünf Wochen traf sich Blue mit Mitch und den anderen Jungen unter dem alten, knorrigen Baum. Blue sah sofort die Zigaretten, die schon glimmten. Kleine Rauchwölkchen stiegen auf. Mitch nickte nur zum Gruß und bot auch seinem Freund, der soeben den Kreis der Jugendlichen betreten hatte, eine Zigarette an. Blue sah skeptisch auf die Schachtel und zögerte.

„Hi", sagte er und stellte seinen Schulrucksack zwischen seine Füße. Noch immer streckte ihm Mitch wortlos die Zigarettenschachtel entgegen. Noch immer zögerte Blue. Nicht, dass das für Heranwachsende etwas Außergewöhnliches war, nicht mal während der Schulzeit. Aber es war das erste Mal und noch dazu auf dem Schulgelände.

„Nein, danke", entschied Blue schließlich. Er wollte sich weiß Gott nicht ausschließen, aber er wollte auch auf keinen Fall von der Schule fliegen. Das Letztere wog schwerer. Mitch kniff die Augen zusammen und verzog sein Gesicht zu einer unausgesprochenen Frage. Blue kämpfte mit der Versuchung.

„Komm schon!", drängte Mitch.

„Nach der Letzten hatte ich einen Asthmaanfall."
Die fragenden Blicke der Freunde trafen Blue.
„Ist mir neu", entgegnete Mitch und zog an seiner Zigarette.
„Mir auch. Aber einmal ist immer das erste Mal", antwortete Blue, während Mitch die Schachtel wieder verschwinden ließ. Die Jungen gingen zu ihren morgendlichen Gesprächen über: Freunde, Feinde, Banden, Autos und vor allem das am nächsten Tag stattfindende Basketballspiel. Die Mannschaften standen lange fest und hatten seit dem Beginn des neuen Schuljahres jeden Tag dafür trainiert. Ihre Motivation schien grenzenlos und es hatte auch schon Verletzte gegeben. Selbst Blue hatte sich eine Prellung am Knie zugezogen. Die Freunde waren in eifrige Diskussionen und Prognosen hinsichtlich des bevorstehenden Spieles vertieft. So bemerkten sie nicht, dass sie jemand dabei beobachtete. Auch nicht, als der auf sie zukam. Erst als Matt Brever zu ihnen trat, verstummte das Gespräch.

„Guten Morgen", grüßte er und beobachtete kommentarlos, wie die Schüler ihre Zigaretten austraten.

„Guten Morgen", erwiderten sie.

Matt hatten sie nie rauchen sehen. Er war groß und von athletischer Gestalt. Der Mathematik- und Sportlehrer war nicht nur der Initiator der Schulsportwettkämpfe, er war selbst leidenschaftlicher Basketballspieler. Matt hatte einen Funken seiner Leidenschaft an seine Schüler weitergeben können. Es war ein loderndes Feuer daraus geworden. Matt lächelte. Die Jungen wussten genau, dass er sie erwischt hatte.

„Danny Fools Bear ist im Hospital. Sie haben ihn diese Nacht mit einer Blinddarmentzündung dort eingeliefert", begann er.

Die Jugendlichen starrten Matt erstaunt an.

„Ich denke, ihr solltet das wissen."

„Und nun?", fragte Mitch empört.

„Solche Dinge können eben passieren. Es gibt nicht genug Spieler, aber ihr braucht nun einen Ersatzspieler für Danny."

Mitch verzog das Gesicht. Er und seine Freunde hüllten sich in Schweigen.

Blue sagte schließlich: „Das kriegen wir auch noch hin, Matt."

„Davon bin ich überzeugt", nickte Matt und ging weiter.

„Ich nicht!", schnaufte Mitch trotzig.

Blue sah seinen Freund herausfordernd an.

„Wir haben keine andere Wahl. So schlecht, wie du glaubst, spielt Paul auch nicht."

Mitch schnaufte noch einmal, schob die Hände in die Hosentaschen und schielte zu dem blonden Jungen, der allein neben der Eingangstür stand. Wahrscheinlich konnte der es kaum erwarten, dass der Unterricht endlich begann. Mitchs Blut kochte, doch er verlangte sich Selbstbeherrschung ab. Er hatte gehofft, dass Paul nach den Ferien mit seinen Eltern wieder nach Hause gehen würde. Aber sie waren geblieben.

„Sag du es ihm", entschied Mitch schließlich.

Blue grinste, als er antwortete: „Hau!"

Der Unterricht begann. In der ersten großen Hofpause zog Blue Paul am Ärmel mit sich.

„Komm!", sagte Blue nur.

Paul schluckte und wagte nicht zu fragen. Blue hatte ihn noch nie verprügelt. Weshalb also gerade jetzt? Als Paul bemerkte, dass sie der Weg zu Mitch Running Elk und seiner Bande führte, blieb der Junge wie angewurzelt stehen.

Blue lachte leise. „Komm schon, Bleichgesicht. Es herrscht Waffenstillstand."

Paul musterte Blue skeptisch.

„Du gehörst ab sofort zu unserer Basketballmannschaft. Einen Besseren konnten wir nicht finden."

Paul konnte sein Erstaunen nicht verbergen. „Wirklich?"

„Ich habe dich noch nie belogen!", bestätigte Blue und zog Paul weiter mit sich.

„Hi", grüßte Paul kurz in die Runde. Verunsichert wartete er, was kommen würde. Mitch, der ihn gewöhnlich kaum eines Blickes würdigte, durchbohrte Paul förmlich mit seinen schwarzen Augen. Dann sagte er: „Okay! Wenn du's vermasselst, bist du fällig. Heute Nachmittag ist Training."

„Ich bin dabei", antwortete Paul.

Mitch wandte sich seinen Freunden zu. Das Gespräch mit Paul war beendet. Paul dachte einen Augenblick daran zu gehen. Er zögerte und blieb dann doch neben Blue stehen. Paul Shaver zog zwei kleine Äpfel aus seinen Jackentaschen und hielt Blue einen hin. Der nahm ihn und fragte grinsend: „Schleppst du immer gleich zwei mit dir herum?"

Nun erschien auch ein Grinsen auf Pauls Gesicht, als er Blue antwortete: „Nein. Aber ich hatte eine Vision."

Blue lachte. Dann biss er in den Apfel. Auch Paul aß einen. Er blieb da stehen, wo er stand. Doch so kam Paul nicht in die Verlegenheit, etwas sagen zu müssen. Er lauschte einfach dem Gespräch der Jungen, bis ihn das Ende der Pause erlöste.

Da die Klasse an diesem Tag in den letzten zwei Stunden Sportunterricht hatte, begann das Training früher. Die Spieler, die eigentlich am nächsten, entscheidenden Tag in einer Mannschaft spielen sollten, teilten sich. Matt überließ ihnen die Aufteilung selbst. Blue rief Paul zu sich, der sich erleichtert hinter ihn stellte. Mitch hatte seine Freunde hinter sich. Nicht, dass Blue nicht auch zu Mitchs Freunden zählte. Im Gegenteil. Er war sein bester, der ihm nicht gehorchte, wie die anderen, sondern seine eigene Meinung vertrat. So standen sie sich nun als Gegner gegenüber, fest entschlossen, alles zu geben. Als ein Mitschüler den Ball ins Spiel warf, brach der Sturm los. Fünf Feldspieler und Matt spielten, drei gegen drei. Taktik gegen Kraft, Geschick gegen Schnelligkeit. Diejenigen, die nicht spielten, und die Mädchen der Klasse sahen zu und trällerten begeistert, wenn der Ball ins Netz ging. Blue und Mitch stellten sich als erbitterte Gegner heraus. Sie lieferten sich einen erstaunlichen Kampf um den Ball. Paul stand Blue kaum nach, stand ständig im Blickkontakt zu Blue und Matt, um eventuelle Anweisungen nicht zu verpassen. Paul reagierte schnell und geschickt. So lag ihre Mannschaft nach den ersten zehn Minuten mit zwei Punkten Vorsprung in Führung. In der Halbzeitpause fanden sich die Spieler im Kreis zusammen. Paul konnte nicht leugnen, dass es ihm gut tat, als Blue und ein anderer Lakotajunge die Arme über seine Schulter legten. Er selbst tat das auch, mit einer selbstsicheren Entschlossenheit, die er lange nicht mehr gefühlt hatte. Paul war in einem starken Team. Paul wusste, dass er gut war. Paul hoffte, Mitch Running Elk heute ungestraft zu schlagen. Die Spieler ließen sich am Boden nieder, verschnauften, tranken und gaben sich knappen Auswertungen hin. Matt gab noch einige Tipps.

Die Pausenzeit war rasch vorüber. Das Spiel begann von Neuem. Es schien, als hätten sich die Spieler gerade erst warm gelaufen. Matt war zufrieden. Ab und an rief er „seine Hitzköpfe" zur Ordnung, um zu verhindern, dass sie sich gegenseitig außer Gefecht setzten. Die Zuschauer und die Mädchen feuerten die Spieler an, ohne Unterschied, für wen der Ball in das Netz ging. Als Matt schließlich das Spiel abpfiff, kamen die Jungen zu ihm. Total verschwitzt, mehr oder weniger keuchend, stellten sie sich im Kreis auf. Sie schienen nicht so zufrieden zu sein, wie Matt es war. Das Spiel hatte, mit vier zu vier Punkten, unentschieden geendet. Eine Spielzeitverlängerung lehnte Matt ab.

„Es kommt heute nicht darauf an, zu gewinnen oder zu verlieren. Es war ein gutes Training. Ihr werdet es euren Gegnern morgen verdammt schwer machen. Gute Taktik, Teamarbeit und schnelle Reaktion." Matt machte eine kurze Pause und grinste, bevor er fortfuhr: „Aber denkt daran, es ist ein Wettkampf, kein Krieg. Bleibt fair und schlagt eure Gegner nur mit Punkten."

Die Jungen grinsten ebenfalls, so unterschiedlich ihre Gedanken dazu auch sein mochten. Doch Matts Worte waren deutlich und Matt verdiente Respekt.

„Wir werden ihnen beweisen, dass wir die Besseren sind", sagte Mitch.

Seine Freunde nickten.

„Gut. Machen wir Pause. Danach spielen wir je zu zweit", sagte Matt und wandte sich zum Gehen.

Die Spieler ließen sich mit ihren Wasserflaschen in den Händen, nieder. Um sie herum versammelten sich die anderen Jungen und Mädchen. Sie tranken, redeten und lachten vergnügt. Einer wischte sich mit dem Arm den Schweiß von der Stirn, einer schniefte und ein anderer rülpste laut.

„Wenn ihr morgen so spielt, wie eben, dann wird Kili Radio glatt eine Sturmwarnung für das gesamte Shannon County herausgeben", meinte eines der Mädchen.

„Wohl eher eine Erdbebenwarnung", lachte Mitch. „Wir sollten einen Mannschaftsnamen haben, wie die Profis. Warum haben wir eigentlich noch keinen?"

„Klar! Warum nicht!", rief einer der Jungen.

„Weiß jemand einen guten?", fragte ein anderer.

„Rennende Büffelherde", rief ein Mädchen zurück.

Gelächter breitete sich aus.

„Oder Grazy Elk", meinte ein anderes.

„Hey! Ist das eine Anspielung", rief Mitch mit gespielter Empörung zurück.

„Bilde dir bloß nichts ein, Mitch Running Elk!", konterte das Mädchen. Wieder eine andere Mädchenstimme sagte: „Wir Frauen bewundern alle ehrenvollen und erfolgreichen Krieger."

Die, die vorher gesprochen hatte, meinte: „So ist es. Also wäre es für euch eine Niederlage in doppelter Hinsicht morgen nicht zu siegen."

„Wir werden siegen!", rief Mitch sofort entschlossen in die Runde. Die Mädchen kicherten. Nun erst wurde Mitch bewusst, dass sie seine Worte anders ausgelegt hatten.

„In jeder Hinsicht", fügte er deshalb hinzu. Mitch hatte bemerkt, dass er von Paul unentwegt beobachtet wurde und das Blue noch kein Wort gesprochen hatte. Das erstere ignorierte Mitch.

„Was meinst du, Blue Stone Horse?"

Blue sah zu Mitch, lächelte und sagte: „Wartet ab, wie das Spiel morgen ausgeht. Dann werden wir wissen, was sie uns für einen verrückten Namen geben. Rennende Büffelherde klingt nicht schlecht, erinnert mich aber an heillose Flucht."

Das Gemurmel der Umstehenden gab Blue recht.

„Das wäre dumm", sagte einer der Spieler und ein anderer sagte: „Wegrennen wäre sicher das Letzte, was wir tun werden."

„Wir walzen sie platt, bevor sie zum Nachdenken kommen."

Alle lachten. Eine Stimme wurde laut: „Vielleicht nennen sie uns dann Dampfwalze."

Die Jugendlichen amüsierten sich, scherzten und lachten weiter. Als sie sich schließlich etwas beruhigt hatten, fragte Mitch in die Runde: „Wie viele von euch haben eigentlich ihren Blinddarm noch?"

Alle, außer Paul, meldeten sich. Selbst die, die nicht in der Mannschaft waren.

„Okay. Dann stellt euch gut mit dem Ding – wenigstens bis morgen Abend. Sonst haben wir ein ernsthaftes Problem. Uns gehen langsam die Ersatzspieler aus."

Die Gruppe lachte noch, als Matt zurückkam. Nach der Verschnaufpause nahm er sie hart ran. Schweiß tropfte zu Boden. Matt, der zweiunddreißigjährige Lehrer, hatte eine erstaunliche Kondition. Zwei Stunden später, fünf Uhr nachmittags, beendete er das Training. Die Jungen hatten sehr wohl auch ihre Gegner beim Training beobachtet. Niemand gab sich einer Wertung hin. Die zum Scherzen aufgelegten Spieler konnten ihre Anspannung keineswegs vor Matt verbergen.

Blue und Mitch hatten Großvaters Truck längst erspäht. Wer aber ausstieg, war Joe. Er kam geradewegs auf Matt zu und grüßte Kurz mit einem Nicken. Matt verabschiedete sich mit den Worten: „Bis Morgen, Jungs!", von seinen Schülern. Dann wandte er sich Joe zu. Die Männer unterhielten sich eine Weile, während die Jungen die Umkleideräume aufsuchten. Auch Blue und Mitch.

Die andere Mannschaft trainierte noch. Ihre Trainerin war Mrs White Bull. Matt nutzte das Gespräch mit Joe zu unauffälligen Studien. Joe hatte das bemerkt und grinste. „Zweifel?"

Matt verzog das Gesicht. „Sie ist eine Herausforderung, in jeder Hinsicht."

Beide lachten.

Blue und Mitch kamen mit ihren Rucksäcken zurück.

„Hau, Leksi", grüßte Blue. „Toniktuka hwo?", versuchte er seine ersten Redewendungen auf Lakota.

„Washte, Pilamaya yelo. Na nis?", entgegnete Joe.

„Mis ona", antworte Blue, auf die Frage seines Onkels, ob es ihm ebenfalls gut ginge. Anstatt das allerdings zu bestätigen, behauptete er, ein Präriefeuer zu sein. Nicht nur Joes Grinsen wurde breiter. Der fragte: „Nituwe hwo?" Wer bist du?

Blue starrte Joe mit großen Augen an, während Mitch lachte.

„Du meinst: Mis eya. ‚Ona' ist das Präriefeuer", half er seinem Freund.

„Okay! Also nehmt euch vor mir in Acht!", antworte Blue und hob die Schultern.

„Jetzt weiß ich wenigstens, weshalb mir meine Kehle, meine Schultern und meine Fußsohlen so verdammt brennen. Eya." Dann grinste er verschmitzt.

„Er macht Fortschritte", sagte Matt zu Joe und nickte.

Mitch verzog das Gesicht. „Er büffelt auf der Überholspur", murmelte er.

„So ist es", bestätigte Joe. „Fahren wir nach Hause. Wo ist Bonnie?"

„Die Mom ihrer Freundin hat sie mit nach Hause genommen. Sie wollten zusammen spielen", antwortete Blue.

„Hoka hey!", sagte Joe mit einer Geste.

„Tanyan ya yo!", wünschte Matt, kommt gut heim.

„Hau. Mis eya", antwortete Joe – Ja, gleichfalls.

„Toksa hinhanni kin ake!", mühte sich Blue, Tschüss bis morgen, zu sagen, wobei er jedes Wort für sich betonte.

Mitch sagte einfach: „Toksa", und wandte sich, gemeinsam mit Blue und Joe, zum Gehen. Dass Joe mit Großvaters Truck unterwegs war, war nicht ungewöhnlich. Er reparierte gelegentlich noch immer an dem alten Gefährt und gab die Hoffnung nicht auf. Schweigend stiegen sie ein. Joe startete und gab Gas.

Die Sonne tauchte unter der Wolkendecke auf und schickte ihre Strahlen über das Land. Die Schatten begannen zu wandern. Bald würde die Sonne den Horizont berühren und die Dämmerung in das Land ziehen. Joe steuerte den Truck direkt zu Großvater Waytons und Grannys Erdhaus. Dort stand auch Joes Pickup. Joe parkte genau daneben, stieg aus und zündete sich eine Zigarette an. Er lehnte sich an die Fahrertür und musterte seinen alten Ford. Blue und Mitch gingen ins Haus. Ein köstlicher Duft aus Grandma Carols Kochtopf stieg ihnen in die Nasen und ließ sie sofort Hunger spüren. Die Jungen begrüßten die Alten, wie es sich gehörte. Der Tisch war für alle gedeckt. Man hatte sie erwartet und schien bereits hungrig zu sein.

Carol lachte. „Unsere hungrigen Krieger sind zurückgekehrt!"

„Dann bring das Essen auf den Tisch, Weib. Es ist eine Marter für meinen knurrenden Magen, den Geruch des Essens noch länger zu ertragen", antwortet Wayton und erhob sich von seinem Sessel.

„Was gibt es denn?", fragte Blue und versuchte einen Blick in den Topf zu erhaschen.

„Wahanpi Wagmu", antwortete Carol.

„Kürbissuppe?", fragte Blue, ob er richtig verstanden hatte.

Carol nickte ihm lächelnd zu. „Han micante."

Blue grinste und setzte sich zu Großvater und Mitch an den Tisch. Während Carol den Topf auf den Tisch stellte, betrat Joe das Haus seiner Eltern. Im fahlen Licht der Lampe, die über dem Esstisch hing, wirkte er niedergeschlagen und müde. Wayton sprach ein kurzes Gebet auf Lakota, von dem Blue nicht alles verstand. Aber er wusste, dass der alte Mann dankte, dass die Familie beisammen war. Er dankte für den Tag, den er erleben durfte und dankte, dass Tunkashila ihnen zu essen gab. So war es und so sollte es immer sein. Als Großvater sein Gebet beendet hatte, sagte Blue ganz leise: „Mis eya", ich auch.

Das Lächeln aller am Tisch versammelten bestätigte, dass sie es verstanden hatten. Schweigend aßen sie. Blue verbrannte sich den Gaumen an der heißen Suppe und verzog schmerzhaft das Gesicht. Tapfer aß er weiter. Carols Suppe schmeckte ihm. Es gab so gut wie nichts, was Blue Stone Horse nicht mochte. Vor allem nichts, was seine Granny ihm vorsetzte. Blue schien die Zeiten fast vergessen zu haben, in denen er morgens hungrig erwachte und nicht wusste, ob er am Tag satt werden würde, ob er abends nicht nur hungrig, sondern oft auch frierend, den Schlaf suchen würde. Er sehnte sich nicht mehr zurück. Selbst Gabriels Bild verschwamm mit der Zeit. Frank hatte ihm einen Brief geschrieben. Blue hatte ihn noch nicht beantwortet. Der Brief lag seit zwei Wochen unter seinem Kopfkissen. Mit der Suppe breitete sich eine wohlige Wärme im ganzen Körper aus. Blue hatte sich satt gegessen. Der Topf war ohnehin fast leer. Carol löffelte den Rest in eine kleine Schüssel.

„Ota wayata who?", fragte Wayton. Blue sah ihn grinsen.

„Klar habe ich genug gegessen. Ihr füttert mich so gut, dass ich schon auf seltsame Gedanken komme."

„Keine Angst, Blue. Wir vergreifen uns nicht an dir. Jedenfalls nicht, so lange du dich nicht in einen Hirsch, Bären oder Büffel oder Truthahn ..." Joe gestikulierte dabei mit den Händen und schüttelte den Kopf. „... oder etwas anderes Essbares verwandelst."

„Werd' mich hüten", antwortete Blue grinsend.

Mitch blieb ungewöhnlich schweigsam an diesem Abend. Er wirkte angespannt und müde. Niemand belästigte ihn. Nicht mit Scherzen, nicht mit Blicken. So stand er auf und sagte nur: „Gute Nacht."

Alle wünschten auch ihm eine gute Nacht. Während Mitch zu Bett ging, erhob sich Blue. Auch er war müde. Wie ferngesteuert nahm er Carols kleine Suppenschüssel und ging zur Tür hinaus. Kalte Luft schlug ihm entgegen. Blue fröstelte. Die Sonne hatte sich bereits hinter dem Horizont versteckt. Die Dämmerung legte sich, sanft wie ein Schleier, über das Land. Die Vögel waren still geworden. Die Geschöpfe der Nacht erwachten. Ein Kojote meldete sich zum Stelldichein. Von irgendwoher antwortet ein anderer. Dann war es still. Blue trat vor den Stein, in der Nähe des alten Trailers, hockte sich davor und starrte in die kleine Schüssel in seiner Hand.

„Okay. Dann lass es dir schmecken. Die Kürbissuppe ist wirklich gut", sagte er schließlich, während er die Schüssel auf dem Stein abstellte. Dann erhob er sich. Ein Grinsen erschien auf dem Gesicht des Jungen, als er hinzufügte: „Und, wenn möglich, mach Grannys Schüssel bitte nicht wieder kaputt."

Er wandte sich um und ging zum Haus zurück. Die Dämmerung erweckte die Bäume, Sträucher, die Trucks, ja selbst das Erdhaus und die herumstehenden Dinge, zu geheimnisvollen Gestalten. Sie wirkten wie Geister ringsum. So, als wollten sie sich jeden Augenblick bewegen. So, als wollten sie dem menschlichen Wesen etwas zuflüstern. Blue fror. Er verschränkte die Arme und schickte einen kurzen Blick zum Himmel. Einige Sterne waren dort aufgetaucht. Die mit dem starken Licht. Sie führten die anderen. Die Starken gingen immer voran. Unzählige folgten ihnen. Als Blue durch die Tür hineingehen wollte, öffnete sich diese und Joe kam ihm entgegen.

„Fährst du nach Hause?", fragte ihn Blue.

„Nein. Ich schlafe bei euch. Mein Auto ist kaputt. Die Benzinpumpe ist hinüber. Habe mir heute eine andere besorgt. Deshalb war ich mit Waytons Truck unterwegs."

Joe zog sich die letzte Zigarette aus seiner Schachtel und zündete sie sich an.

„Selbst meine Zigarettenschachtel ist kaputt. Fast die Hälfte muss ich verloren haben." Joe lachte leise. „Vielleicht steige ich doch auf Pfeife um."

Blue blieb, wie erstarrt, stehen und schwieg.

Auch Joe hüllte sich in Schweigen und zog lange an seiner letzten Zigarette.

Die Kälte ergriff Besitz von Blues Körper und seine Haut zog sich zusammen. Noch konnte er das Zittern unterdrücken. Die Dämmerung war rasch in eine kalte, sternenklare Nacht übergegangen. Wie geheimnisvolle Wesen wanderten sie, die Sterne, jede Nacht mit ihrem Licht durch das Universum. Blue vergaß die Kälte, vergaß, dass er fror. Wie magisch zogen die Sterne seinen Blick auf sich. So entging ihm auch nicht die Sternenschnuppe, die wie ein leuchtender Pfeil, auf ihn zuzufliegen schien. Er glaubte an eine Sinnestäuschung, als er eine sanfte Stimme in seinen Ohren vernahm. „Wiconi ..."

„Wi... was?", fragte Blue.

„Ich habe nichts gesagt", antwortete Joe.

„Wiconi. Das heißt: Leben."

„So ist es. Gehen wir hinein, bevor es uns die Kälte nimmt."

Joe hatte recht. Blue bemerkte nun, wie steif seine Glieder geworden waren. Im Haus war es warm. Sehr warm, wenn man von draußen hereinkam. Blue spürte ein Kribbeln in den Füßen und Händen. Er ging sofort zu Bett. Carol packte ihn, wie ein Baby, in die Decke. Blue ließ es geschehen. Er genoss es. Das hatte seit einer Ewigkeit niemand mehr für ihn getan. Dann spürte er noch die Hand, die ihm liebevoll über sein Haar strich, bevor er in den Schlaf fiel.

Der folgende Tag war, im Gegensatz zur Kälte der vergangenen Nacht, mild und sonnig. Das ideale Wetter für den Wettkampf im Freien. Die Mannschaften hatten vor dem Spiel nicht nur ihre Muskeln erhitzt. Genauso erhitzt waren die Gemüter der Schüler, der Mädchen und der Zuschauer im Allgemeinen. Und das waren ausnahmslos alle, die an diesem Tag das Schulgelände betreten hatten. An einen geregelten Unterricht war an diesem Tag, wie nicht anders zu erwarten, nicht zu denken. Es hatte sich herumgesprochen. Einige Eltern, Großeltern und andere Verwandte waren angereist, um die Spiele der verschiedenen Altersklassen zu sehen. Deshalb war dieser Freitag zum Schulsportfest erklärt worden. Die Schüler der Altersklasse, der Dreizehn- und Vierzehnjährigen begannen nach der Eröffnungsrede der Direktorin und dem Auftritt der Cheerleader.

Der Ball wurde durch den Schiedsrichter, in der Mitte des Spielfeldes, hoch in die Luft geworfen. Die Spieler beider Mannschaften kämpften darum, den Ball für ihre Mannschaft zu gewinnen. Sie sprachen nicht miteinander, schrien nicht. Sie verständigten sich mit Blicken und Gesten. Auch Paul tat das. Er war wohl derjenige, der meinte, am aufgeregtesten von allen zu sein. Ein Irrtum, denn irgendwie glaubte das jeder von sich. Jubelschreie und Pfiffe ertönten und honorierten den ersten Treffer, den Mitch treffsicher erzielte. Ein schwerer Kampf entbrannte und der erste Spieler stürzte zu Boden. Die aufmerksamen Augen der Trainer und Schiedsrichter, ein unparteiischer Sportlehrer der Schule, beobachteten das Knäuel. Der Spieler kam schnell wieder auf die Beine. Blue hatte den Ball erobert. Er spielte ihn gewandt, an den Gegnern vorbei, seinem Taemkameraden zu. Der warf ihn zu Paul, der mit einer erstaunlichen Geschicklichkeit die Angriffsversuche der Gegner vereitelte. Er verblüffte sie regelrecht mit kleinen Tricksereien, bevor er den Ball an Mitch abgab. Der wagte den Wurf, dieses Mal aus größerer Entfernung, zum Korb. Gerade als Mitch geworfen hatte, wurde er selbst zu Boden gestoßen. Zwei Spieler, einer von seiner eigenen Mannschaft, hatten im Übereifer nicht mehr stoppen können. Noch am Boden liegend schickte Mitch seinen Blick zum Korb. Der Ball tanzte auf dem Rand herum, bis er schließlich hindurch fiel. Das Geschrei bestätigte den Treffer. Mitch stand auf und humpelte die ersten

Schritte. Die gegnerische Mannschaft hatte den Ball. Paul jagte ihm bereits nach. Blue hielt seine Verteidigungsposition. Den ersten Wurf fing er ab, in dem er in die Luft sprang und die Flugrichtung des Balles durch einen harten Schlag umlenkte. Ohne Atempause stürmten die Spielgegner heran, eroberten den Platz vor dem Korb und landeten ihren ersten Treffer. Die Zuschauer trommelten und trällerten. Sie feuerten die Spieler an, egal welcher Mannschaft. In der Menge herrschte Bewegung, sowohl auf dem Spielfeld, als auch außerhalb. Die Jungen auf dem Spielfeld kämpften wie Raubtiere um ihre Beute und bewegten sich gewandt und geschmeidig, wie Katzen. Sie gerieten so durcheinander, dass zuweilen von den Zuschauern niemand mehr genau erkennen konnte, in wessen Besitz der Ball gerade war. Mit dem Ende der ersten Halbzeit landete die gegnerische Mannschaft ihren zweiten Treffer. In der Pause gesellten sich die Trainer zu ihren Mannschaften. Niemand jammerte, niemand klagte. Doch die Beratung um noch bessere Techniken war sofort entbrannt.

Matt fragte als erstes: „Seid ihr alle okay, Jungs?"

„Ja", kam die einstimmige Antwort.

„Sie durchschauen unsere Taktik", bemerkte einer der Jungen.

„So ist es. Wir müssen sie ständig ändern", entgegnete Mitch.

„Und wie soll das aussehen?", fragte ein anderer.

„Verteilt euch besser über das gesamte Spielfeld. Einer greift an. Die anderen müssen genauer beobachten und sich vor allem freier bewegen können. Vermeidet es, euch ineinander zu verstricken. Lasst den Gegner nicht so nah an euch heran", beantwortete Matt die Frage. Die Jungen hatten verstanden und nickten.

Wenig später entbrannte, mit dem Beginn der zweiten Halbzeit, der Sturm von Neuem. Die Menge tobte. Doch auch die Gegner waren verdammt gute Spieler. Sie kämpften nicht weniger um Sieg und Anerkennung. Die Spannung stieg. Taktik und Reaktionsschnelligkeit beider Mannschaften beeindruckten. Das Spiel schien fast wieder mit einem Unentschieden zu enden. Doch niemand wollte das hinnehmen. Vor allem nicht Mitch Running Elk. Er kämpfte wie von Sinnen, auch gegen die Zeit. Er rammte mehrere Spieler und riss einem der Gegner den Ball fast aus den

Händen. Der Schiedsrichter pfiff, strafte das Foul ab. Paul schrie etwas zu Mitch, dass niemand verstand. Mitch war von seinen Gegnern hoffnungslos umzingelt und hatte kaum eine Chance, den Ball für seine Mannschaft zu retten. Paul sah sich hilfesuchend um. Alle Spieler seiner Mannschaft hielten ihre Position, ohne einzugreifen. Endlich flog der Ball ziellos, im hohen Bogen, aus dem Gemenge. Blue rannte ihm entgegen und fing ihn im Sprung. Während die Spielgegner erst verwirrt nach dem Ball suchten, kämpfte sich Blue vorwärts.

Der Schiedsrichter sah auf die Uhr und nahm die Pfeife zwischen die Lippen. Blue gab den Ball an Paul ab. Der warf ihn, mit all seinen Kräften zum Korb. Während alle gebannt dorthin starrten, ertönte der Abpfiff, genau in dem Augenblick, in dem der Ball durch das Netz fiel. Aus der gespenstischen Stille entbrannte der Sturm der Begeisterung. Mit zwei Punkten Vorsprung hatte Matt Brevers Mannschaft die von Mrs White Bull geschlagen. Blue riss die Arme hoch und schrie. Die Schmerzen in seinem Kopf und Handgelenk spürte er im Augenblick nicht. Schweißtropfen rannen über sein Gesicht und er keuchte. Die Jungen der Siegermannschaft rauften sich zusammen, keuchend, verschwitzt. Doch ihre Gesichter strahlten, ihre Augen leuchteten. Paul wusste nicht, wie ihm geschah, als Mitch ihm hart gegen den Oberarm schlug.

„Wir haben es geschafft!", rief er und schrie sein „Hiijiip" aus voller Brust.

Paul strahlte vor Freude über den Sieg im Spiel. Er war stolz auf sich, seine neuen Freunde, aber vor allem über Mitch Running Elks Anerkennung. Es war ein besonderer Tag, in jeder Hinsicht. Die Jungen verfolgten die Wettkämpfe der anderen Mannschaften, der anderen Altersklassen, und feuerten die Spieler an. Dieses Feuer loderte den ganzen Tag.

Wochenlang redeten die Freunde von nichts anderem, als ihrem Sieg beim Basketballspiel. Paul war in ihren Kreis aufgenommen worden. Nach der Schule hatten die Kinder und Jugendlichen wenig Gelegenheit, miteinander zu spielen. Oft wohnten sie zu weit auseinander. Gelegentlich blieben die Freunde über

Nacht bei den anderen Familien. Ein Kinobesuch, im etwa fünf-
undneunzig Meilen entfernten Rapid City, blieb die Ausnahme.
Mitch schleppte ab und an ein paar seiner Freunde mit zu den
Pferden, um sich mit ihnen im Reiten zu messen. Aber bald setzte
das nasse Herbstwetter ein. Stürme peitschten den Regen tagelang über das Land und verwandelten den Boden in grundlosen
Schlamm. Während sich Blue in seine Bücher vertiefte, sah sich
Mitch mit Großvater Filme an oder spielte mit den Großeltern
und Bonnie gemeinsam Karten.

„Du könntest deine Bücher ruhig mal zur Seite legen, wenn ich
dich besuche", meinte Mitch schließlich mürrisch zu seinem
Freund.

„Ich könnte dir etwas daraus vorlesen", antwortete Blue , hob
den Kopf und grinste Mitch an.

„Ich kann selbst lesen!" Mitch war empört.

Aber Großvater sagte: „Warum nicht? Lies uns etwas vor." Mitch
nickte zustimmend. „Okay. Aber danach spielst du mit uns!"
Bonnie kicherte.

Mitch hoffte, dass es kein Gesetzbuch war, aus dem sein Freund
vorlesen wollte. Blue lächelte und begann zu lesen. Es ging um
einen Kunstraub. Mitch lauschte, wie alle anderen Zuhörer, aufmerksam und musste sich eingestehen, dass ihn die spannende
Geschichte fesselte.

„Und weiter?", fragte er empört, als Blue das Buch zu schlug.
Blue lachte. „Ich gebe dir das Buch, wenn ich es gelesen habe."
Mitch war einverstanden. Es würde das erste Buch sein, das er
lesen wollte. Außer in seinen Schulbüchern hatte er nicht viel
gelesen. Schließlich mischte er die Karten und Bonnie durfte sie
austeilen. Vom Spiel gepackt, spielten sie bis zum Abendessen.
Sie hatten ihren Spaß daran und es kam nicht unbedingt darauf
an, zu gewinnen. Draußen wurde es bereits dunkel und es regne-
te noch immer. Blue hatte eine Pechsträhne und musste lästern-
de Worte über sich ergehen lassen, während Großmutter Carol
dreimal hintereinander gewann. Zum Abendessen zauberte sie
Würstchen und gebratene Kartoffeln auf den Tisch. Der Duft zog
verführerisch durch das Haus. Nach dem Abendessen erzählten
sie Geschichten. Die Kinder hörten es gerne, wenn die Großeltern

von früher erzählten, als sie selbst ungefähr so alt waren, wie nun ihre Enkelkinder. Müde gingen sie schließlich zu Bett. Morgen früh mussten sie zur Schule.

„Vielleicht mit einem Boot, anstatt mit dem Schulbus", scherzte Wayton.

Mitch lag neben Blue. Die beiden Jungen konnten nicht gleich einschlafen und unterhielten sich flüsternd.

„Ich hätte nie gedacht, dass Großvater einmal kein Indianer sein wollte", begann Blue nachdenklich. „Aber ich kann es verstehen", fügte er hinzu und lachte leise.

„Dafür wollen manche heute welche sein, die gar keine sind. Wir nennen sie Wanabe – Möchtegernindianer."

„Verrückt."

„Ja. Total verrückt."

„Dann bin ich lieber ein Stadtindianer."

Mitch lachte leise. „Jetzt nicht mehr."

„Aber irgendwann wieder."

Nach einer Weile des Schweigens fragte Mitch: „Werden wir auch dann noch Freunde sein?"

„Natürlich!", antwortete Blue ein wenig entrüstet über diese Frage. „Ich bin ein Stone Horse und ich werde immer für dich da sein, egal wo. Ich zeige dir die große Stadt. Versprochen."

Dann kramte Blue etwas unter seinem Kopfkissen hervor. „Hier", sagte er und drückte Mitch sein Handy in die Hand.

„Das ist alles, was ich besitze. Ich will es dir schenken, als Zeichen meiner Freundschaft."

Mitch nahm es schweigend an und nickte im Dunkel.

„Dann können wir miteinander telefonieren. Rauchzeichen haben leider keine so große Reichweite."

„Könnte ich sowieso nicht lesen", lachte Blue leise.

„Weißt du, einen Freund zu haben ist das Wertvollste, was es gibt. Danke, Kola", flüsterte Mitch irgendwann zurück.

Kapitel 13
Neuschnee

Seit Wochen fegte eisiger Wind von Norden her über das Land, zwischen dem großen Felsengebirge im Westen und den endlosen Wäldern und Seen im Osten, den Great Plains. Der Wind hatte Regenwolken mitgebracht. Die legten sich, wie eine graue Decke, über das Reservat. Dämmerung beherrschte auch die Tage, die ohnehin schon zu kurz waren. Dann peitschte der Wind den Regen tagelang schräg über den Boden. Das Wasser tränkte die Erde, weichte sie auf und verwandelte Bäche und Flüsse in reißende Ströme. Dann setzten die ersten Nachtfröste ein. Der Mond der fallenden Blätter, Canwapecasna Wi, wie die Lakota den Oktober nannten, neigte sich dem Ende. Schließlich stoben in der Nacht feine, weiße Eiskristalle vom Himmel. Als Joe an diesem Morgen des zweiten Novembertages verschlafen und frierend aus dem Fenster sah, erblickte er die dünne Schneedecke. Der Wintermond, Waniyetu Wi, der November, machte also seinem Namen alle Ehre.

Joe wusch sich, rubbelte sich anschließend trocken und kleidete sich an. Die Gasheizung lief auf Sparflamme. Es war gerade noch so warm, dass die Menschen nicht im Haus erfroren. Joe zog die Jacke an und ging hinaus. Eisiger Wind blies ihm entgegen. Im Augenblick schneite es nicht. Joe sah zu den schneeträchtigen Wolken hinauf. Als er, wenig später, mit dem Arm voll Holz ins Haus kam, stand Shania bereits angekleidet in der Küche.

„Guten Morgen, Joe. Du hast schon Holz geholt."

„Guten Morgen. Ich mache Feuer. Ist verdammt kalt geworden."

Joe legte die Scheite direkt vor dem alten Küchenherd ab und rieb sich die Hände.

„Wenigstens ist der Schlamm gefroren. Ich fahre nach dem Frühstück zum Supermarkt", sagte Joe, während er die Jacke auszog und an den Haken neben der Tür hängte.

„Was haben wir denn zum Frühstück?", fragte Shania.

Joe öffnete den Kühlschrank.

„Senf und ein offenes Glas Gewürzgurken", antwortete er.

Im Küchenschrank fand sich schließlich ein Toastbrot und etwas Schmalz.

„Kannst du daraus etwas zaubern?", fragte Joe skeptisch.

Die alte Frau lächelte. „Ich tue mein Bestes."

Dann nahm sie die Kaffeebüchse aus dem Schrank. Joe machte Feuer.

„Wir haben auch keinen Kaffee mehr, Joe."

„Hm", brummte Joe mürrisch.

Auf den Kaffee hatte er sich gefreut. Der hätte ihn aufbauen können. Aber Pfefferminztee war die einzige Möglichkeit, etwas Heißes zu trinken. Joe verzog die Mundwinkel, bei dem Gedanken. Shania lächelte, als hätte sie Joes unausgesprochene Gedanken verstanden. Das Feuer knisterte.

Hungrig und missgelaunt machte sich Joe nach dem Frühstück auf den Weg nach Pine Ridge. Die Lebensmittel im Supermarkt waren teuer. Joes mühsam zusammengekratztes Geld, das er sich durch Gelegenheitsjobs verdient hatte, schmolz gemeinsam mit seiner Sozialhilfe, an der Kasse des Supermarktes und der Tankstelle dahin. Immerhin hatte es für das Notwendigste gereicht. Auch der Gastank war vor dem Winter voll und die Freunde und Nachbarn hatten ihm, als Dank für seine Hilfe, Feuerholz gegeben. Das Winterfutter für die Pferde war wichtig und das gesamte Tiospaye sorgte dafür, dass ihre Tiere über den Winter kamen. Joe nutzte die Gelegenheit seines Ausfluges für einen Abstecher in das Stammesratsgebäude. Dort gab es manchmal Angebote für einen Gelegenheitsjob. Er hoffte darauf.

Joes harte Gesichtszüge verflüchtigten sich in einem Lächeln, als eine junge Frau aus einem der Büros kam. Sie war eine Sekretärin des Stammesrates.

„Oh. Hallo, Joe."

„Hallo, Leona."

„Du warst lange nicht hier."

Sie lächelte ebenfalls und blieb vor Joe stehen. Sie reichte ihm gerade bis zur Nasenspitze und sah zu ihm auf. Ihr Haar fiel leicht wellig über ihre Schultern. Leona schob eine lange Strähne mit der Hand hinter ihr Ohr. In der anderen Hand hielt sie einen Packen Druckerpapier.

„Vier Wochen. Der Schlamm ... Du weißt ja."

„Wie geht es dir?"

„Gut. Es geht so. Ich wollte mich nach einem Job erkundigen."

„Vielleicht habe ich etwas für dich, Joe."

Leonas Lächeln ging in ein Grinsen über.

„Ist dein Auto schon wieder kaputt?"

Leona lachte leise.

„Nein."

Joe wartete.

„Der Fernseher ist es dieses Mal und meine Haustür klemmt. Muss sich verzogen haben."

Joe nickte.

„Nicht das, was du dir erhofft hast, Joe."

„Um ehrlich zu sein: nein. Aber ich helfe dir natürlich."

„Ich freue mich auf deinen Besuch."

Leona grinste noch immer.

„Ein paar Männer aus Europa suchen einen Jagdführer. Sie bestehen auf einen Indianer. Kannst du drei oder vier Wochen von zu Hause fortbleiben?"

„Das lässt sich einrichten."

Leona ging zurück und öffnete die Tür zu ihrem Büro.

„Komm herein. Ich gebe dir die Papiere, damit du den Termin nicht verpasst. Genaue Absprache ist dann vor dem Aufbruch."

Joe folgte ihr und schloss die Tür hinter sich. Während Leona die Anfrage ausdruckte, fragte sie:

„Wie geht es Shania?"

„Gut. Aber der Winter wird lang und einsam."

Die Augen der jungen Frau leuchteten auf, als sie ihren Blick auf Joe richtete.

„Für dich oder für sie?"

Joe wich ihrem Blick aus.

„Hey, Joe. Weshalb quälst du dich selbst?"

Joe schwieg. Er nahm Leona den Bogen Papier ab, den sie ihm gab und las aufmerksam. Dann steckte er ihn ein und verabschiedete sich höflich.

Bevor er die Tür von außen schloss, hielt er inne, wandte sich noch einmal um und lächelte.

„Danke, Leona."

Als Joe am Nachmittag nach Hause kam, parkte Waytons Truck vor dem Haus. Die feine Schneedecke vom Morgen hatte sich längst verflüchtigt. Doch die Schneewolken hielten sich noch immer über dem Land. Kein Sonnenstrahl vermochte sie zu durchdringen. Die Temperaturen blieben nur knapp über dem Gefrierpunkt. Joe stieg aus und schlug die Fahrertür zu. Fröhlich pfeifend ging er zum Haus.

„Hallo, Vater", rief er, während er die Tür öffnete und eintrat.

Wayton lächelte zufrieden, als er bemerkte, dass es seinem Sohn gut ging. Shania hatte den Tagesbeginn anders beschrieben.

„Hallo, Joe", antworteten ihm fünf Stimmen im Chor.

Joe lächelte. Wayton hatte Blue, Bonnie und Mitch mitgebracht. Die beiden Burschen waren unzertrennlich geworden und oft durfte auch Bonnie sie begleiten. Joe freute sich über den Besuch.

„Wie geht es euch?", fragte er.

„Gut. Nur der lange Regen war doof", antwortete Blue.

„Aber genutzt hat's auch nicht. Die Schulbusse sind jeden Tag gefahren", meinte Mitch.

„Zum Glück! Ich habe noch jede Menge zu lernen", fügte Blue hinzu.

Wayton, Joe und Shania grinsten. Mitch verzog das Gesicht.

„Er will Anwalt werden!", verteidigte Bonnie ihren großen Bruder.

„Streber! Man kann's auch maßlos übertreiben!", kommentierte Mitch.

Blue grinste. „Ist noch kein Meister vom Himmel gefallen."

„Aber vom Pferd!", lachte Mitch schließlich.

„Wie geht es den Pferden, Onkel Joe?", fragte Bonnie.

„Ich denke gut. Wir können sie besuchen. Muss sowieso das Heu rüberfahren."

„Aber vorher gibt es zu essen", sagte Shania. „Carol hat gekocht und Wayton mit gefüllten Töpfen zu uns geschickt."

„Habe ich doch gleich gerochen, als ich zur Tür herein kam", grinste Joe und setzte sich zu den anderen an den Tisch. Er hatte Hunger. Shania gab ihm zu essen. Joe genoss die warme Mahlzeit. Seit dem dürftigen Frühstück heute Morgen hatte er nichts mehr bekommen. Seitdem waren viele Stunden vergangen, fast der ganze Tag. Nach dem Essen bedankte er sich und lud, gemeinsam mit seinen Neffen, das Eingekaufte aus dem Truck. Es erschien zunächst viel, aber wer wusste schon, wie lange es reichen musste.

Auch die Pferde waren hungrig und warteten auf ihren Anteil. So machte sich Joe mit seinem Vater, den beiden Jungen und dem Mädchen, auf den Weg zu ihnen. Die Pferde hatten Joes Truck längst gehört und standen bereits bei den Badewannen. Das restliche Wasser war darin gefroren. Der schlammige Boden ebenfalls. Tagsüber angetaut, überzog den gefrorenen Boden eine schmierige Schicht, die die Hufe und die Füße der Zweibeiner leicht wegrutschen ließ. Während Blue die Heubündel vom Truck zu Mitch warf, schleppte Bonnie das erste Futter zu den Tieren. Mit dem freudigen Blubbern, eine Art geflüstertes Wiehern, begrüßten die Pferde die Zweibeiner, die ihnen Futter brachten. Vorsichtig kam Bewegung in die Herde. Ihr Fell war dicht und strubbelig geworden. Das Winterfell war genauso robust, wie die Tiere selbst. Es wärmte in kalten Nächten, weit unter dem Gefrierpunkt, trotzte den Winterstürmen und ließ selbst den Regen nicht durch. Großvater hatte sogar behauptet, dass der Schnee auf ihrem Fell liegen bleibt.
Bonnie verteilte das Futter großzügig, um das Gerangel in Grenzen zu halten. Mitch stand schon mit den nächsten zwei Bündeln hinter ihr. Blue trug das vierte heran. Während die Kinder die Pferde versorgten, standen Joe und Wayton am Truck und unterhielten sich.
Joe berichtete seinem Vater von seinem Erfolg, bei der Suche nach einem Job. „Na,ja, nur drei oder vier Wochen, aber gute Bezahlung."
„Wir kümmern uns um die Pferde und um deine Frau." Wayton lächelte.
Joe ignorierte Waytons Anspielung. „Danke."

Mitch erstarrte, als er in der Ferne zwei herrenlose Pferde entdeckte. Aus westlicher Richtung näherten sie sich, sehr langsam. Allmählich löste sich Mitch aus seiner Starre und schrie vor Freude.

„Hey! Seht euch das an!"

Alle wandten sich suchend um.

„Ohitika", stellte Joe fassungslos fest. „Das ist Ohitika!"

Wayton kniff die Augen zu kleinen Schlitzen.

„Tatsächlich."

Blue stieß einen schrillen Freudenschrei aus, dass selbst Mitch erschrak.

„Und er bringt uns jemanden mit", bemerkte Wayton.

Bonnie war inzwischen auf den Truck geklettert, um besser sehen zu können. Reglos stand sie da oben, ihren Blick auf die sich nähernden Pferden gerichtet. Schließlich pfiff Joe. Ohitika hob den Kopf und stellte die Ohren auf. Dann wieherte er freudig. Nun waren auch die anderen Pferde aufmerksam geworden und antworteten. Langsam kam der Scheckenhengst näher. Eine kleine, weiße Stute folgte ihm, ohne zu zögern.

„Er hinkt", bemerkte Bonnie.

Joe war nicht fähig, sich zu bewegen. Die Augen füllten sich mit Freudentränen. Joe Stone Horse konnte noch immer nicht glauben, was er sah. Der Scheckenhengst schnaubte, sodass sich sein Atem in einen feinen Hauch verflüchtigte. Er lahmte tatsächlich. Ohitika begrüßte seine Familie mit einem tiefen Blubbern, das freudige Begrüßungsritual der Pferde. Vor Joe blieb er schließlich stehen. Der Hengst war dürr geworden, sein Fell struppig, schmutzig und blutverklebt. Auch Tritt und Bissspuren konnte Joe in seinem Fell erkennen. Die weiße Stute, die ihn begleitete, war ebenfalls sehr mager und ihr Fell erschien, wie ein alter Filzmantel. Die Hufe waren rissig und an manchen Stellen war etwas abgebrochen. Ihr Geheimnis, das sie im Bauch trug, blieb verborgen. Ohitika neigte den Kopf zu Joe.

Joe berührte die Stirn seines Pferdes mit seiner eigenen und strich sanft, mit beiden Händen, am Kopf und weiter am Hals entlang.

„Ake ye he yelo. Micante mawaste. Ich freue mich, dass du wieder da bist", flüsterte er.

Die Stute, die neben Ohitika stehen geblieben war, schien Witterung aufzunehmen. Sie musste sich erst an den Geruch ihrer neuen Familie gewöhnen. Wayton, der neben Joe stand, hob vorsichtig seine Hand und hielt kurz inne. Die Stute schien keine Einwände zu haben, sich von ihm berühren zu lassen. Bonnie kletterte vorsichtig vom Truck und ging ganz langsam zu Großvater. Die Stute beobachtete das sehr aufmerksam, blieb aber stehen, während Wayton sie streichelte. Bonnie hätte das auch gern getan, wollte sie aber nicht verschrecken und hielt sich deshalb zurück.

„Neuschnee", sagte sie leise. „Das ist ein schöner Name und passt zu ihrer Fellfarbe. Was meinst du, Großvater?"

Wayton nickte.

„Wir nennen sie Neuschnee. Eine gute Idee. Heute Morgen gab es den ersten Schnee und wir werden immer an diesen Augenblick denken."

„Hallo, Neuschnee", sagte Bonnie und lächelte glücklich.

Blue und Mitch beobachteten die Begrüßungszeremonie von Weitem.

„Wenn ich alles gedacht hätte ...", sagte Mitch.

„Ein Steinpferd kommt immer nach Hause", entgegnete Blue mit Großvaters Worten. Mitch lachte leise.

„Und manchmal bringen sie einen Freund mit."

„Bist du blind, Mitch Running Elk?"

Mitch wandte sich zu Blue um und starrte ihn fragend an. „Wieso?"

„Ohitika hat sich eine Frau mitgebracht."

„Was du nicht sagst."

Joe kam auf die beiden zu. Ohitika folgte ihm. Die Schimmelstute hing, wie eine Klette, an dem Scheckenhengst. Wayton und Bonnie schlossen sich an. Blue sah Joes glückliches Gesicht, in dessen Augen Tränen standen. Auch er schluckte, presste die Lippen zusammen und kämpfte mit den Freudentränen.

Mitch öffnete den Eingang. Einige der Pferde kamen heran, begrüßten ihren alten Anführer und beschnupperten die fremde Stute. Niemand wagte es, sie von ihm wegzudrängen. Noch nicht. Die Abenddämmerung löste den grauen Tag ab. Die Nacht kündigte sich an. Feine, winzige Eiskristalle tanzten lautlos vom Himmel herab. Sie glitzterten in der Luft. Blue sah zum Himmel hinauf. Er schniefte durch die Nase und flüsterte: „Danke, Großvater."

Er erschrak, als er plötzlich eine Hand schwer auf seiner Schulter, spürte. Großvater Wayton lächelte und schwieg.

Die Eiskristalle landeten auf dem Kopf des Alten und ließen sein graues Haar geheimnisvoll glitzern.

In der darauffolgenden Nacht verwandelten sich die feinen Eiskristalle in große Schneeflocken. Bis zum Morgen fiel der Schnee. Das erste Wochenende im November begann. Zwei menschliche Gestalten krochen aus dem Erdhaus. Fast nackt, nur mit ihren Shorts bekleidet, rieben sie sich mit Schnee ab. Ihr Lachen hallte durch die Stille des Morgens. Übermütig neckten sie sich und alberten miteinander. Dann krochen die beiden Jungen in die Wärme des Hauses zurück. Stille beherrschte wieder das Land. Einzelne Sonnenstrahlen durchdrangen die Wolkendecke und verbreiteten eine spirituelle Aura. Der Schnee begann zu glitzern, wie unzählige Diamantsplitter. Das Erdhaus glich einem Iglu. Nur die Tür hob sich vom Weiß ab und verriet, dass hier jemand wohnte.

Schließlich öffnete sich die Tür und ein alter Mann trat davor. Er trug eine verwaschene Jeans und einen alten Parka, über dem seine grauen Zöpfe lagen. Das Licht und der Schnee blendeten seine Augen. So hielt er eine Hand schützend über die Augenbrauen und betrachtete reglos das schlafende Land durch die zu Schlitzen gekniffenen Augen. Er atmete tief durch und seine Atemluft verflüchtigte sich in Rauch vor Mund und Nase. Er schien die Stille zu genießen. Der Neuschnee hatte die Erde bedeckt und es schien so, als hätte nie ein menschliches Wesen den Boden mit den Füßen berührt. Dann richtete der Alte seinen Blick zu seinen Füßen. Deutlich waren die Spuren der beiden Jungen im Schnee zu sehen. Sie erzählten ihm von ihrem übermütigen Spiel. Der Alte lächelte zufrieden. Er steckte die Hände in die Jackentaschen und ging ein Stück weit den Hügel hinauf, der ihm einen weiten Ausblick auf das Land ringsum bot. Großvater nahm die Hände aus den Taschen und hob die Arme zum Gebet. Er wandte sich den vier Himmelsrichtungen zu und murmelte seine Lakotaworte, ohne zu wissen, dass er beobachtet wurde. Blue Stone Horse, sein Enkelsohn, blieb in einiger Entfernung stehen. Es war unhöflich, ein Gebet zu unterbrechen. Vielleicht war es auch unhöflich, Großvater dabei zu beobachten. Aber Blue stand wie angewurzelt und konnte den Blick nicht von dem Alten wenden, denn er hatte ihn noch nie allein auf dem Hügel gesehen. Es störte ihn nicht einmal, dass er fror. Eigentlich hatte Blue ihm nur sagen wollen, dass das Frühstück fertig sei.

Als Wayton den Jungen schließlich sah, winkte er ihn zu sich. Großvater lächelte.

„Guten Morgen, mein Enkelsohn."

Der Junge musterte ihn skeptisch. Einen Guten Morgen hatten sie sich doch längst gewünscht. Der alte Mann hatte das bemerkt und lachte leise.

„Es ist ein guter Morgen", fügte er dann hinzu.

„Aha", nickte Blue.

„Hast du Antworten auf all deine Fragen bekommen?", fragte Blue schließlich, als Großvater schwieg.

„Manchmal muss man sehr lange warten, bevor man sie findet. Das sind die Geheimnisse Wakan Tankas."

„Bist du ein Medizinmann oder sowas, Großvater?"

Wayton lachte wieder leise.

„Nein. Nur ein alter Mann, der versucht, seinen Frieden zu finden. Die innere Mitte im Herzen." Dabei tippte er mit der Hand gegen seine Brust. „Nun habe ich Tunkashila gedankt."

Blue musterte Großvater und nickte.

„Ich habe auch eine Frage. Wie hast du mich in dem Kellerloch gefunden? Chicago ist eine große Stadt. Woher wusstest du es? Von Wakan Tanka?"

Wayton sah seinen Enkelsohn nun direkt an und antwortete: „Ich habe sehr lange nach dir gesucht. Ich hatte im Heim angerufen. Dort erzählte man mir von einem kleinen Mädchen, meiner Enkelin, und dass sie dich selbst bereits suchen lassen. Als sich wochenlang nichts tat und sie mir immer wieder dasselbe erzählten, entschloss ich mich, mich selbst auf den Weg zu machen. Ich habe mir Geld geliehen, um die Reise anzutreten. Ich war wochenlang in der großen Stadt unterwegs und habe mit vielen Leuten geredet. So suchte ich gezielt in den Gegenden, in denen man sich gut versorgen kann und gut untertauchen kann."

„Und warum hast du mich nicht gleich an dem Tag mitgenommen, als du mich gefunden hattest?"

Großvater lächelte.

„Ein Steinpferd kehrt immer nach Hause zurück, aber nur, wenn es das auch will. Ich hätte dich niemals gezwungen, das zu tun."

Blue schwieg und schien die Worte seines Großvaters zu überdenken. Dann grinste er Großvater an.

„Damals wusste ich das noch nicht. Dass ich ein Steinpferd bin, meine ich. Vielleicht wusste ich überhaupt nicht, wer ich war und wohin ich gehörte. Ich habe mal von einem kleinen Fohlen geträumt, das du mit Grannys Pancakes nach Hause gelockt hast. Ihre Pfannkuchen sind wahrhaftig unwiderstehlich."

Sie lachten beide.

„Sie sind zauberhaft, genau wie Carol", entgegnete Großvater und legte den Arm um Blue.

„Komm. Es ist kalt. Gehen wir hinein, bevor wir hier anfrieren."

Gemeinsam gingen sie in das Haus und schlossen die Tür hinter sich. Reglos und still verharrte das Haus und verschmolz mit dem Land zu einem Bild.

Die Autorin

Brita Rose-Billert wurde 1966 in Erfurt geboren und ist ausgebildete Krankenschwester, ein Umstand, der auch in ihren Romanen fachkundig zur Geltung kommt.
Seit 2006 schreibt sie in Rücksprache mit Native Americans über das Thema Indianer. Der persönliche Kontakt ist ihr wichtig, denn nur so können diese beeindruckenden, so unterschiedlichen und besonderen Menschen wirklich in den Geschichten als Native Americans beschrieben werden. Auf ihren Reisen in Reservationen sammelte sie Fakten und Geschichten, hörte zu und merkte irgendwann, dass auch sie beobachtet wurde. Daraus entstanden Kontakte und Freundschaften, erst ein Lächeln, dann der Beginn, die andere Realität zu verstehen.
Brita Rose-Billert hat bereits drei Romane veröffentlicht, die die heutige Situation der Indianer beschreiben. Weitere Romane sind in Planung. Sie lebt mit ihrem Mann und einem Sohn in der kleinen Thüringer Stadt Greußen. Zur Familie gehören Kaninchen, der Foxterrier Willy und das Pferd Heyoka.

Sitting Bull Family Foundation, Inc.

P.O. Box 182, Deadwood, South Dakota 57732

Web: www.sittingbullfamilyfoundation.org

Email: winyan@sittingbullfamilyfoundation.org (Sonja)

Email:kangisie@sittingbullfamilyfoundation.org (Ernie)

Phone 605-722-1190

Unsere Mission

Die Sitting Bull Family Foundation hat drei verantwortliche Direktoren:
Ernie LaPointe, Stella Iron Cloud und Marvin Helper.

Unser Ziel ist es, die mündliche Überlieferung über Sitting Bull durch das Erzählen der Geschichten wachzuhalten und über sein außergewöhnliches und spirituelles Leben zu berichten, um insgesamt wieder das kulturelle Interesse am traditionellen Leben der Lakota zu wecken.

Die Sitting Bull Family Foundation wird Seminare für Menschen mit indianischer Abstammung anbieten, aber auch für jene, die wirklich lernen wollen, wie wir in Frieden und Harmonie mit unserer Mutter, der Erde, leben können.

Das Hauptaugenmerk der Sitting Bull Family Foundation wird die Weitergabe der Lakotakultur und -sprache an junge Menschen sein. Diese Inhalte werden ebenfalls Lehren über das Miteinander mit unserer Umwelt oder auch Ahnenforschung, die die Gemeinschaft als Ganzes betreffen, mit einschließen. Für uns ist es wichtig zu wissen, wer wir sind und wer unsere Ahnen waren.

Spenden können über die Homepage unter „PayPal" gegeben werden.

Wopila Tanka!

www.sittingbullfamilyfoundation.org

WINTERPROJEKT Pine Ridge Reservat, Süddakota USA

Jedes Jahr kehrt der bitterkalte Winter wieder nach Süddakota zurück und jeder sollte ein warmes Zuhause haben!

 Der Wintereinbruch in Süddakota bedeutet für viele Familien im Pine Ridge Reservat einen neuen Kampf ums Überleben. Die letzten Winter mit Temperaturen von unter minus 20 Grad waren extrem. Die meisten Familien auf dem Pine Ridge Reservat leben weit unter der Armutsgrenze, deshalb wird es auch in diesem Winter vielen Familien nicht möglich sein, Heizmaterial zu kaufen wie z.b. Holz oder das am meisten verwendete Propangas. Leider kommt die Gasfirma erst zu einer Familie, wenn diese für mindestens 120 Dollar Gas bestellt. Und das haben viele Familien nicht zur Verfügung. Deshalb sterben jedes Jahr im Winter viele Menschen – unter ihnen sehr oft alte Menschen – an Unterkühlung.

Über die Gesellschaft für bedrohte Völker (GfbV) werden Spenden entgegengenommen. Jede noch so kleine Spende kann sehr hilfreich sein. Die weltweit anerkannte Organisation GfbV leitet die Spenden zu 100 Prozent weiter und das Geld wird nur für Heizmaterial wie Propangas oder Holz verwendet.

Spendenkonto:

Postbank Hamburg, GfbV
Kontonr. 7 400 201, BLZ 200 100 20
Stichwort „Winterprojekt"

Wenn Sie eine Spendenbescheinigung benötigen, vergessen Sie nicht, Ihre Adresse anzugeben. Bis 100 Euro reicht der Überweisungsbeleg. Ansprechpartner: Andrea Cox
www.andreac.de

Lila Pilamaya ye!

Sunka Wakan Na Wakanyeja Awicaglipi Incorporation
Lakota Horsemanship Organisation

>>We are Lakota. We are not Cowboys, we are Horsemen.<<

Die Sioux bzw. Lakota gelten als die besten Reiter sowie Pfeil-
und Bogen-Schützen. Beides ist in ihrer Tradition tief verankert.
Die Arbeit und das Zusammenleben mit den Pferden sowie das
Aufleben alter traditioneller Werte sollen den jungen Indianern
zur Wiederfindung ihrer eigenen Identität verhelfen.

Ziel dieser Organisation ist es, Kindern und Jugendlichen durch
verschiedene Programme die Rückführung zur eigenen Kultur
zu ermöglichen und sie dadurch vor Alkohol- und Drogenmissbrauch zu bewahren.

Jedes Jahr werden verschiedene Workshops mit den Kindern und
Jugendlichen durchgeführt sowie mehrtätige Wilderness Camps.
Während der Wintermonate werden Workshops gehalten z. B.
zum Halfter anfertigen, Bilderrahmen aus Holz basteln u.v.a.

Repräsentantin der SwnWA Inc. in Deutschland:
Andrea Cox, Im Wirbel 65 / 68219 Mannheim /
Tel. 0621 / 80 11 16
E-Mail: info@andreac.de
Weitere Infos unter: www.andreac.de

Spendenkonto in Deutschland:
Förderverein für bedrohte Völker (FfbV)
Postbank Hamburg, Kto. Nr.7400201, BLZ. 200 100 20
WICHTIG: Stichwort „Pferde Projekt"

Lila Pilamaya – Vielen Dank.

Aktionsgruppe Indianer & Menschenrechte e.V.

Die Aktionsgruppe Indianer & Menschenrechte e.V. (AGIM) ist eine Organisation, die sich im Rahmen der Menschenrechtsarbeit der politischen und kulturellen Unterstützung indianischer Völker in Nordamerika widmet. Von indianischen Organisationen ausdrücklich beauftragt, unterstützt AGIM diese Völker in ihrem Kampf um Selbstbestimmung und Anerkennung als souveräne Nationen. Die Aktivitäten der AGIM erfolgen in enger Zusammenarbeit und gegenseitigem Austausch mit den indianischen Völkern selbst.

Seit Jahrhunderten wurden die indigenen Völker ihrer Lebensgrundlagen und ihrer Rechte beraubt – bis heute. Wir müssen uns daher unserer Verantwortung gegenüber diesen Völkern stellen. Die Tätigkeitsfelder der AGIM umfassen politisches Engagement, kulturelle Unterstützung sowie Öffentlichkeitsarbeit. Wichtiges Instrument ist dabei die 2007 verabschiedete UN-Deklaration der Rechte der indigenen Völker, die diesen erstmals auf höchster Ebene Anerkennung gewährt.
Das von AGIM herausgegebene Magazin „Coyote", das vierteljährlich erscheint, ist die einzige Periodika, die sich im deutschsprachigen Raum ausschließlich nordamerikanischen Indianern widmet.
Die Aktionsgruppe Indianer & Menschenrechte e.V. (1986 gegr.) ist ein anerkannt gemeinnütziger Verein.

Aktionsgruppe Indianer & Menschenrechte e.V.
Frohschammerstr. 14, 80807 München
Tel. 089 / 35 65 18 36
E-Mail: post@aktionsgruppe.de
www.aktionsgruppe.de

Wade Fernandez / Wiciwen Apis-Mahwaew oder „Der mit dem schwarzen Wolf geht"

Wade Fernandez, eingetragenes Stammesmitglied der Menominee, wuchs in der Reservation in Wisconsin, Turtle Island, auf. Seine Musik reicht von den wunderschönen Klängen der Native Flute, bis hin zum Rock und Native American Blues.

Besuchen Sie auch seine Homepage:
www.wadefernandez.com

Musik-CD
„4 the People"
15,00 €
Wade Fernandez

erhältlich bei
www.traumfaenger-verlag.de

Unsere Romane:

Kranichfrau
Die Geschichte einer Blackfeet Kriegerin

Historischer Roman
von Kerstin Groeper

Neu als Taschenbuch!
14,90 €   ISBN 978-941485-14-3

Die Feder folgt dem Wind

Historischer Roman
von Kerstin Groeper

Neu als Taschenbuch!
14,90 €   ISBN 978-3-941485-15-0

Ulzanas Krieg
Die Weißen nannten ihn Josanie
Der letzte Kampf der Apachen

Historischer Roman
von Prof. Karl H. Schlesier
22,50 €   ISBN 978-3-941485-06-8

Wie ein Funke im Feuer
Eine Lakota und Cheyenne Odyssee

Historischer Roman
von Kerstin Groeper

24,50 €   ISBN 978-3-941485-13-6

Nur noch wenige Exemplare:

Wintercount
Dämmerung über dem Land der Sioux

Ein historischer Roman
von Dallas Chief Eagle
übersetzt von Kerstin Groeper

22,50 €   ISBN 978-3-941485-02-0

Besuchen Sie unsere Homepage:
www.traumfaenger-verlag.de

Unsere Kinderbücher:

Geflecktes Pferdemädchen
Ein weißes Kind bei den Lakota.

Ein Kinder- und Jugendbuch
von Kerstin Groeper
(Altersempfehlung ab 9 Jahren)

14,90 €   ISBN 978-3-941485-08-2

Blitz im Winter
Die spannenden Abenteuer eines
kleinen Lakota-Jungen.

Ein Jugendbuch
von Kerstin Groeper
(Altersempfehlung ab 7 Jahren)

14,50 €   ISBN 978-3-941485-05-1

Unsere Jugendbücher:

Meine Mutter, der Indianer und ich

Wie soll man sich Respekt
verschaffen, wenn die Mutter plötzlich
mit einem Indianer daherkommt?

Ein Jugendroman
von Kerstin Groeper
(Altersempfehlung ab 12 Jahren)

9,90 € ISBN 978-3-941485-01-3

NEU:

Die Gesichter der Steine

Bloß kein Indianer sein

Ein Jugendbuch
von Alexandra Walczyk
(Altersempfehlung ab 12 Jahren)

9,90 € ISBN 978-3-941485-10-5

Besuchen Sie unsere Homepage:
www.traumfaenger-verlag.de

Unsere Thriller:

Wer die Geister stört
Mord am heiligen Berg der Apachen

Thriller
von Ulrich Wißmann

16,50 €   ISBN 978-3-941485-11-2

Maggie Yellow Cloud
Mord auf Pine Ridge

Thriller von Brita Rose-Billert

16,50 €   ISBN 978-3-941485-09-9

Skalpjagd
Ein Navaho-Cop bei den Sioux

Der erste Thriller
von Ulrich Wißmann
um Frank Begay von
der Navaho Stammespolizei

16,50 €   ISBN 978-3-941485-04-4

NEU:

Böser Zauber
Schwarze Magie
auf der Navaho Reservation

Thriller
von Ulrich Wißmann

16,50 €   ISBN 978-3-941485-18-1

Besuchen Sie unsere Homepage:
www.traumfaenger-verlag.de

NEU:

There will be no surrender
– Ich werde mich nie ergeben

Autobiographie
von Mitch Walking Elk

14,90 €

ISBN 978-3-941485-16-7